YILUO ZAI XIFANG DE

遗落在西方的

广州记忆

GUANGZHOU JIYI

［美］李国庆 主编

广州来信

［英］格雷夫人 著

［美］邹秀英 李雯 ［美］王晓燕 译

［美］李国庆 统校

SPM 南方出版传媒 广东人民出版社

·广州·

图书在版编目（CIP）数据

广州来信 /（英）格雷夫人（Mrs. Gray）著；（美）邹秀英，李雯，（美）王晓燕译 . —广州：广东人民出版社，2019.11（2023.5 重印）
（遗落在西方的广州记忆）
ISBN 978-7-218-13874-9

Ⅰ . ①广…　Ⅱ . ①格…　②邹…　③李…　④王…　Ⅲ . ①书信集—英国—近代　Ⅳ . ① I561.64

中国版本图书馆 CIP 数据核字（2019）第 222160 号

GUANGZHOU LAIXIN
广州来信
［英］格雷夫人 (Mrs. Gray) 著
［美］邹秀英 (Xiuying Zou)　李雯 (Wen Li)［美］王晓燕 (Julie X. Wang) 译
［美］李国庆 (Guoqing Li) 统校

出 版 人：肖风华

选题策划：柏　峰
责任编辑：陈其伟　赵　璐
插　　图：［英］格雷夫人
责任技编：周星奎
书籍设计：书窗设计 赵焜森 / 张雪烽

出版发行：广东人民出版社
地　　址：广州市越秀区大沙头四马路 10 号（邮政编码：510199）
电　　话：（020）85716809（总编室）
传　　真：（020）83289585
网　　址：http: //www. gdpph. com
印　　刷：广东信源文化科技有限公司
开　　本：889 毫米 ×1194 毫米　1/32
印　　张：9　　　字　　数：195 千
版　　次：2019 年 11 月第 1 版
印　　次：2023 年 5 月第 2 次印刷
定　　价：49.00 元

献词

谨以本书献给我的丈夫

文学硕士、法学博士、前香港会吏长

约翰·亨利·格雷

他长期在广州居住，跟当地人亲密交往

使我得以目睹和了解后者的礼仪和习俗

《遗落在西方的广州记忆》丛书序

多年前初到美国时，发现大都市多有Chinatown，通称“唐人街”。其地生活的华人多是粤人，讲的华语也多是粤语。如问路，多摇头，偶尔愤愤地回你一句：“唐人唔识讲唐话！”仿佛中国人就是粤人，中国话就是粤语。不过事实上早先美国大学的东亚语言文学系也多有教粤语的，敝校则如今还在教，尽管修的人少了。而在有汉语拼音之前，西方数百年来所有词典、百科全书、历史教科书里都有的Cantonese固然是广东人或广东话，Canton指的却是广州。可以说，以广州代表广东以至代表中国，在西方曾经是很普遍的现象。

这种现象其来有自。

秦末西汉时，南越王国的海外贸易奠定了番禺作为南海沿岸的贸易中心与交通枢纽地位。至唐代，广府已闻名世界。清初中西贸易发达，曾在各处设海关，但最终集中到广东。1757年，清廷将对欧贸易限于广州，是为“一口通商”。也就是说，在鸦片战争迫使中国开放五口通商前的近百年间，广州是除澳门外西方人唯一可进入和从事贸易的中国口岸，承担着外交、外贸等管理职责。所以说广州代表中国也顺理成章。

因此，广州历史上接待过无数的西方人，其中有画家、商人、学者、传教士、外交官，也有来自底层的水手、工人等。

他们在广州少则数月，多则数年，很多人甚至较深地融入了中国式的生活。他们以好奇的眼光欣赏广州，以独特的视角记载广州的风光、地理、人文等。虽然由于文化背景的不同和中国历史传统的博大，这些记载也难免有变形、疏漏的一面。他们实际上塑造和建构的是一个他们眼中的广州，映射到了西方读者的头脑中，逐渐构成了当时西方世界的中国形象。

近代中国天翻地覆，当年广州的山川风物和社会百态多已烟消云散，却被凝固在这些西方人的著述当中了，就像琥珀中的昆虫，历尽岁月，依然栩栩如生。现在的我们可以借此大致清晰直观地看清近代广州甚至中国在西方人眼中的形象。它们不但是研究中外关系和文化互动、中国近代社会生活史的重要资料，即便是一般百姓，也可据以追怀老广州的街坊店铺、寺庙宫观、五行八作、花艇疍家，甚至琶洲砥柱、大通烟雨。

本丛书计划收录的就是这样一些西文旧籍的中译本。

自改革开放后，中国爆发了又一次“西学东渐”热潮，域外汉学和中国学的经典作品被有系统、成体系地引进，对中国思想解放、学术研究等方面产生了巨大的影响，但在游记方面尚欠力度，成系列的也不多见。

我们希望，通过这些遗落在西方的广州记忆，我们可以重温历史上作为中国对外交往门户的广州之风采，发扬其中的和平、对话、交流、发展等人类共同智慧和人文精神，摒弃曾经的愚昧、自大、保守、落后等鄙陋，在新的时代为推动中国走向世界和世界走向中国作出新的贡献。

李国庆

2019 年 10 月 4 日草于旅次

译 序

格雷夫人（Mrs. Gray）原名茱莉亚·科克斯（Julia Cox，1838—1921），生于英格兰的布莱顿，1876年与在广州传教的牧师约翰·亨利·格雷（John Henry Gray，1823—1890）结婚，婚后跟随丈夫到广州生活，因而跟中国结缘。可惜只过了14个月，她就因病终止了长久居住的计划，回到英格兰，直到去世。在广州期间，格雷夫人坚持写信描述她在广州的见闻和感想，给家乡的妈妈和其他有兴趣的亲友传阅。出于这个目的，带私密性的家务事她会另纸书写但同时寄出。这种带有游记性质的信她一共写了44封，回国后于1880年，取名为《在广州的十四个月》（*Fourteen Months in Canton*），增加了一篇自序，结集出版。翻译出版时名为《广州来信》。

其丈夫格雷此前已在广州生活多年，对当地风土人情较为熟悉，1875年出版了一本名为《漫步广州城》（*Walks in the City of Canton*）的游记，翻译出版时名为《广州七天》，详细描述如何在7天内游遍广州，在西方大受欢迎，成为欧洲人游历广州的标准指南。格雷夫人到后，格雷带着她游广州，不单看名胜古迹，而且走街串巷，了解当地人的生活方式。而格雷夫人似乎也对陌生地方和陌生人的生活特别感兴趣。她不但以文字记录，而且绘制了一幅幅有趣的图画，为我们留下了19世纪末广州社会生活的活泼直观的可贵记录。这两本书描写的对象虽然都是广州，格雷先生着重于历史文化、名胜古迹、政治工商，可以说是一种宏大叙事；格雷夫人则以其女性的视角和特有的细心，关注社会生活、风土人情及内心感受，更如寻常百姓的娓娓而谈。二者相得益彰，共同勾画出一幅生动细腻的、19世纪末广州的社会画卷。这就是我们翻译的缘起。

译文以1880年伦敦麦克米伦公司的初版为底本。王晓燕译第1至第12封信，李雯译第13至第27封信，邹秀英译第28至第44封信，李国庆译自序并统校全稿。此外，编辑为本书增加了原书没有的目录和照片，以增强可读性。本书照片取自中国国家图书馆、大英图书馆编《1860—1930：英国藏中国历史照片》，国家图书馆出版社2008年版；（英）约翰·汤姆逊著，徐家宁译《中国与中国人影像：约翰·汤姆逊记录的晚清帝国》（增订版），广西师范大学出版社2015年版；（英）菲利斯·比托摄，赵省伟编译《西洋镜：一个英国战地摄影师镜头下的第二次鸦片战争》，台海出版社2017年版；以及微信公众号：古粤秀色本土文化宣传平台。

本书因所述皆为140多年前的事物，且许多名词都是从粤语而来，比较难译。我们尽了一切努力克服种种困难，特别是广东方言的还原，部分无法核对的地名只能音译，期待研究者来破译。

这个译本一定还有疏漏和错误的地方，诚请大家，尤其是广州的和熟悉广州历史的朋友有所指教。

李国庆

2018年春于哥伦布市小叶巷

自 序

这本小书是由我在广州居住的14个月内所写的信件构成的。我在那里有很多机会目睹中国人的私密生活，了解他们的日常家庭生活的许多方面。这些信件当时是写给那些对我在遥远中国的所作所为和所见所闻感兴趣的亲友传阅的。单给家人看的文字我都另写了和这些描述性的信件一起寄出，所以它们不包含任何跟家务事有关的内容，可以不作删削，原样刊出。

我们是于1877年1月13日，乘坐“阿比西尼亚”号离开利物浦的，14天后到达纽约。一路颇簸乏味，特别是对我而言，因为一直都不舒服。在船舱里度过14天，即使是最有耐心的人也会有度日如年之感的。我们在纽约待了5天，然后去尼亚加拉。大瀑布的磅礴气势远远超过我的预期，我觉得即便我们此行的目的只是看它，那也不枉此行了。我们听从一些旅伴的劝告，住在了美国这一边。我觉得加拿大那边其实更好看，因为能更接近瀑布，而从靠近瀑布的那些旅馆窗口观赏马蹄瀑布则是最美妙不过的了。在尼亚加拉待了3天之后，我们去芝加哥逗留了两天。大部分旧城被大火烧毁不久，芝加哥人就建起了一座壮丽的新城，其坚韧不拔的精神令人钦佩。我们从芝加哥去了盐湖城，住在摩门大酒店，以便尽可能多地了解该教及其教徒的情况。酒店主人汤盛先生极其热情，多次来我们客厅久坐，不厌其烦地介绍摩门教的教义和实践，说得直到我觉得忍无可忍，差一点就说出心中的愤怒。盐湖城的山光水色壮观秀丽。我们在傍晚到达时见到的是我从没见过的令人沉醉的景象。环绕的群山之巅白雪皑皑，无比壮观，我们第一眼见到时它们笼罩在一片玫瑰色中。杨百翰选择此地做他的初生王国之摇篮，眼光远大。它就拥有人类生存所需的一切，尤其富有矿产。城市所在的山谷就是一个天堂。不过对这个城市本身我相当失望，因为我读过的一些书称它是整齐和干净的模范。现在它的面貌怎么看都是极其商业化的，大街的转角是巨大的广告牌，商店则都是“最低价”“无人可比”之类的招贴。

看过了盐湖城一切有意思的地方之后，我们在第4天离开，坐火车去旧金山，路上经过浩渺的盐湖，其波澜不惊，水平如镜。对这样一个横跨美国大陆的美妙旅程我能说什么呢？——令人失望。落基山脉和内华达山脉很壮丽，我们经过的加利福尼亚乡村绝对迷人，可是我没有想到的是，千里大草原上一无可观，停车小憩的城镇则肮脏不堪。我觉得这种旅行很不舒服。车厢设计不太合理。车站的茶点室暖气烧得过热，我常常是一进去就出来，算是完成了匆忙的休息。

旧金山到了，我们却发现预想的优胜美地之旅是不可能实现的。大雪依然遍野，道路尚未开通，我们只能遗憾地放弃游览这个胜地。我们在旧金山逗留了5天，然后登上“比利时人”号，开始我们去香港的漫长海上之旅。这一旅程就天气而言，跟我们横渡大西洋时一样不幸。唯一的好天就是我们启程之日。此后我们经历了连续的狂风暴雨。为了避免这样的天气，我们的航线已经比正常的向南偏离了500英里，所以船长预料我们会一路顺利而快速。日复一日，晚餐上的议论如出一辙："多么糟糕的一天啊！"船员说，这趟旅程的天气异乎寻常的险恶，航行十分艰难。有一天晚上，船上没有一个人闭眼，狂风大作，货物移位，由于我们都待在船的一侧，船眼看就要翻了。另一天碰上了暴雨，巨浪扑船，劈在我们位于甲板上的舱房的舷窗上，惊心动魄，我们有一阵真怕海水会冲进来。这样的情况在同一次风暴中发生了两次。

我们在离开旧金山4个星期之后抵达日本，而感觉上却有双倍之久，因为在这单调的旅程中，除了一条小船，没有见到过一艘大船，或者任何有趣的东西。我热切地期待抵达日本，在海上漂泊了这么久之后，遥遥在望的陆地无疑值得双倍的欢迎。横滨我喜欢，东京最令我兴趣盎然。我们花了10个小时，各坐一辆由两个人拉的黄包车匆匆逛了逛。坐进这种奇特的交通工具，看着两个光着黄腿的日本人拉着我奔跑，我开怀大笑。我们参观了东京的大多数高楼大厦、寺庙神社等等。我们的黄包车夫拉着我们东奔西跑，速度差不多赶上了小马。我真希望可以在这个最迷人的国家待上几个星期，却只能带着一腔遗憾在午夜回到"比利时人"号上。早知道可以把票买到横滨，在那儿逗留四五天，然后坐另一艘船去香港，我们一定会那么做的。可是伦敦的船运代理告诉我们，如果我们分段旅行，有可能会耽搁两星期之久，而那是我们不想冒的险。一个星期的航程把我们送到了香港。香港入口处远洋和近海巨舶、内河帆船和小艇，聚集如云，奇形怪状，美不胜收，令我沉醉。从海上看去，香港城沿着港湾，背靠一座小山而建，非常整齐庄严，坚固挺拔。海港则极其宽阔而深邃，足可容纳一支大型的商船队。

古雅而宏大的广州城给予我的愉悦将永远铭刻在我的心头。那里的一切都是我前所未见的奇特。每次我进城或到它的郊外，都会发现新奇的、令我心醉神迷的东西。城市的布局、狭窄的街道、数不清的小巷和转角、出售稀奇古怪玩意的商铺，都令我百看不厌。很遗憾，我在广州的居住到1878年6月8日因重病而突然终止。我们被迫以最短的路线回到英格兰。海上航程让我部分恢复了健康，得以在西贡、新加坡、锡兰和亚丁上岸，看了一切短暂停留所能看的地方。锡兰是个可爱的岛屿，我认为瓦赫沃拉风光旖旎，是我游历过的最美丽的地方之一。

广州城，约1870—1875。黎芳 摄

目 录

Letter 1

沙面的家：开门遇见桃花源

广州，1877 年 4 月 1 日

亲爱的妈妈：

接到您和其他朋友的来信真是太高兴了，请代我们向他们转达最诚挚的谢意。所有寄到香港的信几乎与我们上周一抵达香港时同步。那些信被存在这里的邮局而没有寄到广州，好像等在这里欢迎我们的到来，太让人开心了。您真该看到我们捧着一沓信，坐在香港的旅馆里边就餐边如饥似渴读信的一幕。

用过午餐，我们雇了一乘小轿开始浏览城市。市内那些私家宅院的气势与规模令我惊奇，它们使我想起意大利的宫殿，看上去富丽堂皇。想一想在这样的位置修建一个可以俯瞰港口的住宅会多么可人意啊！这个城市秩序井然，它的繁华撩拨着每一个外来的人。

我们气喘吁吁地向上攀行直达山顶，然后转回大路，又沿着跑马地转了一圈。天气开始转阴变潮，这使我无法好好地欣赏周边的景色。但我仍可发挥想象，如果艳阳高照，这里的风景将会多么迷人。返回后，我们打发了轿夫，回宾馆点了晚餐。饭后，又进城去中国人居住的区域散步，看到了很多有趣也令人惊讶的事。街道上的店铺和居民家中，用纸糊的大灯笼挂在门口作为照明工具，让我感到即陌生又意外。

逛到晚上 9 点左右，我们才回到应邀过夜的一艘名叫“比利时人”的船上。第二天一早，我们 8 点就启程，坐蒸汽邮轮去期盼数周之久的海外的家。看到下面甲板上拥挤的中国人，我还是很吃惊的。这艘邮轮的性能很好，如果没有海潮，95 英里的距离应该在 6 个小时便可走完。

这期间有件事令人奇怪。船上有个男人持一把出鞘的剑守护在通往甲板的旋梯口。1 个多小时，他几乎一眼不眨地紧盯着旋梯口，直到另外一个人来换班。我好奇地去打听，被告知之所以戒备如此森严是前一阵曾经出过事。数月前，有几个强盗化装成旅客上了一艘叫“火花”号的邮轮。当船行至广州河面的河口时，他们动了手，杀掉了船上的欧洲官员及其他旅客，抢走了财宝。[①] 为此，直到我们的邮轮驶过虎门炮台，处于自己军舰的保护之下时，船上拿剑的警卫才得以放松，稍事休息。

一路上，我开始积累关于中国自然美景的知识，包括亭台楼阁、飞檐翘塔，还有江边摊贩各种奇特的手工艺。船抵达广州时，过去 10 周旅途的焦虑瞬时消失殆尽，我的心已经涨满，迫不及待地想抵达目的地。

邮轮开始下锚，四周人声鼎沸。众多的交通船挤成一团，

---

① 此事件记述有误，应为数年前发生之事。1874 年，英轮“火花”号从广州开往澳门途中被劫持 6 小时。一伙强盗假扮旅客由广州上船，杀死船长、大副、二副、事务长等。旅客数人受伤，其中全船唯一的外籍旅客受重伤。船上及旅客携带值钱物品被洗劫，抢劫的主要对象是一个中了 1.8 万元彩票现款的旅客，但其所携现款甚少。事后，粤督下令清查此案，20 个匪徒被抓获处决。参见广州市地方志编纂委员会《广州市志》卷一，广州出版社 1999 年版，第 40 页。——译者注

19世纪70年代的珠江，对岸就是沙面。黎芳 摄

等着从邮轮下船的旅客雇用，碰碰撞撞地都想在旋梯口找到一个有利的位置。船夫大声吆喝着想引起旅客们的注意去坐他们的船，有些船妇干脆爬上船来拉客。

船夫们的衣着看上去很异样，那是一种深蓝色的棉衫和同色的宽松裤子。他们的裤腿刚刚遮住膝盖，露出裸着的小腿及光脚板。用欧洲人的眼光看，更使人诧异的还有船妇们的发式。她们的头发做成茶壶形，用玉石簪子卡住，有些还佩戴着玉石耳坠和手镯。她们的发型着实清爽利索，深深地吸引了我，但整个周边的环境让我觉得有些不知所措。

我看到一位上了岁数的男人正在与亨利说话，很快便知道他就是我们的中国管家，英文名叫马克。他听说我们可能会坐这艘周二抵达广州的邮船，所以上来查看。

一大群中国人聚在一起看邮轮靠码头。他们的衣着以及光头后面拖着的长辫吸引了我所有的注意力。此时，管家马克已经从周围众多的交通船里替我们选好了一只。

我们上了船，慢慢地顺着沙面河岸向教堂驶去。教堂在小岛的最深处。一路经过沙面岛，我已经看到了它的美丽。小船靠近教堂时，我出乎意料地发现这里的住房既迷人又舒适，非常宜居。进了门，更欣慰地看到里面的各种摆设也非常之好。

给您描绘一下我们的新家吧。这是一座意大利风格的两层小楼，后面有两个大凉台，从那里可以看到河面。前厅很宽敞，左边是会客室，宽大的屋子有两扇大落地窗，每边还有三扇窗。屋后的凉台通向一块窄窄的绿地，它将我们与外滩分开，我们也可以顺着河岸散步。从前门，您会看到很宽的草坪。家家的绿地相互连接，贯穿整个侨居区。

我们的住所是与教堂连在一起的一座院落。教堂是意大利式的建筑。在我看来，相对整个社区中区区几个属于英格兰教会的人来说，我们的教堂气派非常。这座教堂，也是我们的家，四周的围墙被刷成石色并搭配两条相近的装饰色。我非常喜欢我们的家，这里是沙面小岛的尽头，几乎完全属于我们自己。我们有非常宽阔的视野，可以欣赏美丽的珠江。

沙面这个名字直译是“沙子的脸”，这是早期侨民对它的称呼，直到欧洲人买下了它。叫它沙面原因一是河岸都是沙，二是这个岛的形状很像一个人的脸。岛的面积并不大，周长只有 1.5 英里。外滩有一排榕树，每年此时都绿荫葱葱。

沙面堂，该堂是英国圣公会在沙面广州英租界设立的一座专供外国人礼拜的教堂，约1870—1875。黎芳 摄

我们的房子在居民区里很抢眼，整体布局颇为壮美，前面的人行道为榕树所遮蔽。花园中热带地区的灌木对我颇有触动，特别是那些棕榈树。随邮轮而来的大行李尚未运到，我们趁空先进城转转，而且已经发现了好几个颇为有意思的去处。

我们转过好多家瓷器店。不过两三天的时间，已经买下好几样青花瓷，这样我们的客厅将会更有家的感觉。您肯定记得教牧的用房是附带家具的。我们还买了几块小的中式方块地毯，有的是与地板颜色相近的黄色，上面有些蓝色图案；有的是与地板同色的白颜色，装饰是很奇特的龙及其他动物的造型。地毯上还有一些文字，譬如“寿”，那是长生的意思。不过那几块更像是粗挂毯。如果愿意，我们也可以买些欧式地毯，我们买中式地毯时就看到街边的店铺挂着一些。我相信沙面一般人家里是铺欧式地毯的，但我们更希望把这里的家尽量布置成中式风格。

我们的不期而至显然使这里的人措手不及，因为整个房子全无章法，餐厅的地面还在刷漆。不过很快就有中国小伙子来安置家具。客厅及卧室刚被重新刷过，无须像我们在英国的家那样再铺地毯了。这边正乱着，亨利的一个朋友坐着轿子来了。她热情地邀请我们先去她家暂住几日，等这边布置完毕再搬回来，但我们谢绝了她的盛情。在邮轮上长达 10 周的长途旅行后，我们更希望在自己的家里清静一下。

刚到沙面的这 10 天里，我们俩每天要走五六英里的路，我们也会长时间地站在房前眺望美景。广州这个地方可看的东西太多了，所有地方都与在欧洲看到的那些城市有所不同。那些狭窄、悠长而且数不尽的小巷子，加上无数五彩缤纷的招幌都促人好奇心大发。那些招牌通常就挂在每个商铺的门口，上面写着店主的名字以及售卖的主要商品。

您真的无法想象这些招幌有多么诱人。在那些有两三米长的条幅上，有的用猩红色的底子配上黑字，有的在蓝色的布上写金字，还有在白色底子上写红字的。各种招幌除了有几乎不太显露的绿色镶边外，其他的真是颜色各异。

在布局上，每条街的商铺基本都是同一个类型。尽管招幌的形状颜色各异，却都根据那条街的类别，把所卖商品画在幌子上，或鞋或袜、或乐器或帽子等，人们一眼便可知道那条街是卖什么的。有的招幌还会根据所卖商品的形状而剪裁，譬如一个帽子形状的幌子挂在帽店，袜商门前挂着袜子形状的幌子。有一家店铺让我觉得特别好笑，那是家牙医店。除了与其他招牌同样的大字显示出店主的名字外，上面还画着一大幅逼真的彩色画：一个人拿着牙刷在刷那口洁白无瑕的牙。还有的牙医会把坏牙吊在店铺的门框上来警示人们过来看牙。

这些街道的名字很奇特，亨利有时也会翻译给我听。给您举几个例子吧，譬如："太平街""祥云里""惠爱直街""百子桥""万福里""龙腾里""卧龙巷"等等。很多街道还以数字命名，城中一些主要街道就被叫做"一坊""二甫"或"三里"什么的。

我非常喜欢逛店买东西，真希望您能看到我们是怎样走进一家店铺，如何与店主打招呼，接受他热情问候，然后在店中央落座（很多的店面都是一分为二的），品一口不加牛奶和糖的清茶。这时您可以提出想买的东西，他们便会从店后面把东西拿出来请您过目。店主会出个价钱，亨利想一下，还他一个只有要价一半的数字。讨价还价就此开始，过程充满了幽默气氛。有的时候亨利回的价被一口接受，这时我们就知道这个价并非物有所值。还有的时候，亨利会一点一点地往上加钱，逐渐向店主的要价靠拢，这个过程很缓慢。按规矩，当亨利加价时，店主也会一点点地降价。当然，在靠近沙面以外国人经营为主的街上，商品价钱就是固定的。这条街上很多漂亮的店铺里会有牙雕、首饰、丝绸和乌木家具等。

在食品店里，您会看到一些古怪的展示。我看到了风干的老鼠，还有煮熟的狗肉。卖的时候，店家会帮你切好。我一直分不清乳猪、鸭璞、燕窝以及各种各样的肉或鱼。后者看上去让人恶心，因为店家为了让东西看上去新鲜，总是要让肉都带着血。

在禽鸟类的店铺中，我见过几只猫头鹰，还有白鹳。后者通常都是单腿直立在店门口的，眼睛被缝了起来，以防止它们被来来往往的人吓到。另外，还有蜥蜴、乌龟之类，都成了人的食材。中国人的节俭表现在不浪费一丁点的东西，动物身上所有部分都被计算着用来做食材了。我还观察到大量的露天摊贩，支着布棚或是用棕榈叶做成的伞来遮阳。看着人们围着这些小摊喝汤、用筷子吃饭或吃些甜饼及其他小吃的时候，感觉很有画面感。

露天小食摊

中国人是根深蒂固的赌徒。我就看到过一些很小的男孩子在卖坚果、橘子和其他水果的摊子上赌。无论是大街还是小广场上，也经常会看到四五个中国人围成一圈打牌或推骨牌，其他人则立在一旁观战。

我发现街上的中国人大多都很有礼貌。我们经过时，他们总是给我们让道。尽管他们也会跟着我们，然后站在店铺门口盯着我们走进去，但他们的确是好脾气的人。亨利和他们讲中文时，他们非常兴奋地和他说些什么。亨利告诉我他们夸他中文说得很清楚。后来亨利给店主写下我们的地址，以便他把我们买的东西直接送到家里，那些围观者更是惊呼："这鬼子居然还会写中国字！"

您必须明白这些店铺的前面是没有遮拦的，整个店朝街的那面是开放式的。很多卖各色宝石，特别是卖玉石的商店集中在一条长长的街上，鳞次栉比的珠宝店铺里的收藏价值数千。中国人上上下下都喜欢宝石。这条街大约有 1 英里长，两边皆为卖玉石或其他宝石的店铺。

我简直无法形容广州这个包括数百条狭窄街道的地方到底有多大。亨利一路上如何辨别方向对我来说更是个谜。他知道如何在由众多弯曲无状的街巷所构成的大迷宫里抄近路，所有那些拐弯处他好像也都很熟，真称得上是这座城市无与伦比的好向导。

所有见到他的中国朋友都很高兴，他们会询问他前一阵子去了哪里。然后会恭喜我，问我多大了，是不是从英国来等等。走路时，我总是听到街上或店铺里的中国人称亨利为"先生"。这个词在中文里是老师的意思，也是他们对亨利的称呼之一。

Letter 2

珠江两岸：水上人家的生活

大通古寺，1877年4月4日

亲爱的妈妈：

想象一下我们惬意地坐在寺庙花园楼上的画面吧。这座庙面对沙面，在珠江的另一边。亨利以前曾在这里静修过很长时间，庙里的和尚们一向非常和善地把花园的房子让给他用。我们的房间小巧玲珑，坐落在园中一个角落里。更确切地说，摆在屋里的木质大床几乎像是隔出的一个单独的小间，客厅是用木雕屏风隔开的。屏风上留有残缺的画，新的时候肯定非常漂亮，现在看来需要修补了。亨利告诉我，这是中国人没有想明白的一个地方，他们总是花很多钱造房子，房子破旧时却没钱维修，拖到房子几乎快塌时，只好拆了，然后再在原地基上重建。

空气清新，天也暖和，我们坐在窗边，把窗户敞开。这是什么样的窗啊！将窗分割成细小窗棂好像是中世纪人的偏好吧。

花园里的树木高且茂盛，一棵上好的柚树正对着我们的窗，伸出的树枝遮蔽着一个用砖石围起的方形小池塘。再远处，可见一座有着双层木质屋顶的亭子。我们从教堂带来了桌椅和午饭。初到之时，寺庙里的一位和尚把我们引进会客室。屋里非常温馨，摆放着雕刻的乌木家具，用深色木料做的窗棂雕刻着奇特的图案。

刚才看到一只很大的蝴蝶从窗口飞过，翅膀是黑色的，软如天鹅绒。花园里的鸟啼声音甜美。我们忙得像两只小蜜蜂，我在写信，亨利则坐在我身边修改他的书稿。

离开家前，一位76岁的慈祥老人来造访。他是一个中国商人，也是亨利的老朋友。他说洋泾浜英文时，我几乎听不懂他在说什么。他端详着我，问我多大了，带着保护人的口气对亨利说："长相还算端正。"他们谈到当今圣上①的年龄（他不过是个5岁的孩子）时，他说："他的妈妈很狡猾，管着那只小鸽子。"意思是指国家大事。

亨利客气地问他娶的新夫人（第二个）是否有孩子了，他回答"没有，有过一个，没留住"，意思是那个孩子死了。可怜的老人完全听不懂我说的话。

星期天晚上，3点的祈祷仪式刚结束，我们就坐一艘小船去黄埔，那是在珠江下游大约11英里的一个地方。亨利急着想把那里的礼拜日晚祷活动恢复起来。但那个地方与亨利初办起来的时候已经大不相同了。锚地中早已不见大船的踪影，码头等也被卖给了中国人，整个地区显出一派冷清与颓败。这是因为大型蒸汽船不再像以前那样需要先在黄埔卸货，而是可以直接开到广州了。顺流而下对我们的航行很有助力，仅仅2个小时我们便抵达了黄埔。但返程却不顺利，用了4个多小时，到家时已经入夜了。这一路，我们看到很多中国的炮船在列队受检，大概有18艘吧，听说是因为中国的省道台正好从下游检

① 指光绪帝，爱新觉罗·载湉（1871 — 1908）。是年，光绪帝实岁6岁，虚岁应为7岁了。——译者注

珠江的船，1870—1872。［英］约翰·汤姆逊 摄

视完毕返回广州。看到河里一下涌进了这么多船，我真是充满了好奇。亨利告诉我大约有30万人长期以船为家。

必须得承认，对于生活在陆地的人来说，那些一生以船为家的人是一个特殊群体。据推测，他们的祖先是叛乱者，被前朝皇帝逼得不得不切断与所有亲朋的联系。锚地里对各类船都标有记号，众多的船拥挤着排列在一起，在水上形成街道。成年和少年男女，特别是妇女，都可撑篙行船。船妇们穿的是宽松的短衫与肥大的短裤，就是那种刚刚过膝的深蓝色棉布衣裤，既不穿鞋也不着袜。我已经习惯与这些裸腿赤脚的人打交道了。其实就连守城的卫士也不穿袜子。我还注意到，很多看着很讲究的男人在下雨时也把脚上穿的刺绣布鞋脱下来，拎在手上。

走在街道上，我一向被安静、仪态温柔的中国人所触动。我已经看到一些小脚女人，在来庙里的路上又碰到一个，她当时是让女仆人①背着。亨利猜想她是一个地主的年轻妻子，正要到邻村的朋友家去串门。

① 中国的夫人有时会由阿妈背着从一个村子到另一个村子去会朋友。这个习惯也沿用到在家中大花园里的行走。——原书注

Letter 3

白云山：清明扫墓景象

广州，1877 年 4 月 12 日

亲爱的妈妈：

周三，我们走访了几家人，发现多数朋友在家。我很高兴有机会看看租界居民的家里是什么样。我很惊讶他们室内的布置完全是英式的，地毯是英国的，墙上的装饰也是欧洲著名的绘画。只有坐在宽敞的会客室、目力所及全是乌木家具和大走廊时，才让人意识到这里其实是东方。我常想，这些欧洲人回到自己的故乡时，他们肯定会为自家狭窄而局促的住所而失望。

拜访结束后，我们进了城。在店里搜寻了一番蓝青花后，我们参访了华林寺①。庙里的和尚正在用餐，诸多的盘盏盛放着不同的食物，很丰盛。见到亨利，他们非常高兴，站起来欢迎，我们则恳请他们赶快坐下。您可以想见我像是演哑剧一般。

他们请我们在另外一张桌旁坐下，马上就有个小和尚端来盖碗的茶，另外一个专事接待的和尚过来陪着我们。亨

① 华林寺罗汉堂，1851 年建成。堂内供奉释迦、阿弥陀、弥勒三宝佛，四周回廊环列五百罗汉，其姿态神情，无一雷同。参见广州市地方志编纂委员会《广州市志》卷一，广州出版社 1999 年版，第 12 页。——译者注

利和他互让了一下，碰了下茶杯，然后我们抿了口茶。桌子中间的一个多格的漆盒里放着各种干果，荔枝、黄皮、龙眼和姜片等。和尚用一个只有两个齿的叉子叉起些干果递给我们，还把干荔枝剥了皮再给我们。亨利则循着中国人的习惯，也用小叉子叉起一块干果，举起来放到这位和尚的嘴里。

与此同时，邻桌的和尚们吃得正热火。他们的桌子中间至少摆了30多个盛满各种饭菜的碗。佛教徒应当是禁止食肉的，但这并不说明在那些菜里面不会发现些许腊肉等荤腥。每个和尚一手托着碗，另一只手拿着筷子，从桌子中间的菜碗里轮番夹菜，这是中国人吃饭的习惯。饭后，和尚们便到我们这桌来站了一圈，轮番和我们讲话，不时还从漆盒里抓些零食递给我们。那些龙眼和其他的干果吃着很不对味，我不得不偷偷地从嘴里把它们吐出来再藏到我的茶碟里。和尚们看上去脏兮兮的，一脸的无知相，长长的指甲里藏污纳垢，好像几天没用肥皂和水洗一样，但他们又都很有礼数。我们离开时，和尚们会在走过每道门时都作揖打千地礼让个没完，也挺烦人的。

离开待客的大厅后，我们去看五百罗汉。这真是一个极为壮观的场面。那些造像几乎与真人比肩，是泥塑镀金而成。因为刚刚被重镀金身，每尊佛看上去都闪闪发光。一踏进殿，就会看到长长排列的塑像端坐在高高的佛台上，纵横交错。每尊都代表一种神圣的理念。有的向上伸臂并保持着这姿势，有一尊双臂都抬起，其他的则做沉思状，还有一个手里拄着拐。一个头上戴有法冠，其他的则是一般的冠。

所有佛像的头发都是深蓝色的，有些还有蓝色的胡须，但没有一尊雕像是重复的。有几尊罗汉代表的是一些特殊的神圣，胸前还有个小佛像，给人留下与众不同的印象。让我吃惊的是这些罗汉的衣着，看上去居然与天主教徒相仿。

随后我们又经过乞丐群居的地方，他们聚集休息于此。若有人死了，还会由福建商会捐棺材帮助掩埋。乞丐帮的行规是由指定的老人出面管理。这些要饭的人也是受特殊的神灵保佑的。看完丐帮的地界，我们回到家里。

您可能会想到这里的新生活对我是多么的不一般。租界的家里只有男仆而没有女佣。这是因为我听从了亨利的建议，没有雇佣阿妈。他觉得那些女人成天搬弄是非，是家里的祸害。对我而言，感觉自己更像住在一家旅馆里，既不知道下一顿的饭菜是什么，也看不到厨师，因为他根本就不进屋来。所有的仆人都住在与教堂连接处的另外一座简易平房里。

仆人们奇特的衣着让我意外，他们的俚语也令人费解。自然，他们对我的英文也是一知半解。我们的管家被问到是否能听懂我的话，回答是："我不服务，小姐说太好英文。"家中的餐厅已经布置妥当，我必须说我们的卧室也非常舒适。

希望上周亨利信中禀报我生病的消息没让您过于受惊。我的确病得很厉害。有两三天的时间，医生都搞不懂我到底生了什么病。医生看上去很严肃，告诉亨利说幸亏他及时求医，但他对于我的病状并未在用药后减轻颇感意外。最后，医生诊断我中了漆毒，并说病到这个程度，必须立即坐船过江，到花地苗圃里去坐1个小时。换换空气对我来说是非常必要的，布莱顿医生开的这个"特殊药方"是治疗的一部分。这办法果真见效。我被扶到船上时几乎不能自己坐着，在最喜欢的花园里休息了1个小时后，感觉就好多了，那些伴随我6天的让人难以忍受的恶心想吐的症状居然明显减弱了。待我们晚上回到家里时，我已经感觉大好，神速病愈了。但是，我所经历的漆毒绞痛恐怕是最痛的病苦之一。我的症状是发高烧，头一个晚上简直就被病魔缠住了，烧得神志不清。亨利说，从他在广州探访过的病人中，从未遇到任何一个像我这样几乎被烧焦了的病人。

现在我必须要告诉您那天去乡村远足的事。您还记得亨利离开英国前曾说，我们一到此地，他就会带我走一趟40英里长的旅行，去白云山山谷吗？除了他，没有任何住在这里的欧洲人知道这条路，他自己也是一个偶然的机会才发现的。

昨天一大早，两顶比起平时在城里或走平地用的更轻便的山轿，被叫到了教堂。轿上的椅子是竹子做的，还用深绿色的棉布遮住了顶部及侧面。休息的时候，椅子可以从抬杆上拿下来。至于我们，轿子刚一出城，挡布便被取下来，后来也没有放回去。早祷一结束我们就出发了，9点刚过。

我们一行人包括14名抬轿的苦力，其中一个亨利已经用了好几年，并一直随他探游。轿夫分成两组，8个人轮换着抬亨利，6个人换着抬我，像接力一样。轮休的轿夫把竹竿扛在肩上，一头挑着一个大斗笠，另一头则挑着正在抬轿子的人不穿的衣服。轿夫们的帽子不是蓝色、红色就是黑色的，尖锥形，像贵妇们的阳伞那样大小。一路上，轿夫穿着蓝黑色的短衫或褐色到膝的短裤，有的穿双草鞋，其他的则一路打着赤脚。他们古铜色的臂膊在阳光下闪着光，肩上因轿子的沉重而被压出深红色的印痕使我心疼。想象一下哪个欧洲人会肩负如此重担一天走40英里，而且其中一半的路还要抬着顾客啊！

我们的路线是先穿过城里，再走过郊区，然后进入乡村。一路上与我们朝相同方向赶路人很多，都是赶早去扫墓的。他们当中多数人步行，少数坐轿。他们带着长长的纸银锭串，是拿去在坟前焚烧的。

那些纸银锭，或叫纸钱，做成小小的糖块大小的元宝状，然后串成串儿。我看见很多人在竹竿上吊着五六串这样长长的纸银锭，他们还带着装在红色匣子里的点心、爆竹、彩色或白色的纸，那些彩纸是用来粘在枝条上插在坟头上的。我还看见有人抬着烧烤好的整只乳猪去祭奠。中国人非常节俭，他们不会把这么好的东西留在坟地里，祭奠完毕，他们会把东西带回家招待亲友。所有的男人每年都必须到坟地去祭奠祖先，我看见父亲带着家中所有男孩子去上坟。但在我继续描述之前，先和您说说我们到达坟地之前的一个插曲。

穿过郊区时，我们路过一个避难所，或说是专门用来隔离麻风病人的小村落。在这里可以看到麻风病发展的各个阶段：有的人几乎还看不出来，有的已经不成人形。麻风病人的样子是我所见过最惨不忍睹的。有个女的只剩下了个手掌，脚指头也全没有了。麻风病人们之间还会通婚，这也导致了疾病的继续蔓延及遗传。

看到孩子们也被染上这种令人生厌的疾病太让人痛心。现在是政府供养着村子里的病人。那些还能干活的也会做些力所能及的事，譬如搓麻绳来换钱，以便手头稍稍宽裕让日子好过一些。可怜的麻风病人也有他们自己的寺庙和特殊的神灵。几乎所有的病人都急切地向外人暴露出他们的残缺以博取同情及赏钱。我们穿过这个令人悲伤的地方，回到了我们的轿子。

接下来，我们经过一座埋葬着被砍头犯人们的小丘。再走下去，一群人带着祭品经过，还有一些人已经扫完墓空着

广州来信

致140年后的你

黑漆描金加彩庭园人物纹折扇，广东民间工艺博物馆

扇子在这个国家是必需品，种类万千，价格也差别很大，从几个铜钱至好几块大洋。

——格雷夫人《广州来信》

广州来信　致 140 年后的你

Letters from Canton

广州来信

致140年后的你

奶奶，中国的夫人，19世纪中期，大英图书馆藏

一个保姆拿了一块小布丁放到手心里，把它揉碎，再喂到女主人的嘴里。同样的情况发生在吃水果的时候。中国太太一切都依赖保姆，自己什么都不动手。中国太太无法理解我们欧洲女士；她们说：『你们都跟男人一样啊。』

——格雷夫人《广州来信》

遗落在西方的
广州记忆

广州来信　致140年后的你　　*Letters from Canton*

广州来信

致140年后的你

中国船舶，广州博物馆藏

我感觉珠江上最为迷人的是随时随地会发现新鲜有趣的事情。那些有着非常大的蝴蝶状深褐色风帆的客船是我的最爱。

——格雷夫人《广州来信》

遗落在西方的
广州记忆

广州来信 致 140 年后的你

Letters from Canton

手从坟地返回了。这时我们周围已经全是坟地了。那些形似马蹄形的坟墓多为依山而建的石室或是夯实的泥坯，这是有钱人家的墓地。穷人家的则简单立块石头或堆起一个土包。我们听到数不尽的鞭炮声，爆炸的声浪四起，据说这是用来驱赶鬼怪的。墓地中的鞭炮声此起彼伏，架势很像军队葬礼上的鸣枪致礼。这些声响要持续一整天，此时的山丘上几乎被前来扫墓的人站满了。

按规矩，墓地看上去要有气势，所以除了几处空地，整个山头几乎被挖空了。有的墓还有花岗石做的墓碑和红色的旗杆立在前面，以显示墓地主人身份的尊贵。有的墓前列有成排的石兽，还有的墓地两边排列着仆人形状的石雕，形成一条甬道直通身份高贵的主人墓冢。

我们很喜欢乡下，因为这里景色宜人。远离城市之后，风景变得愈发令人着迷。我们经过几处秧田，也就是培育稻苗的地方。在很小的一块水田里，稻秧密密麻麻地长在一

坟墓

起。过一阵子，这些秧苗会被移栽到更大的水田里。别看这一点点秧苗，它足够种满好几十亩稻田呢。我们还经过几处种满了不同作物的苗圃。

对我而言，中国农耕方式是非常有趣的，那是一种很原始的劳作方式。他们用水牛耕地，拖着的耙子像一个小栅栏，看上去好奇特。农民们用这个工具把田里的水与泥搅混在一起，为下一步插秧做好准备。这里的田每块都很小，部分原因是它们归属于不同的主人；另外，用亨利的解释就是便于灌溉。种子是手工播种的。我注意到一个男人正在为播下蔬菜种子后的田垄培土，他用一个大铲子在干活，上面拴着两根绳子，一个男孩站在田垄的另一侧用力往自己身边拽拴着铲子的绳，帮助男人使劲。

这些农民没有什么时间概念，他们起早贪黑地劳作，不知道什么是着急。我们还经过了一片桃树林，树上结满了果实，但要等到6月份才会成熟并可以拿到集市上去卖。

下午1点，我们在一户农家门前停下。这是亨利以前长途探险游历中数次歇过脚的地方。怎么给您解释那番奇特的经历呢？先有个女人出来接待我，她把我带进一间看着很像厨房的屋子，里面很多男人和孩子都盯着我看。那些只有七八岁大的孩子引起了我极大的兴趣，他们中很多人居然还用背篼背着更小的弟弟妹妹，那些婴儿看上去很奇特。大孩子中的一个将婴儿从他背上解下来让我抱抱。孩子大概有6个月，脖子上套着银项圈，上面有些漂亮的吊坠，胳膊和小腿上还套着银镯子。那之后，我便和亨利在堂屋会合。我们的苦力已经把饭菜摆好在桌上了。

我们的到来引起了家族的特别关注，都聚集在这里了。他们也刚扫完墓回来，正准备一起在堂屋里聚餐。因为我们的到来，他们非常礼貌地把地方让给我们用，自己则到院子里去吃。我们饭桌的周围大概围着60多人，我们开始进餐的时候他们凑得更近，很好奇地要看我们如何使用刀叉。若不是有族里的长者出面维持秩序，他们很可能会惹出些麻烦来。我特别好奇他们是如何把我们看作尚未开化的蛮夷的。他们也许在想，等我们再稍稍进化一点，就可以向他们学习用筷子了呢。

我们用过午餐走到院子里，发现那里坐满了人，他们面前放着刚刚用来祭祀的供品。这是族里祭祖的盛宴，所有同宗的人都要出席，费用从族里的公费开支。族里所有人都可以参加，但对那些有违族规的不孝子弟，最大惩罚就是禁止他们参加这场宗族盛宴。我们离开这家农户时，村庄变得越发素美，山谷在阳光的沐浴里也显得更加迷人。

若不是因为亨利认路，我们差一点就错过了一处极美的景致。轿夫想抄近道尽快登顶，那样可以少走六七英里的路，所以拒绝了亨利想绕着山腰走的要求。于是我们下了轿子，自己向前走。开始他们很固执，毫不妥协，而且态度里有些要挟的味道。但是，当我们自己走了1英里的路时（这当中我自己肯定也很沮丧，因为此时我们已经离家至少有26英里的路了），那些轿夫看出他们的恐吓不起作用，还是扛着轿子追赶上来，于是我们得以继续我们的长途旅行。

我们选择的路线要经过一片平原，那片高海拔的土地已被充分利用，到处种满烟草、棉花、甘蔗、蓝靛草、稻子以及各种蔬菜。

晚上8点多钟的时候，我们距城里还有5英里的路。天色已晚，周围漆黑一片。我的轿子走在前边，但此时我根本听不到亨利那顶轿子的声响。我开始有一丝不安，就开始唤他。没有任何回音，我只好再喊。亨利曾嘱咐过我，不要轻易对轿夫们失去信任，所以我继续强撑着并尽量用欢愉的声音喊着亨利的名字。可惜仍旧徒然，没有任何回应。我开始焦急起来，因为我们出门前就被告知这趟旅行有些不明智，但我们还是坚持出了门。我的金耳环、手提袋、戒指，所有这些随身之物都暴露无遗。那些抬轿的男人刚才曾经表现出如此的不驯，其中一个在和我们争论不同路线时的样子看上去很吓人。我非常担心亨利会不会出什么事。而我既不能说，也听不懂中文，此刻就连让抬轿的人停下来都无能为力，只好任由他们抬着我继续前行。

走了大约有十几分钟，我们来到一处可以歇脚的地方，那是以前的轿夫搭筑的让过往的路人歇脚的地方。真该给那些前辈记功，我的轿子终于停了下来。我可以向您保证，当时我的感觉真是无法令人羡慕，因为就连那位年长的苦力头目都不在身边。他是因为太累了，不得不继续留在我们路过的那个村子里休息。轿夫们正在休息，我猜他们想看看我怎么样了，推过来一个彩纸的灯笼，嘲笑着我的狼狈样子。此刻的我多么希望就待在这里，等着亨利那抬轿子赶上来啊。令我失望的是，他们不过休息了5分钟，又开始继续赶路。您可以想象当我终于听到亨利那顶轿子的声音渐渐靠近时的激动。当两抬轿子终于靠近到可以对话时，亨利告诉我，刚才他也一直替我担心得要命。原来，抬着他的苦力实在是太累了，本该换另外4个人时，居然一时找不到他们，显然是趁着天黑溜号了。我们终于在9点半左右回到了家。虽然精疲力竭，但对这一天的旅行中所见所识非常满意。

Letter 4

三娘庙：看怨女如何唤回丈夫的心

广州，1877年4月15日

亲爱的妈妈：

那天下午给您写完上一封信后，我们就在寺庙的花园里用了晚餐。吃过饭大约7点，我们去了北帝庙，参加在那里举行的祭拜北帝的隆重仪式。[①]北帝是中国人崇拜的诸神中非常重要的神灵之一。

我得和您说说中国人是如何驾轻就熟地准备即兴的野餐的。大厨和打杂的是坐船到寺庙这边来的，他们带着全套的做饭家伙，还有桌布及就餐用的碗盘等。所有的东西装在一个大箱子里，用绳子吊在竹扁担中间，由一个苦力和一个划船的汉子一起抬上山来。

我们像往常在家一样在这里的花园中用餐，有汤、主菜等等，所有这些都是在庙里非常安静的一个小厨房里准备的。无论何时开饭，中国的厨师永远不会出错。就说昨天晚上吧，我们在外面待得很晚，因为涨潮，回程的船划起来很费劲，紧赶慢赶才回到沙面。晚饭本该7点半开，而我们坐在

① 北帝，即“玄天上帝”，又称“真武大帝”。传说是北方之神，自中原传入后，为民间所崇信。从清迄民国逢农历三月初三、二月二十五诞期，都热闹非常，市内各道观与大小北帝庙，都举行醮会。——译者注

饭桌前已经快9点了，然而端上来的饭菜仍旧是热乎的，仿佛我们根本没有迟到。事实上，如果我们真的7点半按时回来，饭菜也一样会准备得妥妥的。

话说回来，到北帝庙已经过了8点，我们最想看的那场不常见的祭拜仪式已近尾声，我们就先回家，等第二天晚上去参加三场祭祀活动的最后一场仪式。在这个节庆的仪式上，中国人把他们养的云雀（一种中国人最喜欢的鸟，很多人都拥有，无论富人穷人都花了不少钱买那些叫得好听的）放在用竹条编的笼子里，再把笼子挂在寺庙四周离地两米高的竹竿上。一连3个晚上从6点到7点半左右，他们把笼子留在那里祭拜北帝。

主人们刚把鸟带来时，每个笼子都用手绢罩着，罩子一拿开，小鸟们便放声唱了起来。万鸟齐鸣的声音让人疑为有数百盏灯的光束聚焦在屋顶，照亮一切。小鸟们尽情地比试着，一个压着一个地唱到无以匹敌。中国的云雀非常漂亮，个头也比英国的大，可以被驯化，并由主人调教发出不同的声音[①]；它们一边叫一边还扑闪着翅膀，能持续地鸣唱很长时间，但音色好像不如英国云雀那样甜美。不仅北帝被众鸟齐鸣地享受着尊崇，鸟的主人们也期望沾鸟的光得到北帝神灵的特殊眷顾。寺庙里挤满了穷人，他们因这场云雀音乐会而兴奋异常，大概有数百只鸣禽被吊在庙外长杆上的鸟笼里放歌。

中国人极尽能事地宠爱那些毛茸茸的宝贝鸟把我逗乐。一大早，您常会碰到一个个睡眼惺忪的人，穿着漂亮的长

---

① 后来我在去黄埔的蒸汽船上，曾看到一只云雀被驯服并会模仿猫和狗叫声，鸟的主人要价60大洋。——原书注

袍，手里提个装着云雀或其他小鸟的笼子。第一次看到这样的人时，我以为他们是卖鸟的。然而亨利纠正我说，这是广州人的习惯，他们起床后第一件事就是出去遛鸟。一位英国太太也曾告诉我，一次她的鹦鹉病得很厉害，她的管家就劝她雇一个专门遛鸟的苦力去白云山遛鸟，让它换换空气及环境。

星期三，听说北帝巡游队伍要走街串巷，我们就去了街上一家夏布铺。报上通告说，游行队伍会从这里经过，但我们显然去得太早了。事实上，中国人完全没有守时的观念，像这样的游行仪式，您必须等很长时间，也许等到最后，队伍根本就不来。

我们被店主请进店里坐，还上了茶。根据中国的礼仪，茶是要先敬给亨利的。但凡这样的场合，我一般都是安静地坐在一边，观察周围的所有人和事（有些受辱的感觉），没有人会注意到我，所有的关注都集中在我丈夫身上。亨利也曾与中国的绅士朋友们争论过男女平等这个话题，向他们指出应当给女人以应有的地位。在被他试图说服的人中，有一个并不想与他争论而是静静地听的人，最后一言以蔽之："男人是太阳，女人是月亮。"

店内的装饰性雕刻相当漂亮，有些涂了金，其他的则保留了原色，既有观赏性又非常实用。这样的雕刻在店铺的后面形成了半个屏壁，屏壁下立着一尊店主人平日专门供奉的佛像。前面的供桌上摆放着各色纸花、灯盏和香烛。一盏用玻璃器皿做成的油灯从天花板上吊下来，正好照在至尊的神佛面前。每天早晚，要燃两次香。

游行的队伍向这边走来时，我们都来到了商铺的外间，坐在专门为我们准备好的放在一个台子上的椅子上。店门用一个梯子挡住，以免看热闹的人群涌进来。

我们的出现立刻成了街上男女老少的最大关注点。坐在铺子对面的妇女和小孩正看着我们，他们是专门从乡下赶来看游行的。游行队伍里的人也不断地转过头来盯着我们看，边笑边向我们点头。和我们一起来的留着漂亮胡须的英国朋友最夺人眼球。在中国，只有上了年纪的人才可以蓄须，他们留的胡子是千篇一律的一撮短尖的白胡须。

我们所在的街道很狭窄，像伦敦的小巷子。此时，聚拢的人群已经拥挤不堪。街道的两边各堆了三层厚的人墙，中间留出的空间只够游行队伍勉强通过。而我们几乎就是坐在街上了，因为店铺和街面在一个水平，人们一抬脚便可进店。

广州城对空间的利用非常经济。若从一个高耸的塔楼上俯视，您会无法感知间断，也看不到街道，因为下面的屋顶密密麻麻的。在狭窄的街道上，摊位占据了几乎所有可利用的转角和角落，这使我们的轿子几乎无法通行。轿夫一路走来需要相当好的沟通技巧。两抬轿子相遇时，抬轿的苦力要大声吆喝着开道。

话说回来，游行队伍很长，从我们观礼的店铺前走了有一个小时。队伍最前面的人举着写有北帝名字和尊号的大灯笼，接下来的是举着幡的队伍，那些被高高举起的旗幡，有着漂亮的刺绣，边缘还有彩色的流苏，有些还将北帝的故事绣在上面。

我们还看到一些用木棍撑住的长长的双面横幅，由人在中间撑着走，外面看不见人。横幅上有很多穿着各式服饰的小人像，用来表现北帝的故事。这些双面的大条幅有些地方还发着光，那是用镀金的翠鸟羽毛线做的装饰，外行人看着有点像珐琅彩。随后过来的人举着红色牌子，上面写着先皇与当朝皇上授予北帝的徽章与名号。游行的队伍被不同的横幅分成不同的组块，那些旗幡和横幅就是不同县镇献给北帝的。举旗幡的人多着白色或颜色鲜艳的丝绸大褂。这些人很多是有地位的绅士，他们自愿地走在荣光的祭神行列中。

在游行队伍中，每一个方阵里都有孩子，有些很年幼，不过四五岁的样子。这些金童玉女们（后者也像男孩子那样叉着腿坐在马上）身着盛装，骑着小马驹，演绎着北帝时代男女英雄形象。可怜的孩子们，他们从早上6点就开始集结，而他们的队伍走过来时已是中午时分。有个扮成小英雄的孩子因为体力不支而依偎在一位侍者怀里睡着了，他的小马驹就那样空着。事实上，那些孩子中很多都是当地士绅的子弟，他们坐骑两旁跟着的随从边走边不时地喂他们吃些饼干或其他甜点。

有个小男孩把我们及周围的人都逗笑了。他的胳膊上绑着一个特别大的代表神话中怪物形状的幡，脸上画着大胡子，头上还扣着个插着长长羽毛的帽子。经过我们时，他把腮帮子整得鼓鼓的，手插着腰，尽量摆出一副严肃相，他的表演得到观众的大声喝彩。我觉得大概有50个孩子在我们面前游行过去了，其中有一个小孩子还被吊在半空，象征着天使。两辆平台车过去了，上面分别有人表演。第三个小高潮是，几个男人举着一个躺着的男孩，而男孩则用脚顶着一个小女孩。

我还忘记说了，每隔10分钟，就有所谓的“乐队”打破沉寂。那是怎样一种音乐啊！有时候，那些乐器就是穿着漂亮刺绣长袍的小男孩演奏的，还有人吹着各种笛子。一种震耳欲聋、毫无乐感的声音来自敲着铜锣的人。更振聋发聩的声音来自一种乐器，叫镲，这种乐器需要用两手分别把着同时对撞。还有其他人吹着唢呐和牛角。可以肯定的是，中国人喜欢动静特别大的乐器。

每隔一阵儿，游行队伍就会被一个移动的小桌打乱阵脚，桌上摆着蜜饯、茶以及点心。趁着行进中几分钟的停顿间隙，游行的人赶快趁机吃一口。队伍从我们面前经过时，我看到很多好吃的就那样被丢进了男女小英雄们的嘴里。

祭桌上装饰着翠鸟的羽毛及各色宝石，还摆着玉石做的花瓶及一些青铜器皿，那都是从本地士绅家里借出来用以尊崇北帝的。

您若能亲眼看见游行队伍里那个裹着明黄色丝绸、偶尔婆娑起舞的大胖子，会大吃一惊的。他身上的袈裟只斜裹住上身的一半，另半边则毫无遮拦。

走在队伍最后的是 3 个用乌木雕刻的巨大神龛，前面两个分别放置着北帝父母的小雕像。隆重出场的是第三个神龛，前面有列队行走的乐师，还有穿着长袍马褂德高望重的士绅。他们身上绸缎衣服的胸前及背后均有标志其品级的补子。这座神龛里敬放着北帝的塑像。队伍走过时，两边的观众们纷纷敬礼迎送。他们双手相扣，一次又一次向神像弯腰作揖礼拜。这样的偶像崇拜活动真是难得一见。商家店铺的主人们对北帝的奉献是把在店门口摆设的小祭坛上奉献盒里的钱献给北帝。有时店主还会在队伍经过时泼洒祭酒。在中国所有的寺院里，总是有尊稍小一些、容易挪动的神像，用以像今天这样隆重的祭祀仪式。

游行的队伍刚刚走过，马上就有无数爆竹腾空而起，以驱鬼避邪。周围的百姓除了因游行队伍通过时偶尔走形外，其余时间一直很自然地保持着良好的队形，此时轰然散开了。巡逻兵拿着鞭子过来了，他们的装备看上去过于简陋而且陈旧。他们头上的帽子如图所示，那些红丝穗子从帽顶的立柱上散落下来。

巡逻兵的帽子

街上观看游行的人群散尽后，我们去了几个作坊观察中国的手工业。一间磨坊非常吸引我，两块摞在一起的大碾石正由一头牛牵引着滚动。牛的眼睛被布蒙住，免得在磨道上不断地转圈而被转晕了。

接着，我们又乘小船去河南[①]参观漂亮的海幢寺[②]。这是城里最大的一座寺庙，保存完好。亨利在这里受到了和尚们的热情欢迎，我们还受邀与他们一起进茶。亨利对每一个角落似乎都很熟悉，他曾经在这里的一间屋子里修习过，那是庙里和尚专门腾给他住的。我需要尽量描绘一下这座完美的

---

①河南是广州人过去对广州珠江以南地区的泛称。——译者注

②海幢寺，又称河南寺，始建于南汉，大规模扩建于清初，广州四大名寺之一。1806年寺院被辟为外国人的游览区，此举开了广州专门为外国人开放游览区之先河。——译者注

寺庙。

像其他寺院一样，庙的正殿里供奉着3座巨大的木制镀金佛祖坐像。神坛下面的两侧有16座罗汉像，每一尊托管一方，像前均摆有香炉。大殿屋顶上吊着长明灯，时时刻刻照亮着3尊大佛。3个雕工精美的镀金供案一一摆放在佛祖像前，台上摆放着高大的锌制器皿，有的插着人造花，有的插着香烛。主殿旁边的一座偏殿是供奉佛祖舍利的地方，顶部是大理石雕刻的白塔。第三个祭拜之处供奉着观世音菩萨。

我们参加了寺庙中的晚课。这里和广州其他寺庙里的和尚都对亨利给予极大的尊重，准许他进入殿内参加1小时的仪式。沾了亨利的光，我也享受同等礼遇，得到近距离观察佛教诵经祭拜的机会。中国人一般是不准进入殿内的，他们只能站在殿外，通过敞开的大门观看仪式。

有30多个和尚出席了晚间的礼佛仪式，他们穿着灰色的袈裟，肩上披着长长的用黄色丝绸缝补的百纳衣。百纳衣是清贫的象征。在昏暗的灯光下，他们的服饰显得异常神圣。那些剃着光头，带着献身般虔诚的诵经人，与天主教信徒们何其相似。两个和尚站在未来佛的供案前（现世佛因为看上去太神圣，必须通过中间人才能传递对其敬拜之意）。一个做法事的和尚敲着木鱼来掌控诵经者们的节奏，另一个负责击磬。很多和尚有序地跪在大殿两旁的罗汉前面，他们在为其他的信徒代祷。那些和尚们需要定时磕头，磕头时要以头及双手触地，头再抬起来时，掌心向上。所有的和尚在磕头时整齐划一，带着异常的严肃与庄重的神态。和尚们诵经时有不同的声部，时间差不多有半个小时。诵经毕，司仪的执事慢慢地走到供案前，走的时候轻轻施边而行，仿佛没有资格直接面对佛祖，哪怕是未来佛。他的手上，捧着一只装米的小铜盏，上举 3 次，然后慢慢倒退着回到离供案还有些距离的跪垫处，匍匐在地。他把手放在铜盏上，做出要将米奉献出去的样子，再站起来把铜盏放到殿外的一张小桌上给飞鸟吃。

我们当时紧挨他身后站着，可以非常清楚地观察他的一举一动。然后我们重新回到刚才听经时坐的板凳上，继续观看。和尚们绕着大殿内转了 3 圈，行走时双手合十，眉目低垂，鱼贯而行，嘴里念诵着佛号“南无阿弥陀佛”。

仪式开始之前，执礼的和尚先向其他出席仪式的和尚磕头，然后所有人面向北方，匍匐在地，伏拜上苍。这样的礼佛仪式每天早晚各一次。庙里的和尚们对这些仪式程序稔熟于心，各就各位，跪在地下，身体朝上，双手合十。礼佛时所用的语言是古印度的巴利语，很多和尚也是鹦鹉学舌地重复，并不明白其中的意思。

佛事做完后我们又去广州最富有的一个富绅宅邸做客，主人姓伍。我们在花园里见到了主人，看到亨利，他高兴得几乎雀跃起来：“哎呀，您从英国回来了，我打心眼里高兴见到您！”接着，他引我们去参观内宅，还去了几个月前刚刚去世的夫人的灵堂。屋里挂着夫人的遗像，前面安放着祭台，墙上挂满红色和紫色布幔做成的条幅，那是表达悼念的挽联。这位绅士的神情里透着对逝去夫人的挚爱，他不停地对也认识他夫人的亨利重复着：“唉，我内人走了，我内人已经走了，心里太难过了。”他只有这一位夫人，而且表示不想再娶了。接着，他很自豪地带领我们参观宅中布置成欧式风格的客厅。

昨天我们在外观光，度过了美好的一天，亨利的一位大学同学也来了。在我们参观的寺庙中，有座庙是专为怨女而立的[①]。那些失去丈夫欢心的女人们，把用纸剪成的男人剪影插到供奉坛中，求菩萨保佑，让他们回心转意。有些剪影是脚朝上倒着插的，喻示说男人的心偏了需要矫正一下。女人们若是有生病的孩子或是其他什么烦恼，也会用纸剪成小人并把孩子的名字写在上面。这些小纸人不过有五六寸长，摆放时一定要将头冲下。这些为子担忧的妈妈们求菩萨显灵，把她们孩子的心重新摆正，使病痛得以消除，时来运转。同样来求神的，也有对女主人不满的奴婢们。

看完庇佑妇女幼童的庙宇，我们再次访问了五百罗汉堂，并在那用了茶点。不巧，庙里的方丈几天前刚刚过世，接待我们的和尚们充满了悲戚，也没有坐下陪我们，而是请朋友代为招待。两个年轻的和尚，也是刚去世方丈的弟子，为他披麻戴孝。我们看到方丈的棺材前摆着点燃的蜡烛，那是用来引导逝者留下一魂在肉体（据说每个人都有 3 个灵魂）。我们回到家时，已经被满满一天行程搞得精疲力竭，但脑子里却充溢着白天有趣的见闻。我几乎等不及要再次继续我的探险了。

① 当是位于西来初地的三娘庙。作者丈夫的《漫步广州城》中有详细描述。——译者注

Letter 5

裹小脚：渗血的“优雅”

广州，1877 年 4 月 22 日

亲爱的妈妈：

给您信的第二天，我们决定用一个下午去探访这座城市的各种救济机构，即老人收容所、老年妇女救济所、盲人救济所以及育婴堂。

老人收容所里的每位老人会分配到平房中的一间小屋居住。这些穷人从政府所获得救济金很微薄，所以每逢陌生人走近，他们立即伸出手中的小竹篮，嘴里念叨着“叩赏，叩赏”。按理说，60岁以下的人是没有资格住进这些施舍性住房的，但是很多老人的亲友发现在这里长住是很方便的。我们就看到很多年轻女人和孩子也住在收容所里。

有些老人已经年过八旬。有一间屋子的主人岁数相当大，房间的角落居然全无遮挡地停着一口棺材，令我大吃一惊。据说这口棺材还是亲戚送给老人的生日礼物。这样的礼物会使老人在世时放宽心，知道家人不会在他过世后为高昂的丧葬费所拖累。中国人认为，人死后，三魂中需要有一魂跟随肉体进入坟墓，这样才会使逝者在盖棺之时得以安息。

在老年妇女救济所中，我们看到很多裹着小脚的女人。亨利坚持让我亲眼看一看这些被缠裹变形的脚。一位年长的妇女，听到我们的请求后表示，如果我们给些赏钱，她可以带我们去见一位脚裹得特别小的年轻姑娘。该女子正好来看望她年长的亲戚，我们到了她们屋门口时，周围一群老妇人围了上来。她们敲开了门，让那个年轻女子和我们讲话。当她得知我们的目的后，显得十分羞涩，说不能把裹脚布解下来。我们给她看了5分银毫的赏钱，她才同意让“奶奶”（也就是我这个夫人）随她进屋，并同意让我看她的脚。与我同行的朋友也急于亲眼目睹并试着陪我一起进去，这使那女孩子改变了主意，拒绝解开裹脚布。不得已，我们只好悻悻地退了出来。与此同时，那位上了年纪的妇女在门外帮我们再次说和。她不屈不挠地劝说那位年轻女子接受我们的请求。为了打消女子的顾虑，亨利也向她解释说，他和我们那位朋友都是上了年纪的男人，他的白发与我们朋友长长的胡须便可为证。而这样岁数的男人，对她来说是没有逾越之危的，亨利补充着。老妇人也借用亨利的话反复劝说。最后，在5分银毫的基础上，我们又拿出相当于5便士的一串铜钱放在了年轻女子的手上。这个价钱高得让那个女孩再无拒绝之力，于是她坐到板凳上开始脱下脚上的绣花鞋，解开绑带。

所有中国缠脚的女孩都要用布带将脚塑型，上层社会的女性会用些彩布条缠脚。被缠过的脚看上去真是惨不忍睹，完全变了形，其他4个脚趾被折断并隐藏在足背下面，唯有大拇指还露在外面。那女子脚趾骨头肯定被折断不久，酸痛不堪而且不断渗血。除了大脚趾，其他脚趾从脚的表面完全看不见了。脚面也因此被挤压得高高隆起，活脱脱凸出一个坚硬的弧状肉坨。那双挤压变形的脚很难复原，我从女子每一下碰触到自己脚时的神态便可以感受到她钻心的痛楚。裹脚布需要每天打开以便清洗双脚，其他时候若要打开则会被视为冒犯了。以前虽读过或听说过关于中国妇女缠足的报道，直到亲眼所见才让我充分意识到这是多么令人痛心的习俗。

缠足是在女孩子长到四五岁时就开始的。她们先被用白布条裹住脚，逐渐地缠裹得越来越紧。这样的折磨要持续好几年，直到可怜的双脚被破坏并按规定的形状重塑。她们说，听到小女孩们在打开裹脚布或者重新缠裹时的凄惨哭声，每每令人心碎。随着时间的推移，被缠足的脚逐渐变成一根垂直的骨头，女孩的腿也会因此而有些走形。中国女子不走动时很优雅，走动起来那种优雅就荡然无存了，当然这是在我们看来。在他们眼里，小脚女人在侍女的搀扶下，一步三摇，正是风情万种呢。

从老年妇女救济所出来，我们接着去参观了育婴堂。在那里，另一幕让人伤心的场面呈现在我们面前。房子看上去灰暗破旧，那些面呈饥色的凹陷小脸可以告诉你一个个凄惨的故事。他们当中很多人就像干瘪的小猴子。可怜的婴儿们都是女孩，是被自己失望至极的父亲送来的。那些父亲们期盼得子，不愿花钱出力养大这些无用的女孩子。这些弃婴往往刚出生几小时便被从妈妈身边抱走。在这里，一个护士需要照顾3个弃婴，很多孩子被送来不久就死了。尽管如此，她们还是比那些被卖去做奴仆或还不如奴仆的要幸运些。我看到一个刚出满月的婴儿，咳嗽得非常厉害，像一个老年哮喘病那样停不下来。看护告诉我们，这孩子的确很不幸，可是她的神情也告诉我们，她并不觉得这事有多么值得一提，一切都是命中注定，早死早托生。

早亡的婴儿在中国是被看做不吉利的。孩子死后，也没有什么正式的葬仪。事实上，死婴常用席子一裹便丢进河里。从各方面的观察可以看出，溺杀女婴仍较普遍，特别是那些客家人居住的地区。

几天前，我们在白云山下的一户农家吃饭时，注意到围在我们周围的孩子都是男孩。我们不禁问道：女孩们都去哪里了？我说的这个村子就是承袭客家人习俗的。

中国的知书达理之人历来反对虐婴。市中心有个小广场叫白霭亭，每天都有宣传各种主题的集会。我们看到墙上贴着多幅很大的招贴画，其中有8张连环画讲的是一个溺杀女婴的邪恶女人。第一幅画的是一个女仆正准备一盆水要把女婴溺死，而婴儿的妈妈就在旁边；第二幅画的是这位妈妈正把孩子扔进盆里；接下来的画里，这位罪恶的妈妈正站在阎王面前听候惩罚；最后一幅画的是一个婴儿的头长在一条蛇身上，缠裹着那个罪恶的女人并把她吞食。

接下来我们去参观盲人救济所。在那里，因为管理上的疏漏，好心的施舍被人钻了空子。令人惊诧的是，许多住在那里的盲人眼睛都很好使。经了解，这些视力正常的人是盲人的亲戚或朋友。他们不但白住在这里，还要分享盲人讨要的钱物，而盲人却没有得到很好的照顾。说起来，这些盲人本应当得到菩萨的保佑，或该承担上辈子造孽的恶果。目睹这一切之后，我们就返家了。

上个周五，我们进行一次相当危险的旅行，顺流而下去参观离广州约24英里远的莲花塔。预感将有很长的路程，我们起了个大早，6点半便出发了，一个状似拖鞋的棚船在等着我们。

以前还没告诉您这种船到底是什么样子的，现在让我来试着描绘一下。这种船的形状与拖鞋类似。乘客坐在头顶有棚盖的舱里，3个船工站在船尾撑篙，第4个人则坐在船头把舵。他们这样配合着可以把船划得飞快。

我们的朋友、亨利和我，再加上一个随我们来的苦力，大家都坐在船舱的地板上。这是我第二次坐这种鞋形船了。舱里很挤，出发不久我就开始晕船。拥挤和晕船加在一起，令我十分难受。船已经过了黄埔，但离我们今天的目的地还有一半的距离。

沿途所见的竹筏以及两岸的风光让我非常感兴趣。离目的地还剩1小时水路时，水流变得湍急起来，我也晕得更厉害，感觉紧张且不舒服。下午1点多，船终于靠岸。但我们发现，从岸边到宝塔还要走相当长的一段路，而且要爬山。我们先走过一段水塘间狭窄而泥泞的小路，又经过坑坑洼洼的地并翻过了一个小的瀑布。然后，我们又必须在一边是耕地一边是布满一个个小土包的山丘间找到我们的路。那些小土包其实就是坟墓。中国南方的墓地周围是没有围墙的，坟墓依山势的走向而建，所以四面八方都有。除少数几座石头砌的坟，绝大多数都是土坟。

我们终于抵达了九层塔，并且马上就开始往上爬。这座塔非常古老，石梯也多残破。凭着毅力，我们爬上了八层，但通向九层的梯路已被经年所积的残砖断瓦堵住了。从下面爬上来时，每登高一层，周围的风景便开阔一些，也更漂亮。风很大，吹得让人感到不适。我得借双手之力爬上破旧的石梯，石梯风化得很厉害，一脚踩上去石头嘎嘎作响并纷纷跌落。风越来越大，走过没有墙遮挡的地方时，我还得用手紧紧护着经常被吹歪的帽子。这座塔是用砖石搭建的，已经有500年的历史了。下来的时候真是太累了，有时我不得不借力于两位同伴。

离开石塔后，我们走进附近的一座避难所。那个建筑基本上就是用厚砖砌的墙把一片地围起来，上面有出入的通道。当土匪或其他敌人进攻村庄时，这里可用来给妇孺藏身。牲畜也会被赶进去，男丁们则在那里保卫着家属。

接下来，我们又去了距离这近1英里路的一个很深的山洞。据说那是个天然的洞穴，但亨利看完后却认为是人工的，而且很可能是佛门弟子用来静修独省的地方。他说他在印度时也见过相似但建造得更加完善的洞穴。洞口四周生长着蕨类植物，有些叶子长得非常硕大，煞是可爱。在岸边享受了3小时漫步后，我们乘船返航。

回程是顺风，船夫把船帆升起来借风势而行，他们于是可以休息一下。但船走得并不是很快，走了很久才抵达我们另一个感兴趣的景点——洪圣王庙，那里供奉的是南海神。

庙很大，它是中国唯一一座供奉南海神的庙。历代中国的皇帝，在登基之时，常派使者来祭拜并以他们的名义做奉献，他们所奉献的钱两数额往往很大，庙中的主持就会将帝王的名字及颂辞刻成碑，修一个四方形的底座，将大理石碑矗立在庙中。

庙里有座黑色的神像，很受青睐也常被祭拜。没人知道这代表何方神圣。一说这是纪念一位从印度来的高僧，另一说这是纪念当年抵达该港岸的黑人水手。据说，那位高僧是靠着庙门站立时突然亡故，中国人认为他是直接升天进入极乐世界了。寺庙周围的村庄非常美，附近有个小丘叫婆罗山，我们在那里欣赏到了最美的落日。

又坐回我们的小船上，升帆起航，慢慢驶入黑暗。这一程，我们先要去黄埔，抵达时已经9点差一刻了。我和朋友留在船上等了亨利半个小时左右，因为他要去安排周日晚上做礼拜的事宜，然后我们接着往家赶。这时大家全都累了，与我们同行的朋友好意提出给我们唱歌解乏。听了几首歌曲后，我开始打起瞌睡来。不得不承认，我几乎一半也没听进去。

天上开始有雷鸣电闪。起初浓云中还有些亮点，瞬间天空被黑色的云彩全部遮挡住。其时，我的朋友一首歌正唱到一半，我不想让骤然突变的天气打扰他的兴致。但就在歌曲结束前几秒钟，暴雨骤降。第一阵瓢泼大雨下得特别猛。船夫大惊失色，他们的声音逐渐升高并变得尖利起来。幸运的是我们的船帆已放下了，但还有一些小桅杆撑在那里。一个船夫像个猴子一样爬上船顶，把桅杆放下来，其他几个人拿出长长的竹竿，非常幸运，他们把船撑到了浅滩上并系好。此时，狂风大作，我感觉船马上就要被风吹翻了。船身剧烈地摇晃，像一只小老鼠被猫叼在嘴里耍弄。接着，只有在热带地区才会出现的暴雨倾盆而下，伴着电光闪闪和雷声滚滚。船夫们找了些挡雨的东西把头遮住，但是雨太大还是无济于事。这样的急风暴雨让我觉得非常恐怖，因为以前从来没有经历过。我们在这停留了近1个小时，直到暴风雨过去。我们疲惫不堪，缓缓再行。

经过一天的劳累，船夫们已经精疲力竭。遭遇暴雨时，我们的船正好在黄埔到广州之间，离目的地还有约6英里水路。我猜船夫们很可能因为太疲倦了想要放弃前行而停船睡觉。他们几乎一步一挪地爬过看不见尽头的泥滩。凌晨4点，船终于抵达我们住处的码头。船停靠到沙面时，我在感叹，乌龟经过长途爬行到达目的地时会不会也累成我们这副样子啊。

从船离开黄埔直至家中，路上居然用了7个小时。家中所有仆人全都迎了出来叫道：“你们没事吧？”我问买办他们在喊什么。他说：“我们都担心死了，那么大的风，我们害怕风会把船刮翻，人都死了。”

沙面的船夫们被这场飓风吓坏了。马克说，他们在祈求神明保佑。无常的河水非常湍急，这个季节的潮水又特别大。第二天，亨利和住在我们对面的一位火轮船的船长聊到这番经历，昨天船长正好也在一艘船上。这位拥有两艘船的船长说，刚刚经历的这场暴雨太大了，他非常惊讶我们居然敢在那样的天气出门。

一切必定是天意，昨天暴风来临时，我们正好在河边的浅水区域。若那时我们在河道的中间，我们的船肯定会被打翻。

Letter 6

广州贡院：科举考场的食宿

广州，1877 年 4 月 28 日

亲爱的妈妈：

自从上封信后，我幸运地亲历了一位中国士绅家中的葬礼。他是亨利的朋友。我们来到他家，看到大门口有治丧的标志，亨利就领着我进去。他知道一场丧仪将正在这里举行，很高兴我能有机会亲眼目睹一下。

我们进入了宽敞的堂屋，屋子的尽头安放着一口棺材，里面躺着逝者。我们得知，去世的这位是主人的婶婶。她的棺材前面放一张香案，摆满各种蜡烛及点燃的香。后面的墙上挂着一大幅逝者的彩色画像。香案旁边安置着真人大小的纸人，象征着侍从。屋里还摆满了用纸糊的各种与实物同样大小的用品，譬如扇子、椅子、衣服、各种箱笼等等，这些都将作为祭品焚烧。迷信的人相信，把这些祭奠之物烧化后，其灰烟会随死者的灵魂升天，供其在极乐世界继续享用。亲朋好友送来的为逝者歌功颂德的各色挽幛挂满了屋子的墙壁。

一位身穿全棉孝服的年轻女子从内室走进吊唁的厅堂。中国的礼仪在穿孝这一点上规矩极严。整个治丧期间，家人绝对不可以穿丝绸，也不许涂胭脂（一种女性经常用的化妆品）。这位年轻女子是逝者的儿媳。很难让您明白一位中国的绅士家里有多少人，可以说一个家族的人都住在一起。家里每个男子结婚后，就会与妻子住在祖上留下的房屋里。这位女子的妹妹也来和她站在一起，两个女人都裹了小脚，身披着麻布孝服戴着头巾。随后她们把脸遮了起来，拜倒在地，哀号起来。

我很好奇地仔细观察她们，发现两位小姐竟不时在斗篷和头巾的遮盖下相互说笑。她们随时就能叩几下头，再让自己哭嚎一嗓子，边哭边把身子摇动得很有韵律，让人感觉这一幕似乎不真实而是一个过场。

那位哭丧女子的丈夫进来了。他是一位仪表堂堂的男子，也是披麻戴孝，嘴里叼着个烟斗，走来走去指挥着众人，是这场葬礼的主持者。两位女子在众人面前哭号了5分钟后，男子示意她们停止。她们立刻止住了哭声站立起来，并脱下外面的麻服。

我们随后去参观了后宅一座非常精巧漂亮的花园。园里有个小水塘，上面还架着一座玲珑的小桥。

离开了那座宅院后，我们又去了一座寺庙，中国人管它叫“万寿宫”，在欧洲我们称之为皇庙。经过一座巨大的石牌楼，我们看到庙宇的屋顶覆盖着明黄色的琉璃瓦，这也说明该处是皇家之地。我们入庙后经过两重大院落，进入一个有四方回廊的院子。正对着大门，矗立着巨大的神殿，里面供有皇上的牌位。

庙宇中间铺着路，依阶而上几层便可直通大殿，我看见石头路面刻有两三条龙和象征着太阳的图案。无人可以亵渎这些代表皇权天命的象征，也没人胆敢从这条路直接走向安放皇帝牌位的殿堂。

神殿周边的墙涂红色，屋顶是明黄色瓦。走进殿内，再上九个台阶，我们看见一把仿照北京皇宫的龙椅，精工雕刻并镶着金。皇帝的牌位红底金字写着："祝皇上万岁万岁万万岁。"一个香炉供放在前，两旁有象征皇权的摆设。

寺中第二进大院落中的后面，有一座和刚才看过的类似的殿堂。这是专为皇后而建的，牌位上描刻着："祝皇后娘娘千岁千岁千千岁。"每年大年初一、皇帝或皇后的诞辰之日，所有文武官吏必会来拜祭。皇帝归天时他们也要来这里匐地示哀。各级文武官员若路过此地，需下马或下轿从门口徒步走过，以示对皇上的尊重。

非常有趣的是，不计其数的白色蜡块被置放在第二座神殿的空地上。数百块的白蜡摞在一起，很像一堆奶酪。这是广州的制蜡商敬献给皇帝的珍贵贡品，每年110担。亨利告诉我，1873年的时候，一担蜡大概值80大洋。

这种产自四川的白蜡被运到广州时颜色并不是很白。工人们要把蜡重新打碎放进筛子，下面放一个白色的金属容器，再把容器架在开水锅上。当筛子里的蜡加热变成流质时，会通过筛子流进金属容器。遇冷凝固后，蜡就成型了，然后再拿到外面去晒。我们看到的便是重新过滤后发着白晃晃光泽的纯净蜡，可以打包了。

来万寿宫前我们访问了一个属于茶商会[①]的议事堂。令我十分感兴趣的是那里的花园中有一座造型如柳树图案中的小桥，透着古雅的园景（或者说至少那不是传说的部分）。这背后还有个真实的故事。当年，有位年轻的官宦家小姐和邻

①即绿茶商人的行会。——原书注

家小伙子从这个花园私奔了。愤怒的父亲和园丁就如同这座桥一般试图阻止逃跑的年轻人。在有趣的中国故事中，总缺不了跌宕起伏的情节。故事的发展是，当大发雷霆的父亲追赶年轻人时，执掌姻缘的女神出面了，把一对恋人点化成一对斑鸠。这个故事，亨利介绍说，是中国戏曲舞台上久盛不衰的主题。

我特别喜欢花园中形状各异的门洞及窗格。它们有的被做成不同的叶状，有的则做成各色的水果或花朵的形状。

离开商会后，我们又去了一座漆器作坊，观看了各种描画、上色等工艺流程。

我还忘了告诉您远足中的一个小插曲。在我们去万寿宫路上的一个拐角处，亨利来到我的轿前，要我下轿。于是我下来和他一起走进一条窄长的巷子。巷子里面到处散放着不同形状的陶土器皿。这些陶器的名字，如同它们的形状，叫做马首罐。亨利让我猜猜自己身在何处，我猜不出。亨利告诉我，我们所处的位置是一个法场。

在我知道这事之前，有一位长相清秀的年轻人从旁边一户宅院中走过来，他的妻儿还有老妈妈站在家门口。请您想象一下，当亨利告诉我这个小伙子就是此地官家所雇的四名职业刽子手之一时，我是什么表情。我们问他砍过多少犯人的头，他答已经杀过170人。他还说：明天就是一个行刑日，要杀很多人，40个海盗会被斩首。和我们同来的朋友立刻表示他要来观看。我看到木架上绑着的那些将被绞死或砍死的人，还有几个很大的陶器里装着几天前被砍下来的头颅。我确信，游行的队伍绝不会经过这样令人恐惧的地方。

那些倒霉的犯人们被捆得紧紧的，被装在笼子里。每人脖子后面插着根竹牌，上面写着姓名、罪行及所得的惩罚。

他们就这样被拉到刑场。听到中国的这种集体行刑，而且是在这样狭小而且看上去毫无准备的法场，我真是被惊到了。

离开那片血腥之地，我们又路过一条叫永清街的地方，法国人曾在英法联军占领广州时，在此杀了96位男女老少，原因是为一个法国厨师报仇，他在这条街上的店铺里被几个中国人杀死。[①]

让我把刚才打断的话题再接上，从漆器作坊出来，我们又去参观贡院。那是举行每3年一次科举考试的地方。在中国，这类考试相当于西方获得学士学位后还想得到硕士学位一样，他们叫举人。来贡院应考的秀才数量众多，很容易就达到12000或13000人。这些考生中，按照每个省所划定的名额，总共只有不超过120人能考中。人们在这样的竞争环境中，前赴后继地赶来应试，这好像很符合中国人有耐心的天性。

考场呈四方形，每边又划分成几个长阵或者像街道状的一个个小隔间。每间小号大约有1米半长，1米宽，门开在前面。考试时，会给每间小号提供七八条木板搭床。白天，可用几块板搭桌子，剩下的板子则用作凳子。这些小号取“千字文”中的一个字来编号，考官很容易就可以把任何一个号子里的考生召唤过来。

在这四方形考场的中间有个阁子，三面有门，这是监考楼。朝廷向每个省派遣两位主考官，他们在省城备受尊重。入场时间从凌晨4点就开始，依照考生所属的县唱名。因为人多太拥挤，有的考生被叫到名字却往往挤不过来，直到很

---

① 据中国文献记载，1858年7月2日，一法国人在广州被杀，法兵报复杀害居民43人。参见广州市地方志编纂委员会《广州市志》卷一。——译者注

广州贡院，1870—1879。黎芳 摄

晚才得以进去。进第二道门和第三道门时会分别又叫一遍名字。层层检查后，考生会收到一叠纸用来写议论文和诗。

考生们事先已经在关帝（战神）庙交了考试的纸钱。在进入第三道门时，考生们要被搜身，检查是不是有人私自携带“小抄”进入考场。

每10个考生有一位厨子和一个仆人侍候，他们必须发誓不帮助考生作弊。初试时，这些年龄从18到80岁的考生们，要在自己的小号里待3天，专门写议论文和诗。初试通过的考生可以进入第二轮的3天考试。这次他们需要写5篇从“五经”中挑出命题的文章。通过这轮考试，方可进入第三轮、也就是最后一轮考试。这一轮由主考官命题，依旧要写5篇不同主题的文章。如前所述，3场考试最终脱颖而出的不过120人。

还忘了告诉您，皇帝给每个考生提供考试期间的饭食，菜单如下：4两猪肉、4两香肠、6两咸鱼、粥、4块月饼、一些米饭、一个咸蛋，还有少量腌制的咸菜。

考试完毕发榜时，那些中举的考生们要穿上特制的长袍，帽子上插着金翎子，还会被省督请去吃饭。在宴席上，新科举人将被一一介绍给主要的官员，饭后去皇庙给圣上叩头谢恩，然后还会被朋友们簇拥着走过街头，他们的名字会被各省张榜公布。最后一个环节是新科举人对考官行谢恩礼。

您也许被我们一天中密集的活动安排累坏了吧？我们的朋友来中国和我们一起游历，我们当然要尽地主之谊，让他利用有限的时间多走些地方。所以，虽然我们已经很累，还是打起精神去参观离贡院仍有一段距离、也离沙面更远的一个被称作“死人城”的地方（也就是我们所说的停放尸体的地方）。向您解释这个地方并非容易。

这是一座怪异无声的城。伸展出去的街道两旁是一溜低矮的石砌平房，让人联想到先前见过的救济院。想象一下那种弥漫着的死一样的寂静吧，因为每间屋里都停放着死人。

那里的屋子基本上分为两部分，前面设一个祭坛。常有盏长明灯悬挂在顶上，还有很多与真人等量或几近真人大小的纸人立在棺材边，那是男女侍从。好多祭坛上还摆着纸花。所有装饰都依死者身份而定。有的屋子门口挂着红色的匾牌，写着此人的官位。屋子的中间是个巨大的未上盖的棺材，棺材的尾部冲着门。

在踏进一间这样的屋子时，同行的朋友不经意地碰到了一个代表女仆的纸人。那纸人歪倒在我朋友的胳膊上，把脖子给扭歪了。尽管在如此严肃的环境中，我们仍然情不自禁笑了起来。

并非每个家庭都有能力为逝者在此地单独租赁一个地方，所以常有四五个棺材被安放在同一间屋里。有一间大屋甚至安放了12口棺材。这些屋子的门是折叠式的，拉开关闭比较自如。我们走过一条条街道时，曾走进很多屋子去观看。

这座城里有194所停尸屋。逝者只是被暂时寄放在这里，他的亲朋需要利用这段时间请教风水师，以便寻找好地方下葬。有的时候，风水先生需要很长时间才能给出答案。亲朋们为了让逝者有块福地得以安葬（中国人很在乎这点，他们迷信般地害怕冒犯死者），宁愿每月花很多钱先把死者暂时寄存在这里，也要求一方永久的安息之地。还有一些其他原因需要推迟安葬，譬如逝者的家乡离这里太远了。中国人很讲究落叶归根，只有这样逝者才可享受后代的祭扫。倘若人死后被葬在他乡，逝者忧伤且无处安放的灵魂便会四处游荡，还会来伤害后人。

这座城的入口处有个被灌木围绕着的水塘，数百只鹳鸟在这里栖息。这些鸟被中国人认为是神圣的。池水在阴影下色泽暗淡，鸟儿们发出凄厉的叫声，这一切好像更加渲染了死城的冥气。城里唯一的活人是几个和尚，他们负责接收被送来的死人，还要为这些逝者念经超度。我们惊讶地看到一只白色的公鸡从一间屋窜到另一间屋子，跑进跑出。我听亨利说有一个迷信的说法，白色的公鸡会通过打鸣来吸引死者的灵魂，这样可以引领离开尸身的灵魂。[①]

得知我们要离开此地乘船返家时，我的轿夫们长舒了一口气。同行的两位同伴今天已经走了很长时间，他们很难再走5英里路回家。于是我们来到河边，直接雇了个舢板。可惜回程正遇大潮，又是逆水而行，路上花了相当长的时间，到家时已经是晚上8点多了。大家都疲惫到了极点，迫不及待地要吃晚饭了。

---

①如我以前观察到的，中国人相信人的身体里住着3个灵魂：第一个是在供奉于祠堂并写有姓名的灵位中，第二个则留在尸身上，第三个是要升天的。——原书注

Letter 7

粤菜馆：豪华大餐吃什么

广州，1877 年 5 月 4 日

亲爱的妈妈：

如果您得知来我们教堂的中国巫师可以招魂，一定会大吃一惊的。他主动来找我们说，如果允许，可以在我们家表演。我们询问价钱，发现这样一个晚上的表演，他要5个大洋的报酬。这个价钱我们觉得太贵，因为我们也不清楚他到底有多大的本事。经过讨价还价，他提出以1块大洋的价格先给我们演示一项特异功能。我们同意了。于是他指挥着从仆人住的房间里搬来一张大圆桌，把它翻过来四脚朝上放在一口小水缸上，又找来4个仆人，让他们每人用手按住桌子的一个脚。接下来，他自己围着桌子转了起来。开始时走得还挺慢，边走边点燃了手中的香，口中念念有词。过了有4分钟，桌子居然开始自己慢慢地转了起来。

此时，巫师的脚步开始加快，而桌子也随着他快速旋转起来。如耳语般的咒语在整个过程中一直没断。这的确是很奇怪的景象，让人无法理解。那几个仆人的手相互都没有接触，桌子一圈圈地旋转起来时，其中一个人脸都吓绿了。当巫师喘不上气停下来时，桌子也停止了转动。我们问他刚才是怎样做到的，他用缓和的声音回答说：“是神的意志，我不过是向他祈祷了。”他其实更想给我们表演他怎样召唤灵魂，与死者对话的。这些意念移物、千里眼及与死者对话等等在中国民间流传已有数个世纪之久。巫师离开后，我们去问受了惊吓的苦力，看到桌子转起来时是怎样想的。他回答：“我们都是神的驯鸽，上天保佑。”

因为一场倾盆大雨，我们不得不推迟了昨天的观光时间。现在正值雨季，所有东西都在发潮，大理石铺的大厅地板上好像撒上过一桶水。为了保护亨利的书籍不受潮发霉，我们不得不白天黑夜地在书房里点上炭火。

我们专门雇了一个苦力负责把亨利的书不断翻页，以避免因受潮而粘连在一起，同时也查看有没有白蚁的咬噬。听到这个，您肯定乐了。他每天按着顺序把书从书架上取下来，一本本逐页翻一遍。他看上去是个古怪的老仆人，故意磨洋工，不时还要抽一口烟，好像他的任务有多么艰巨。当然了，他是我们管家的一个亲戚。家里现在雇的人几乎都和这个买办沾亲带故。刚提到的那位老人就是马克的叔叔，我们的第二个随从是马克本人的儿子，而家中一个苦力则是他的堂弟。

中国的家政安排让人觉得有些怪异。你出那么多钱，譬如说每个月给仆人七八块大洋，还给每个苦力不少钱，可他们本人却不能全部收下。每个人需从每月所得中拿出大约1块大洋给买办作回扣。另外，如果一个仆人或者苦力推荐你一份工作而且你被雇佣了，你也要给推荐人至少半个大洋作为报酬。只要这份工继续做下去，就要接着给推荐人每月1块大洋的回扣。这个习俗与欧洲的家政管理完全不同。

拿回扣的做法，整个大清朝从上至下都是如此。你如果去一个仆人推荐的商店买东西，可以想见，店家会按我花钱的比例给他提成。管家到街上叫一抬轿子时，他也会从车钱里面挤出油水的。同样，在中国花钱，对我们这些外国人来说有无穷的烦恼。譬如亨利每个月给外面供应食品及杂物的买办一张支票。买办收到支票后，把支票兑换成现钱，但交回给我们的现金总要少一点。我们的管家拿到钱后就存起来用以日常开支。他买东西时，给供应商或店员付钱时则尽量压低价格。所以，这个问题一直存在争议。

每次我们去买东西，就在价钱谈得差不多之前，卖东西的人还会要求给“好银元”而不要“破银元”。整个系统就是不公平的，但你必须遵循这种游戏规则。无法避免这种敲竹杠，唯一能做的是尽量将损失减到最小。有一次，当供应商向我们展示马克从我们的账里付给他的两三块银元时，我几乎忍俊不禁。因为这些银元被切掉了一层，薄了很多。

中国人讨价还价的时候，双方都要称钱的分量，您会看到这些看上去好像非常诚实的脸，全神贯注地盯着这个过程，锱铢必较，争吵不休。为了弥补一点点分量的不足，他们居然把钱切成小块，用这些小碎块来增减重量。人们之间互不信任。更让我觉得好笑的是，我走过街头集市时，看到买东西的人往往拿出自己随身带的秤来称称他刚买的鱼、鸡或者青菜之类的，看看卖家的分量是不是给足，自己有没有被欺骗。

本想说说昨天观光的事，刚才一下把话岔得太远了。昨天我们接到一位中国绅士的邀请去参加一场婚礼，新娘刚刚进了新家的门。我们得到特许，进入洞房去看新娘。新娘和伴娘是不能在婚宴中露面的。我们进入新房，站在她两边的侍女将她从座位上搀扶起来（这是一项很严格的规定，即新娘子在此期间是不能自己走动的），将她凤冠上蒙着的珠帘的丝绸盖头掀起。

这个凤冠有着非常戏剧化的外观。它是用金箔制成的，装饰着翠鸟的羽毛及人造珍珠。这顶凤冠并不是买来的。它与用无数金箔及很多翠鸟羽毛装饰的婚轿一起被租来用于今天这个特殊的场合。

新娘看上去非常羞涩，这也是传统礼仪所期望的表现。她不断地给我们行着大礼，她的胳膊被女仆架着与肩齐平。行礼时，她把双手扣在一起。新娘很年轻，但长得并不十分好看。她没有擦胭脂，这也是新婚之夜所被禁止的。临近她的桌子上摆放着婚礼收到的礼物，点着的蜡烛让人能看得更清楚。有些娘家人也站在新娘的身边，穿着色彩鲜艳的绣花绸缎衣裳。

我们离开新房回到大厅，看到宴席上坐满了男宾客。他们都站了起来，非常有礼貌地向我们致意并给我们让座。新郎是亨利的朋友，也走过来招待并给我们敬茶。中国婚礼中有一个特色环节是这样的，新娘和新郎要放低姿态，照顾好所有参加婚礼的人。年轻的主人问亨利，他的新娘是不是很漂亮，亨利按照中国人的习惯恭贺一番，这让新郎非常满意。此时新郎已经把早先迎娶新娘时从肩膀斜披在胸前的大红绸给摘了。我们离开时，他非常谦恭地送我们到宅院的大门口。

我有没有告诉过您，看见剃着光头的中国男人对我来说是多么可怕？您可曾记得陪着亨利到英格兰的那位中国仆人头顶上戴着的瓜皮帽？他们在天冷的时候都戴帽，但天热起来后，他们头上什么遮盖也没有。他们的光脑门与脑后拖着的长辫之间往往长着些碎发。这些碎发要等长到足够长后才能编进发辫。而现在这样的不长不短，风一吹，凌乱不堪，看着既不洁静也很荒唐可笑。

漫步在街道上时，我的眼睛不断被各种奇怪的景象所吸引。想告诉您的是，我对这里的人和事的第一印象。小孩子们最招人喜欢了。男婴的头被剃得光光的，只在后脑勺留出一撮大约1寸多宽的头发，这是将来留辫子的地方。等孩子几个月大的时候，会给小宝宝在头顶上扎根1寸多长的小辫子，冲天直立，用红丝带系着。

普通妇女的衣着，看上去不是很雅致。那些宽大的衣服多用蓝或酱紫色棉布缝制，外加一条黑色的边，下面再配上同样颜色的裤子。还有的衣服，用的是棕黑色的布料。这些都在我坐轿子从新婚夫妇家去考场的路上看到的。

考场里的考生们正在进行童生试，场地非常大。这是一个带回廊的庭院建筑。石桌在回廊的四周一排排摆开，桌的一边放有石凳，座位面向中间的大天井。每张石凳的后面刻着一个表示良好祝愿的中文字，比方说善、德等。这个地方连续两年用来做童生试的考场，也就是考秀才。每逢第3年，这里就暂时关门，因为那一年是乡试，也就是考举人。举人的考场是在贡院，上封信已经向您描述过了。

我们现在参观的童生试考场能装3400名考生。地点是在学政衙门的前院，也就是县太爷的宅邸。我们离开考场后便往家走，其间还在离沙面不远的一家中餐馆就餐。

亨利点的是真正的中国菜。我们朋友的旅游行程就要结束了，他特别希望我们能在一家中国人的餐馆吃饭。

我们光顾的这家餐馆很大，有很多花园式的包间，如果早点去就可以在里面用餐，可惜我们去得太晚了。我们被请到楼上的包间。马克已经等在那里，圆桌也已经布置好准备上菜了。一眼看去让我联想起儿时与小朋友聚餐。饭桌中间摆放着许多非常精巧的小瓷盘，里面放着各式水果、松花蛋、梨片等等。

马上，我们每人面前又摆上了4个碟子，里面分别放着：胡椒、盐、酱油和糖。筷子、瓷勺、一个大碗、一个酒盏，还有一把两个齿的叉子摆在了每个客人面前。亨利叫马克也和我们一起坐下，这样他就可以给我们介绍这些菜以及就餐习俗等。他举止得当，展示了一个下级对顶头上司的恭敬，但不卑不亢。

我将把一份菜单夹在这封信中，再告诉您一些就餐过程中最吸引我的地方。

我们按照中国人的习惯，先从桌子中间的水果开始享受我们的晚餐。这里，您无需先把吃的东西从大盘用筷子或叉先夹到自己面前的盘子里，而是可以直接从盘中取着吃。您不知道我是多么感谢这个小叉子，因为我完全不会用筷子。我一试再试，好不容易夹起来，菜送到嘴边时，却掉到桌上了。

菜不断被端上来，直到晚饭结束时才会一起撤下去。到晚宴结束时，桌上已经堆有三四十个碗了。

所有的菜都煮得很烂很入味，而且多用蘑菇、蒜、荸荠或笋片做辅菜。按照我们的想法，一道道菜出来应该有顺序，可有时一道甜菜后面又上了只整鸭，接着又是猪肉及煮熟的海螺等。晚餐的中间，茶和小点心也上来了。从这时候起直到一顿饭吃完，茶是随时可以斟的。茶是放在有盖子的杯子里端上来的，如果再要添茶，跑堂的就会把新的茶叶放到新的杯子里倒上开水，然后再端上来。茶杯的盖子很有用处，它可以用来撇去漂浮起来的茶叶，以免喝到嘴里去。

大约15厘米高的白色金属酒壶从一开始就摆上桌了。酒有两种，白酒是用粮食做的，味道有点像淡淡的威士忌；红酒是荔枝做的。酒是被斟进小瓷酒杯里喝的。

饭吃到最后时，3个装着深绿色东西的砂锅被端上了桌子，我立即对里面的食物起了疑心。您还记得亨利说过，他非常坚持让我一到中国就要尝尝狗、猫和老鼠肉吗？我已经在另一家专门做猫狗肉的餐馆看见过黑猫肉（关于这个我将会另叙），所以我已经能认出其中一个砂锅里的东西。我的直觉果然不错。我强迫自己把一小块狗肉放进嘴里，但我坚决不碰另外两个锅里的食物。鼠肉干是和豌豆一起做的。猫肉在欧洲是不入正菜的，但我们这位朋友却沉迷于此，他很享受这种极少能吃到的东西。吃一顿有猫肉的晚餐没有1/4大洋可拿不下来。

亨利还叫了另外一道菜。您还记得有一次亨利在英格兰家中晚宴中提到，他曾在中国吃过一道叫“醉虾”的菜吗？当时在场的一个亲戚后来还和别人说，这不过是爱吹牛的旅游者们的天方夜谭。亨利决心一定要让我来帮他见证一下这个奇闻，所以醉虾就被端上来了。

这些虾是被放在一个有盖子的碗里端上来的。里面事先被倒入了酒，闷了一会儿。盖子被掀开时，虾就拼命蹦跳起来，有的还直接跳到了桌上。若是有个对此有经验的人一起吃饭的话，他会立刻用筷子在虾一跃而出时在半空夹住并把它吃了。但我的这几位同伴无人能做到，我更不敢把这样的活物放进嘴里，亨利也就吃了一个。而我们那位朋友呢？我可以断定他至少吃了两到三个。这位朋友真让人刮目相看，他几乎什么都能吃，而且像刚才那样，敢尝试所有能吃的东西。用他的话说，那些肉真的不难吃。

按照中国的习惯，晚饭最后我们喝了各种不同的汤。离席时，我挺高兴地看到马克和另外一个仆人把桌上的残羹剩饭都装进了一个布兜，带回家享用。

忘记告诉您，吃饭时，他们给了我们一种方形浅棕色的中国制的纸，这种大约15厘米见方的纸是给我们用来当餐巾的。离开饭桌前，装着热水的洗手盆端到我们面前，一块毛巾也递上来，让我们把手擦干。

我对燕窝汤没有什么特殊的感觉，当然，那道菜是我们吃过的精美菜肴之一。汤是凝胶状的，没什么特别的味道。燕窝汤是和鸽子蛋及火腿一起上来的。我想汤应该是很有营养的。马来人给燕窝起的名字是“海洋泡沫”。我去过一个专门加工并售卖燕窝的商店，看到人们是如何将燕窝准备成食材的，整个过程相当费时费力。马来人相信鸟吞下自己的唾液，再把它吐出来，这过程中在胃里是有化学反应的。

现在我来给您按上菜顺序列出今天我们的菜单。

在桌子中央的小碟子里摆着：

1. 切成小块的橘子
2. 切成薄片的梨
3. 苦杏仁
4. 腌桃仁
5. 切成小块的鸭肝
6. 松花蛋，呈绿色，切成小块
7. 叉烧肉，切成小方片，颜色很深，看上去更像蜜饯每人面前摆的4个小碟：

1. 一小碟胡椒
2. 一小碟盐
3. 一小碟糖
4. 一小碟酱油

当所有人落座后，依次上的菜：

1. 海参
2. 老鸭煲，整鸭一起炖，非常烂，用筷子很容易分开
3. 糟乳鸽和火腿
4. 燕窝汤
5. 羊肉炖竹笋
6. 溜鱼片
7. 炖螃蟹
8. 炸黑鱼

此处有个休息，开始上茶及两种小点心：

（1）千层糕

（2）松糕，大约4厘米见方

在这间隙里，我们继续享用桌上的菜。接下来上的菜有：

9. 火腿炖鸡，肉烂得可以用筷子分开
10. 甲鱼汤，上面浮着一些肥的甲鱼片，汤要用瓷勺来盛
11. 糟狗肉
12. 炖黑猫
13. 炸鼠肉
14. 面条汤
15. 咸鱼

16．咸鸭蛋

17．炒肉末，碎如面包屑

18．火腿切成小块摆在青菜上面

19．一盆米饭

20．粥（米汤）

21．瓜子

22．槟榔，被用青篓叶卷起来，整卷都可以吃

23．捣碎的槟榔

24．醉虾

25．各式的汤

Letter 8

被蒙骗的早餐：三天吃下狗猫鼠肉

广州，1877 年 5 月 11 日

亲爱的妈妈：

我已经参观过一个加工燕窝的作坊。现在可以用我的经历告诉您这种高价食材的加工过程有多么艰辛。我们走进一间出售燕窝的商店，见到了刚从苏门答腊、爪哇、婆罗洲和苏禄等地买来的最原始的燕窝。看上去不过是一个很小的干鸟巢而已，上面沾满了羽毛。处理时需先把羽毛清除，把里面一层软软的里子撕掉。下一道工序是把它洗干净，再把它撕成碎片。还有很多小羽毛附在胶状物里，这时，需要把它们一一仔细地拔出来。我看到很多雇工正在忙着干这个细活儿。这道工序完成后，燕窝就变成漂亮的白色了。

这种能将自己的巢穴做成几乎无坚不摧的鸟叫燕子，亦称家燕。从建造鸟巢所耗费的时间以及燕子从岩石与洞穴叼来材料搭建时所遇的各种危险和困难来考量，这的确是一种贵重的食材，绝不是一般平民百姓能吃得起的。

在中国餐馆吃大餐后的第二天，我们进了城。先去参观了漏壶，或叫水钟。这座漏壶被放置在拱北楼里。

我们看到4个装满了水的大水斗，被安置在一个个砌成上升状的阶梯上，它们之间用出水口连接起来。水斗的大小

水钟

不一，最大的放在上面。水从上面的水斗流到下一个水斗。最下面的水斗中有一个铜尺，尺上刻有十二个时辰的刻度。铜尺前绑着一个木制的浮子。水从最上面的斗沿着水管滴下来，斗中的水随时间推移而逐渐增加，浮子也慢慢升起，从而显示出刻度上的时间。①

有个打更人从早到晚守在这里向广州城里的百姓报时辰。白天，他要把用黑字写着时辰的白板放到楼外面。楼里有一面大锣和鼓，是打更人夜里用来报时的。一座小神龛被安放在位置最高的大桶上端，用以纪念盘古。

盘古是中国神话传说中开天辟地的第一人。据说在人类

① “最低处的罐中设有一根木指针，上面有时间刻度，经罐子盖随水上下浮动。每日上午和下午五时，均有人把木指针上对应的时间刻度与盖子压平以调好时辰。当指针显示半天过后，水被舀出，灌入最上方的罐子。这些水每季更换一次。”引自格雷的《漫步广州城》——原书注

尚未萌生羞耻心而赤身裸体时，他第一个在身上系了一件用绿叶串起来的腰带。他还被中国人尊崇为水钟的守护神。我得注明一下，这种测量时间的独特方法，在古埃及就已经有应用了。

当我们准备离开拱北楼时，那位守钟人拿着的一小捆“计时棒”引起了我们的注意。这东西名如其实，是用来测量时间的。这些蜡烛大约有80厘米长，可以燃烧12个小时。这种办法被鞑靼人用来计时，已经有几百年历史了。当然它们的种类不一，有些用于好天气，有些用于刮风时，因为风助火势，蜡烛燃烧得更快。亨利看了蜡烛上的说明，上面写着这种蜡烛是遵循官府星相师所定成分而制，并说如果白天用，需要于黎明时分光线刚可见手掌纹时点燃；如果是晚上用，则需要等天黑到看不见掌纹时再点燃。蜡烛上面还标明：买家必须看准商标，只有一家作坊可以生产这种计时的蜡烛，价钱是每根6分。

在水钟楼的上面，我们看到一个供奉先锋的小神龛。据说这尊神可以让逃跑的奴婢返回。神像的旁边放着一个纸扎的信使，随时准备执行这尊神的命令。如果家里有仆人逃跑的话，主人就会到这里来烧香。他们通常会把绳子绕在信使所骑的马脖子上，大概想请信使用绳子把抓住的仆人捆回来。在另一处香炉前，我们发现人们供奉的法杖，非常类似于英国理发店外面的招牌。

离开这座庙，我们开始朝回家的方向走，顺道又探访了一位中国士绅的私宅。我们被领着参观了几间布置着乌木家具的小屋子，其中一间是装满古籍的书房。所有房间的隔断都用木雕装饰着。此宅是这家人夏天避暑的别院。我很惊讶地看到其中一间被布置成了佛堂。亨利说这在士绅名流中间很平常，位于宅院后方的佛堂内摆着镀锌的香炉和烛台，以及其他的装饰品。有一个尼姑正跪在那里祷告，口中念念有词地向大慈大悲的观音菩萨祝祷，超度家中的亡灵。

接下来我们游览了花园。园子很大，与之前见过的花园大同小异，园中有园，沿围墙走向的水池边放满了花盆。池塘上架起的小桥多姿多彩，其中一座曲折宛如一条龙，很有寓意。园中亭阁里的家具都是乌木嵌大理石的，有些落地的屏风上还镶嵌着珍珠母。他们把花园视为休闲之处。烈日炎炎下，这些亭阁提供了一处处阴凉之地，家人们在这里消磨夏日时光。园中亭阁屋顶上的双层飞檐是最入画的。这座大宅院及所占的大片土地是亨利一位叫浩官①的朋友所有。

他是这家的老主人，可惜几年前已经故去了。他是亨利的好朋友，热爱欧洲文化。我们回到屋里时，一位面目慈祥的夫人迎了过来。她身着素色棉布衣裤，那是夫人们治丧时穿的，这期间不可穿绫罗绸缎。她笑容满面，拉着我的手，让我坐到给客人预备的椅子上。然后她用一个小银制双齿叉，从女仆送上的糕点盘里拿出一些蜜饯放到我嘴里。她就这样不停地非常客气地劝我吃了很多东西。我从来没吃过那么多的蜜饯，只能鞠躬致谢。然后她又叫仆人上茶。茶是放在有盖的茶具里端上来的。她先把茶倒在茶盏中，然后再递给我。她的举止透着几乎无法形容的优雅和礼貌。然后我被夫人引进内室，在香炉后面，有一幅刚画好的肖像画，画面

① 伍家自伍国莹开始做行商发家，他的第三个儿子伍秉鉴乳名叫阿浩，他就把自己的商名定为伍浩官。自伍秉鉴成立怡和行后，“伍浩官”成为怡和行历代掌门人的名号。——译者注

上是一位年轻女子。

亨利给我解释，这是夫人的儿媳，而这位年轻的女子不幸大约三周前去世了。她的棺材就放在祭坛的左边。中国人是不兴使用铅棺的，在把逝者寄放在“死人城”或葬进家族墓地之前，如何能使尸体在家中保存七周之久真是个奇迹。①

当我们站在逝者棺木前时，棺盖并未盖上。棺木用四块刨光的木板做成。那位夫人士转向我，捶胸顿足。这时，一位穿着丧服的年轻男子进来了，对我们说：“我的妻子，我的妻子啊！”这就是夫人的儿子，刚刚失去了他唯一的妻子。他看上去有30岁左右。因为会说几句英文，使我得以明白他的身份。

这家的门口并没有办丧事的特殊布置。我被告知，因为刚刚故去的女子太年轻，或许是得罪了上天所得的报应，所以丧事不可大事操办。女子留下1个男孩，孩子穿着棉布缝制的孝服，头上的朝天髻用白线扎着，脚上的鞋也是白色的。她还留下3个女孩，两个跟着奶奶。但是老四，最小的女孩被送了人。家里觉得同时养大3个女孩实在是太多了。

在继续返家的路上，我很惊讶地看到街道上有如此多的宗教崇拜，特别是众多露天安置的佛龛。中国人都很迷信，但是我们不能不佩服他们的虔诚。比方说，每日早晚，他们都会给祖先牌位点烛上香。商铺前面也都会专辟一小块空地，依风水放置一块石雕，您会看到3炷香在黎明时分和太阳落山的傍晚被点燃。②

---

①我了解到，中国的棺木是用石灰泥密封的。——原书注

②广东人的习惯是每天早晚要熏香两次，这也许就是该城很少传染病的缘故。——原书注

百姓对神佛的崇拜在船上也很常见。我们经常租用的舢板（一种用宽板制成的小船，中间有个遮棚，用两支桨划水，多由女子掌舵的小船）上也有一个小佛龛安放在船尾。藏佛龛的小拉门白天是关着的。一早一晚，小门被推开，您会看到一尊非常小的供台，上有船家供奉的各种保护神和一个个木制红漆镶金字的祖先牌。船家会在佛像的周围摆些放着水果的小碟子、插着花儿的小瓶，以及锌制饰品。每日早晚，船家会在船尾或在让乘客坐的舱盖入口处为这个佛龛上一炷香。

一天晚上，我注意到有个很大的灯笼挂在船上，点了大概有半个小时。我问船工这是做什么用的。他回答，这是“神灯”，上面用红字写着船的保护神的名字。想一想，这些生活贫困的船工们每天拜神求佛所需的花费好像微不足道，但要知道他们经常连买米的钱都没有着落啊。我不得不为这些异教徒对他们所信奉神灵的虔诚而惊讶。而在英国，我们的国民平日里把宗教信仰放在一边，只有在星期天才做礼拜。对比之下，中国人对神灵崇拜的诚恳令我们羞愧。

我们回家吃了午餐，计划下午陪那位即将离开中国的朋友经水路去游览一个专门孵化鸭子的村庄。简单点说，我们要去参观一个鸭村。午饭时，我们已经迫不及待地等着下午的郊游了。

我们抵达了北鸦村，我从没见过这样的地方。有人给我们介绍了整个孵化的过程。首先，鸭蛋被放在一个篮子里，篮子下铺有加热过的谷糠或稻谷，然后篮子被放进一间装有很多格子架的黑屋子里。架子底层的地上摆着点燃的炭火盆。这些蛋要在这间加热的屋子里放置一整天。然后，鸭蛋

舢板

被搬到隔壁屋里，大约每50个蛋一批，用布裹在一起。第一块裹着蛋的布包被轻轻地放在由藤条编成的圆柱形筐子的底部，然后在上面慢慢地放上第二块裹住蛋的布包，如此一层层地摆放，直到筐子被摆满。这些筐子有一米高，里面用粗糙的棕色纸做衬里。蛋要在筐子里待上三周的时间。为了让这些蛋都能受热均匀，雇工们每天早晚还要把每个布包的位置调换一次，早上摆在底下的那层蛋晚上会被换到最上面来，我无法得知雇工们在挪位时是如何做到不把蛋磕破的。中国人是非常出色的操作手，几乎很少失手。

三个星期结束时，蛋被摆在笸箩里移到另一间屋子，放在用硬木做的宽大架子上。笸箩上面要盖上粗糙的棕色纸。这以后，少则几个小时、多则两三天，小鸭子就孵出来了。

我很幸运地看到不计其数的小鸭子几乎在同一时间破壳而出的景象，另外还有很多小鸭子迈过碎蛋壳走出生命中的第一步。想象一下，这是上千只小鸭子同时在此孵化啊。英国农妇她家的鸭子一次孵出了14个小鸭子都得意得不行呢。

这些初生的漂亮黄绒球们并未被给予特殊的关怀。一个雇工走来走去，粗鲁地捞起刚刚出壳的小鸭子，把它们扔进另外一个篮子里。然后，这些小鸭子就被移到孵化作坊外面的屋子里等待买主。有人来买时，鸭子被4个一组地揪着脖子，卖主边点数边高声报出数来。我看到他这样喊着数了好久，声音在孵化场里回荡着。有个买主一次买进了数百只小鸭子，马上把它们运到一个养殖场去饲养。

这些小生命从一踏入新世界便挣扎着想爬出它们临时居所的样子非常有趣。有时，小鸭子大半个身子被压在周围的蛋壳下面，但经过不懈的努力，它们总会成功。小鸭子是如此吸引人，如果时间容许的话，我真想在那里多待一会儿。

离开孵化场，我们去参观同村的一个养鸭场。在那里我们看到约3000只有五六周大小的鸭子，不远处还有几百只更小些的，看上去这些小东西孵化出来的时间差不多。

一些鸭鹅贩子撑着大船到村里来，一次性地买进150只到1000只数目不等的鸭仔或鹅仔。鸭鹅仔被放到挂靠在船两侧的木制平台上。这使得船看上去奇特而笨重，航行起来若遇风浪也不安全。1862年那场吓人的台风就曾把好几艘离虎门炮台不远的贩鸭船给刮翻了，造成珠江大约1英里长的河面上几乎漂满了因船毁而死去的鸭子。

鸭贩子把鸭仔运往珠江上游后，批发或零售卖给家禽供应商或村民。整个过程中，那些不幸的小生命得不到好的照顾。它们被看做是一个群体而不是一只只小个体，伤亡比例相当大。

我们走过村里一条长长的街道，两旁都是卖鸭鹅的商贩，鸭仔就放在他们身后的柳条筐里。我看到一些年轻人用竹扁担挑着两个装鸭仔的柳条筐到河岸边去。他们会把筐和里面的鸭仔一起浸在河水里，以便让鸭仔们恢复活力，然后再把它们挑回来摆卖。

我几乎忘了告诉您，在运鸭船上，那些鸭贩子几乎不花一文钱给鸭子买饲料。每天两次，这些船会被撑到溪边或河边，船主把船两边放鸭鹅仔的木笼卸下来，让它们在岸边觅食。它们会发现河边或小溪边退潮后淤泥里留下的各种蠕虫、蚯蚓、蜗牛和青蛙。经过河边时，我看到大约有1500到2000只小鸭子这样觅食。

在这个过程中，最奇特的是驯服那些小鸭子听从主人的呼唤。主人给小鸭子们两三个小时自行觅食，等它们用各种杂食把自己填饱后，便呼喝起来。鸭子们立刻听从召唤回到船上。小鸭仔们肯定不是从父母那里学来的这种的本事，可怜的它们从出生起就未得到过父母的照顾。

从养鸭村出来，我们又去参观了水上浮街。那里已经离沙面不远了，批量的大米就在此销售。靠近浮街挺不容易，因为很多船都挤在入口处。在水上生活的船民们拿着篮子从这里购买大米。最早的时候，这些住在船上的米贩把船停泊在岸边泥洼浅滩中，船与船之间搭板相连。如遇危险，他们可在第一时间知晓，快速起航到安全的地方。1859年间英法联军攻入广州时，就发生过上述情况，英国人和法国人大为吃惊。自那以后，又曾有一次大火。现在很多人把船排成一排开到河床上，形成一个漂浮的水巷，米店的伙计们就生活在这样奇特的居所里。

很少有外国人来参观，因此当我们走老走去时，后面跟了一堆的男人和孩子。我非常惊讶地在一艘被用作水上学校的船上（这里居然有所学校）发现一些从伦敦新闻画报上剪下来的图片。他们肯定不懂外文，您可以想见，其中两张是倒着贴的。

在结束这封信之前，我必须得告诉您，亨利和我们的仆人合谋欺负我了。您还记得上封信里我曾经说过，在那次中国餐馆的大餐上，我完全不能接受摆在精美餐具中端上来的猫啊狗啊还有老鼠三种美味。好啦，回到家里后，亨利就和马克说："你现在明白了，夫人是必须要吃猫、狗和老鼠肉的。可以去抓一些来，每天早餐时上一点给她吃。"

两天过去了，亨利以为仆人已把他的吩咐忘记了。早餐时，亨利和我们的朋友都吃了一口放在土豆中间的肉末。按亨利的想法，土豆要做成英式土豆，以便更好地伪装。亨利尝过后，觉得味道不是很好，就低声对仆人说：“这是什么时尚的菜啊？”仆人回答：“这是狗肉。”我已经把我那份吃了，未置一语。感觉味道很像剁碎的小牛肉。我看看那位朋友，他似乎吃得很香。第二天早餐，另一道肉末做的菜被端上桌，这回亨利没吃，我也没注意。吃过饭过后他才指出，我居然添加了两次，这次的肉末也是用很多土豆做配菜。第三天早餐，仆人再次上了一道肉末，这次还是用土豆做配菜。我们的朋友已被告知其中的秘密，于是就放开吃，并且说好吃，而我一直被蒙在鼓里。直到第三天中午，男士们终于忍不住笑出声来，坦白了过去几天的骗局。原来我们第一天吃的是狗肉，第二天吃的是猫肉，第三天吃的是鼠肉。这简直太不可思议了。如果我被事先告知那些碟子里放的是什么，我半口也咽不下去。

Letter 9

金花庙：送子女神金花娘娘

广州，1877 年 5 月 23 日

亲爱的妈妈：

天气持续变暖了，漫长的雨季终于过去。我们不用再像四月份那样为家中的衣服而烦恼。那时我们不得不每天把衣服从衣柜或卧室的抽屉里拿出来搬到书房去，并在那里从早到晚地点了三个星期的炭火。您知道把这些东西都堆在一起的情形吗？我跟亨利说，看着书房里堆满了他的衣服、靴子和我的裙子等等，就像进到一个旧衣铺。房间的热浪已经让人无法忍受。我不知道我所遇到的是不是一个不同寻常的雨季，因为潮湿而造成的各种影响让人感觉很不爽。如果您脱下一双靴子放在卧室的角落，过两三天再去看，靴子表面就会出现一层厚厚的霉霜。我们卧室里面的书也受潮得很厉害，我不得不把书搬到楼下有火盆的屋子里去。

天气到现在为止还好，但我们要准备应对即将到来的夏日炎热。我们计划，最好趁炎热天气到来前赶紧去观光。这就是为什么您会从我的信里看到，自从我们到达广州后，七个星期的时间内几乎是马不停蹄地到处跑。上次给您寄信后，我们又看到了很多有趣的事情。

一天早上，我坐着舢板去黄沙郊区的一座叫吕纯阳的道观，那里是道教信徒们的修行胜地。在那里，人们也可以通过扶乩与吕纯阳的神灵进行交流。亨利和我们的朋友在早饭前就已到了观里，但是道长们因头天一整夜在城里一位士绅家为亡灵超度尚未归来。一位信徒正在道观里等着道长们回来。亨利和我们的朋友被告之，如果他们9点再回来就有机会观看一场扶乩。后来，当观里主持得知他们不可能在那时赶回时，同意把仪式推迟到10点再开始。于是，我们在约定的时间回到了观里。

这回，我们先被请进待客房坐下，招呼以茶。还没等我们喝，有个道士进来知会说，信徒已经等得不耐烦，他有要事要求助于神呢。于是我们赶紧进了正殿，看到道士和请神灵的人正跪在祭坛前。道士跪在信徒的前面，蜡烛已经点燃，燃烧的香也已插进香炉，这些都是信徒的奉献。道士和信徒似乎正在无比虔诚地请求神灵。他们就这样跪拜了大约有3分钟，然后站了起来。

此时，我们的注意力被另一位道士所吸引。站在祭坛旁，他面前有一个铺满沙子的木沙盘。第二个道士站在他旁边，手里拿着纸和笔，以便抄录一会儿扶乩时从吕纯阳那里得到的指示。第三个道士也过来了，他的责任是要对神灵降坛时所示作出凡人能听懂的解释。扶乩所获的文字，作为一种神灵的特殊语言，是需要翻译的。说起来，这种特殊语言就连另外两个参与仪式的道士也是不懂的。

主持扶乩的道长拿起了法器。那是一件他拿在手上，更准确地说只用两个指头捏着的一根长1尺左右的棍子，类似于一个长长的笔杆，是用白木做的，下方是块小木头，用于在沙盘上写字。这让我想起几年前在英国很流行的占卜板。

过了几分钟，那个木质的法器开始动了，正如期待的那样，不用道士扶着，自己开始写起了大大的字。沙盘写满时，旁边的道士就把字誊写到纸上，再把沙盘重新晃晃，理平沙子以便再写，如此往复三次。求神灵的人，全神贯注地看着这个过程。到了第四次时，这个几乎悬空的木头突然停止不动了，道士解释说神灵已经离开。神符被第三个道士翻译出来。他们发现其实这是留给外国人的话，并不是留给那个可怜的求神者的。于是，那张纸被传到我们手上，翻译成英文是这样的："神灵非常高兴有外宾出席；他一直保持着与上天的交流，所以他知道这些外国人来到中国了，带着好的使命。"

那位失望的求神者请求再和神灵通一次话。他来到神坛面前，再三向神像致意，非常虔诚地说了几句话。过了许久，由道士扶着的笔一动不动。后来笔终于动起来了，但只写了几个字。这几个字被翻译给求神者，说的是"神灵今天不能与你讲话，希望你改日再来"。令我们惊讶的是，这位先生居然非常满意。他把写着几个字的纸叠了起来，放进口袋，似乎并没有抱怨自己刚才花费了那么多的香火钱。中国人对这种能与神灵交谈的神秘力量非常敬畏，相信通过扶乩可以预知未来。

从这里面得出结论很难吗？很明显，扶乩道士的胳膊和手纹丝未动。如果是成心骗人，那这位道长需要放弃一切专修此道才能练就如此不可思议的本事啊。马克是和我们一起去的，当我们问他是否相信这种灵异的书写，他轻轻答道："都赖说谎的鸽子。"

发现这种灵异、催眠术、与死人对话等法术不是很好吗？这些现今在欧洲和美国引起很大关注的东西，没想到在中国已经实践数百年了。

这个星期是每年一度的金花娘娘节。周二我们去了金花庙观看庆祝活动。这座庙建在河南的近郊，也在珠江对岸。无论男女都会来拜祭这位女神，她更是妇孺们的守护神。

这位神灵出生于广州本地，大约生活在1470年。小时候，她就开始将自己奉献给神，拒绝婚姻，并且被认为可以直接与神对话。她后来因厌世而投塘自尽，那座水塘至今仍在寺庙附近。在中国人眼里，自杀在某些特定的情况下是一种节烈的行为。她投水后，人们遍寻无着，直到尸首几天后自己漂了上来。传说，她的尸体浮出水面时，四周的空气弥漫着一种清香。又据说，一尊与她非常神似的木雕也从池塘里慢慢升出水面。

我们进入庙门时，最先看到的是祭坛后面的一尊很大的金花娘娘镶金雕像，两侧各有10位镀金的侍从像，她们是专门负责求子与生子相关需求的，每人分工明确，各司其职。譬如第一位负责新生儿的喂养，第二位负责赐予祈福人男孩，第三位负责教孩子微笑，第四位教孩子走路，第五位主管孩子沐浴等等。

在这个节日，善男信女们到庙里来还愿，感谢送子娘娘赐给他们孩子。很多妇女来发愿，希望送子娘娘赐给她们孩子，为的是避免她们的丈夫再娶其他女人。我在庙里还看到很多孩子，他们是被他们的妈妈带到神坛前请金花夫人赐福的。

非常可惜，我们没看到很多贵妇人。她们可能为避免拥挤的人群而赶早去的。我们去时见到的女人大多是普通妇女。不过，在我们参观的过程中，也看到两位贵妇人，穿着打扮得十分华丽（她们总是盛装来参拜娘娘庙，以示对神的尊重），但很羞涩。她们与随从躲在一个角落，等待人少些时抓紧机会把带来的水果、花、还有点心等一一摆开，拜祭完毕便迅速离开了。

在庙里二楼的一间屋里，我们看到了一个奇怪的景象。整个屋子好像布置成了娘娘的卧室，摆着床架、床柜、桌椅、出恭用具、还有衣柜及衣物等等，这些都是信徒们的奉献。屋子里还有一尊游行时用的金花娘娘的小雕像。金花娘娘在中国神话中的地位与西方维纳斯在罗马女神中的位置是齐肩的。

庙内也有奇怪的一面。一些来上香的妇女们边走边聊，无视庙中的肃静。守庙的人也很不卫生，居然就在庙门口摆上小桌子吃饭。不过，女人们都很友好地和我打招呼。她们会走近仔细看我的衣着，并通过亨利做翻译问我带的表链是不是金的，以及诸如此类的问题。其中有一个问题很符合当时的情境："你有儿子吗？"

女人们在高台上的主殿祭拜，男人们则聚集在下面奉上他们的供品拜祭，并在靠近门的另一个祭台拜祭。

我惊讶于人们带来的供品之巨大。男人们用竹扁担挑着整头的烤乳猪、涂成红色的饺子、煮熟了的带着鸡冠的公鸡，以及鲜荔枝等等。第二个祭坛前摆着一张供桌，桌上摆放着各种供品，宗族的长者们正在祭拜，大概有六七个长者身着丝绸长袍，胸前及袖口都有金线的方形刺绣。他们离开时，刚刚献上的供品也被带走。接着，有8个垫子被摆在了祭坛前，另一宗族的8位长老们走上前来跪拜。跪拜时，族长要比其他人跪得更靠前一些。他先把酒倒在一个小瓷酒杯里，斟满后，把酒泼到地上；再倒，再泼，如是3次。这些男人身穿各种明亮色调的绸袍缎裤，脚蹬漂亮的绣花鞋，每个人都磕头3次后方起身。那些供品随后被带回家去给宗族长者们开宴享用。我们猜测是族长家去年生了儿子，所以今年携族里的长者来还愿，感谢金花夫人所赐之福。一位上了岁数、面目慈祥的侍者上前一步，跪在族长刚才跪拜的垫子上磕头，然后敬了3次酒并洒于地。那位老人看上去非常高兴，只见他向长者们一一道喜，而长者们也向仆人致谢，那情景看上去很感人。中国的主人与家仆之间一般都有一个很好的感情纽带。

我看到所有来庙中祭拜的人几乎都会奉献纸钱。没钱的穷人的奉献往往是一张发白的棕色纸，有钱人奉上的纸钱则装饰着金银色，而且叠成元宝状。这些是代金花所眷顾的孩子们送的，礼毕后便被投进庙里的大铜炉中焚烧。每次烧完纸，会有一声鼓响。据说这是为了吓跑那些饿鬼，不然他们会夺走应该属于娘娘的供品及信徒们对金花娘娘的尊崇。我还看到长长的上了颜色的蜡烛及大捆的香烛都被作为供品，摆放到祭坛前。

坐在庙里一侧的乐师们身穿花哨的红色斗篷，里面的衣服肮脏不堪。他们正奏出震耳欲聋的声音。乐队前面有一张条案，上面放着染成红色的饺子、荔枝等等，那是庙里供应的供品。没有自带奉献的人，就可以从他们那里买。

有位上了年纪的人戴着一顶官帽，引领着众人祭拜。还有很多男人站在庙的右手边一长排台子后面，摆着供出售的纸符、纸钱，还有解签条等。一个心急火燎的信徒拿着两块状如劈开的公羊角似的木板在求神。他跪在祭坛前，将两块木块抛起来。如果落地时两块都是阳面朝上，或是双双阴面朝上，就说明神灵拒绝听他的祈祷。只见这位求助者非常执着地一次次将木块抛向空中，直到落地时一块朝上一块冲下，说明现在神灵已准备听他的请求了。于是他开始用无声的语言与神灵对话了。然后他站起身，从祭坛上取来一个放满了小木签的长长的圆木筒。只见他再次跪下，猛烈地摇晃木筒，直到有一根签掉了出来。

筒里的每根签上都标有一个数字。求签的人需要按照这个数字到柜台上去索取一张事先印好的纸，上面有与这个数字对应的解释。当然，这是需要付钱的。纸片上的文字晦涩难懂，一般人因为看不懂而需进一步的解释。所以求签者还要再花钱请坐在门口的算命先生来解签。那些算命先生的生意十分红火。他们卖力地为那些迷信的人们预算未来。我们站在一边，目睹了这一切，脑子里不断显现有关当年希腊的德尔菲神谕的传说①。

我们在庙里逗留期间，有六七个道士走了进来。这些道士与和尚的装扮不一样，他们没有剃光头而是留有长发，他们会把头发在头顶上盘一个发髻并用木梳把它别住。这些道士在第二个大殿前站成半圆形，在其中3人的奏乐下开始祝祷。一天到晚，他们都在间歇地做着法事，祈求金花娘娘保佑祈求者多子多福。这些道士身着有刺绣的红色道袍。道长

---

① 希腊传说中，阿波罗的女祭司皮媞亚以传达阿波罗神的神谕而闻名，被认为能够遇见未来。德尔菲为希腊的古城，为传说中的世界中心，每年有固定时间在该城举行对神谕的问询仪式。仪式很复杂，传说阿波罗神通过意念将神谕传到预言者的精神中，而使神灵附身的预言者说出一些“妄语”，然后再有人翻译成常人所能理解的语言。——译者注

走在最后面，手持一根短的法杖。这个仪式接下去是走到庙门外，再次向水神祈祷，同时点燃数百响的鞭炮。

金花娘娘庙前面的广场装饰得很漂亮。一个用布垫做顶的大棚子被支了起来，无数日夜燃着的烛火把四周照的通亮。棚中有很多摊位，分别摆放着各种金花娘娘生平的纪念，那些用蜡作成脸、头和胳膊都可以移动的小木偶人给游人带来了欢乐。很多有着美丽刺绣的屏风、纸花以及各种装饰品等，是由当地士绅借给这个场合使用的。毫无疑问，金花娘娘是当地百姓最爱戴的女神。

Letter 10

富商伍家做客：西式晚餐

广州，1877 年 5 月 30 日

亲爱的妈妈：

很高兴地告诉您，我一直想要到中国家庭参观的愿望终于实现了。如果我详细给您描述一下上周五我们在浩官先生家里度过的那个下午，您一定会非常感兴趣的。

大概是上午11点左右吧，浩官家人及朋友在内的7位中国绅士来拜访我们。其中一位就是上封信里曾经提到过的我们朋友的儿子，也就是刚丧偶的那位先生。他说他的妈妈特别想见见"奶奶"，并问我们当天下午是否愿意到他家中一坐。

我觉得可能有件事还没告诉您。那就是，有一个父亲是欧洲人、妈妈是中国人的混血小姑娘，每天早上到我这里上课。因为广州没有她能去的学校，所以我就做了她的私人教师。我真高兴这个女孩子也在应邀之列。后来被证明，她可帮了大忙，替我做翻译。

我们是在下午3点左右去拜访伍府的。在那里，我们受到了年轻的浩官先生的热情欢迎。他先带领我们去了后花园，并领我们参观了园中的房子。这是中国人夏天的避暑之处。

伍家花园内的荷塘

让我惊讶的是这里居然还关着两只鹿[①]，小路对面还有一些鹅被装在笼子里。亨利告诉我，鹿、孔雀还有鹅之所以被关在这里，是因为中国人认为这些动物可以给他们带来福气。很多士绅家都会豢养这样的动物。

回到内宅后，我被领着穿过不同的厅堂，路过一间又一间屋子，终于到了一间屋子，那里有一位夫人迎接我，她并不是上次出席葬礼时见过的那位。在我那位小翻译的帮助下，我和那位夫人大概闲谈了10分钟，随后，浩官先生的妈妈在两位年轻小姐的搀扶下进来了。那两位神情高傲，脚小得常人难以想象。她们的年龄在十三四岁，每人梳着一条辫子。因为这是她们嫂子的丧期，所以她们的辫子用蓝色的发绳系着。中国人把蓝色看成表示悲伤的颜色，他们最喜欢的颜色是红色，所有的喜事都要用红色。

我和我的小翻译敏妮与几位夫人小姐们坐了一阵（这期

---

① 在中国，鹿的寓意幸福，孔雀寓意富贵，鹅寓意恒久。——原书注

间男士在另外的屋子里被分别招待），我觉得应该到告别的时候了，就站了起来。出乎我意料，她们告诉我，已经专门为我们准备了西式晚餐，4点钟就要开饭了。

我被浩官先生的妈妈手拉手引领进了餐厅，亨利和这家人中的男士都已入座了。餐厅里按照英国风格摆了一张长桌，桌上装饰着鲜花，上了前菜，刀、叉、勺等餐具也已经摆好，没有筷子。

晚餐已准备就绪，浩官先生请我坐在他的右手边，亨利坐在他的左手边。我们发现他从亨利的中文老师那里学会了很多西方礼仪。亨利的中文老师也被请来作陪，指点浩官先生有关礼仪上的细节。

所有的肉食，包括猪肉、火腿还有鸭子等都是煮熟的，但端上来的时候是冷的。雪梨酒给我们斟上了。我发现所有中国男士都喝了很多。我看到面前放着英式的餐巾，有趣的是餐巾居然没有锁边。亨利的中文老师肯定教过了他们，一大盘切好的面包端了上来，浩官先生这次自己动手，先给了我们两人一人两大片面包。他是那么的好客，给我的盘子里夹了太多的菜，我完全不知道怎么办。敏妮说浩官先生在不停地抱怨，说我吃得太少，肯定是不喜欢今天的菜。和我们坐在一桌上的10个中国绅士，只有两位是浩官的家人。宴会的主人坐在长桌的上首，他的同父异母兄弟坐在下首。主人儿子的教师也在客人当中。

晚餐结束时，浩官先生的妈妈走进屋和我说，希望刚才的晚饭吃得好。她又叫一个小丫鬟来给我打扇。从那时起，那个大概只有8岁的小丫鬟就开始用两只手握着一把蒲扇给我扇风。中间稍有停顿，浩官先生就会回过身去冲她皱眉。这项服务过于奢侈但让人特别感激，因为屋里变得燥热而室内却没有半点通风设备，只有离饭桌挺远的门敞开着。

我还没见过饭后能有这么丰盛的果盘。当我们准备离席时，浩官先生还往敏妮的手绢里装满了桃子、荔枝还有橘子。宴席快结束时，一瓶樱桃味的白兰地摆上桌，之后，我们又喝了当地产的玫瑰酒。我品了一下，酒大概有两年以上了。

晚餐结束后，夫人们来接我和敏妮回到内宅。从那里，我被浩官的妈妈，也是一位伍夫人（我有点不太好形容这位夫人的身份，她是已经过世的老浩官先生的三夫人）带着去问候过世的老浩官先生的小脚遗孀。她的身份是伍先生的正室。在这个大家族里，她的地位为各房夫人或寡妇们所尊敬。而我的朋友是个天足，因为她生了个儿子（浩官），所以她的地位在遗孀里面也很高。即便如此，进门后，她没有立刻落座。按照规矩，她必须与家中各房的夫人等正房老夫人邀请后才能入座。

正房老夫人让我喝茶吃甜点，问我一些其他人已经问过的问题，譬如我的年龄，在中国待了多长时间等等。我戴的所有配饰都被一一取下，传给老夫人看。她问我每件饰品的价钱，我的表链子是不是纯金的，我穿的裙子戴的帽子的价格等等一连串问题。

拜访结束后，我被领到另一个套院去探望浩官先生的老婶娘。老太太病得很重，看上去很上些岁数了。我再一次经历了关于年龄等种种问题并再次分享了身上的各种东西。与此同时，我也再次喝了几口敬上来的茶，吃了些端来的水果。

您无法想象中国有钱人家的规模。它实际上是同一个屋檐下的数个单独小家庭。每个小家都有自己独立的厨房、房间和花园。在拜望了所有该拜望的人之后，我的朋友领我去她与女儿们睡的卧房。

中国的夫人们大部分时间都在卧房里度过。她们卧房外面有中厅，是吃饭的地方。在她的卧室里，我们一一落座。屋子里既没有窗户也没有门，只有一面对着天井。屋里有木雕的寝具、两三个原木做的衣柜和几件乌木家具。

浩官的妈妈非常自豪地向我展示了她的一幅很大的油画肖像，画中的她身着宫廷盛装，戴着帽子，并佩戴着玉石项链。

她和我说起儿子的新近丧妻，并告诉我说再等两三个月他会再娶。我和几位夫人聊了有一个钟头，敏妮越来越无法跟上几位夫人同时发问、我要一一作答的节奏了。

其实，我更感兴趣的是观察她们的举止，尤其那两个年轻的女孩儿。有着一对被中国人称作“金莲小脚”的她们表现得非常虚荣。她们坐下时，会把变了形的脚略微从裤腿里探出一些，我能够看到漂亮的不足3寸长的绣花鞋。她们的脚看上去更小，前面大脚拇指已经呈尖头状。女孩不时变换坐姿，有时看上去很不雅。她们会跷起二郎腿，用手攥着自己的小脚，就那样待上十几分钟。她们的裤腿非常肥大，所以看上去极不雅观。

如果您看到我的女主人拉着我的手，从一个屋子走到另一个屋子，还有个丫鬟提着我的裙边跟在身后亦步亦趋的样子，肯定会觉得很好笑。我穿着的迤地长裙，在她们眼里显然像个火车。中国的夫人多穿对襟外衫，下面是短裙，还有一条大约比裙子略长1/4尺的长裤，没一件衣服会长至及地。

我开始感到有些疲倦了，房间又很闷，我只能不断地保持着微笑并对她们的话显示出兴趣。离开了翻译，我一个字都无法用语言表达自己的感受，真是很累人。于是我站起来打算戴上帽子告别了。不等我把帽子戴上，有一个夫人已经把我的帽子拿去戴在她自己的头上，接着又把我的面纱也戴上。您很难想象中国女人戴上欧式帽子和面纱后的奇怪样子。中国南方的女人从来不用把头遮挡起来。她们出门探亲访友时，头发是梳理好并插上花，还有各种珠玉或金银做的簪子。年轻的女孩出门也要盛装并打理头发。我到广州之前还不知道在中国南方，女眷们是不可以在街上抛头露面的。她们出行时要坐轿，而且四面全要遮住。唯一的特例是那些官府的夫人们，她们的轿子经过巡查地方的街道时，还会特意把轿子玻璃窗的帘子打开。

再说回到我朋友这来吧，此刻，她正对着镜子左顾右盼地端详着自己戴上欧式帽子和面纱的样子。她显然对自己的模样很满意，进而提出把我的裙子也脱下来让她穿上看看，她也可以让我换上她的衣服。可惜我真是太累了，无法满足她的这个愿望，于是我摇了摇头，坚持告辞了。

我的女主人领着我回到了男士们待的屋子与我的丈夫会合。接着，她又一直把我们送出前厅。我们的轿子已经等在那里。她和男主人再次向我们道别，请我们有空一定再拜访他们。

Letter 11

药王庙：边祈福边给药王像扇风

广州，1877年6月10日

亲爱的妈妈：

昨天早上的事情太有意思了，我得赶快把它写出来，您听了肯定会非常开心。

亨利曾经告诉他的中文教师，如果当地有什么节日或将要举行有意思活动的话，请一定来知会我们。昨天一大早儿他就赶到亨利的书房来说，当天有个民俗活动——药王节。不巧，亨利已经约好当天要接待一个从欧洲来的旅游者。他不愿意我因此而错过机会，建议那位叫重兴的中文教师陪我去。时间很紧，我们立刻准备了两乘轿子，出发前往药王庙。

那天的活动是庆祝药王的生日。迷信的人相信药王节这天药王一大早就要进山去采药草，为病患治病。鉴于去山里的路十分遥远且天气极为炎热，药王采药回来后肯定又热又累，所以药王庙里挤满了信徒，其中大部分是女人，从早到晚地给药神打扇子。

这座庙建于1655年，一尊很大的药王雕像坐落在主殿后的高台上。上殿需要走几个台阶，阶梯两边各立着5座雕像。雕像所代表的人物在世的时候，也是救人治病的名医。

我们去得有点晚，未能见到上流社会的女信徒，她们总是赶着一大早去。我们进去时，庙里挤满了普通妇女。有些人正从侧面沿着台阶向上走；有些人已经站到药王塑像的前面，卖力地给药王扇扇子；还有一些人，已经完成了祭拜仪式，开始从台阶往下走。

那些妇女们在庙门口买好扇子，轮到她们祭拜时，就特别虔诚地边给药王扇扇子，边念念有词地祈求药王保佑家人远离疾病。用我的异教朋友那口洋泾浜英语来说，她们是在“求求主”。

我看到一个女人，背上绑着个孩子，每扇一下，她都虔诚地将腰深深地弯下，好像在替子祈祷。也许她正在求药王保佑孩子平安度过婴儿期，不受各种疾病侵害。我还看到有些小孩子也在为药王打扇子。

和我一起来的中文教师好像也很信神灵。他非常认真地告诉我：“药王为病人做了这么多，实在太辛苦了。”有些妇女在行完礼后就把扇子敬献给药王，摆在塑像的腿边。雕像下堆满了扇子和纸花，都是感恩的病人带来的礼物。我也看到一些妇女把扇子带回家去，认为扇子已经被药王赐过福。如果家里有人生病，她们就会用这把扇子给病人扇，相信它会祛病。

药王庙很小也挺脏。庙里的一边有一溜柜台，里面放着装有各种草药的罐子及各种膏药。这些是庙里出售的药，据说用的是药王私家药方。

妇女们在药王像前大约停留1个小时左右，为他不停地打扇，行礼后再离开。离开时，她们还会奉献纸钱并进香。

观看了整个祭拜仪式后，我们上轿回家。没走两步，轿子突然落地停住了。开始我还以为那位向导朋友遇到了熟人，因为他的轿子没有跟在后面。我无法发问，只好耐心地坐在轿里面等待。不妙的是，我开始变成一群男人和孩子们的猎奇目标，孩子还把头伸进轿门来看我。于是我的一个轿夫把轿帘放下来以便挡住众人的视线，这又让我几乎喘不上气来。天实在太热了，轿子另外三面已经被绿色的帘布遮严，我不能让他们把唯一的通风口给挡住。苦力显然惊讶于我的胆大，解释说："把帘子放下来好，就没人看您。"这时，一位长者从人群中走出来，呵斥人群散去。其实，他刚才也一直在旁边观察着我。围观的人听了他的话呼啦散去，此刻的我由衷地感受到中国传统长幼尊卑秩序的好处了。平常，如果孩子在街上或是庙里太闹了，只要有个长者出来制止，他们都会立刻安静下来。

说到亨利的中文教师，我必须说，他是一个非常自负的人，他的英文也很有限。每天早饭后，他会来到亨利的书房给他上课。如果恰好我也在，他会趋步走上前来，圆脸上充满了自负，用欧式礼仪和我握手，嘴里说着"好吗，您"。

我们回家路上，经过一家经营猫狗肉的餐馆。我还没告诉您亨利在这之前曾经带我来过。我猜那个店老板对于我们没吃他推荐的菜而有些失望。这家餐馆的名字是"焕香猫狗肉铺"。我看到一块块的狗肉挂在店门口，用来招揽食客。在我眼里，很像乳猪。店铺的厨房里放满各种沙锅，炖着肉，随时满足顾客们的要求。墙上还有一个小招贴。亨利看后曾翻译给我听，上面说店里随时提供上好的黑猫肉。黑猫的肉要比其他猫肉更贵。

顺楼梯走上楼，二楼有几张小餐桌。我们看到其中一张桌上摆着一只小锅，里面满满地装着热气腾腾的炖肉。亨利走上前去问："是猫吗？"吃的人答道："是。"菜的颜色很重（我敢说，肯定是黑猫），闻起来很香。

店里的墙上贴着各种菜式的价钱。12年前，亨利已经请他的一位中文教师翻译过来了。这是修饰过的译文："1两黑狗肉，8个铜板；黑狗鞭，3分银子；1两黑狗肥油，3分银子；大碗黑猫肉，100个铜板；小碗黑猫肉，50个铜板；大瓶普通酒，32个铜板；小瓶普通酒，16个铜板；大瓶黑米酒，68个铜板；小瓶黑米酒，34个铜板；大瓶梅子酒，68个铜板；小瓶梅子酒，34个铜板；大瓶雪梨酒，68个铜板；小瓶雪梨酒，34个铜板；大瓶天青酒，96个铜板；小瓶天青酒，48个铜板；1碗粥，3个铜板；1小碟咸菜，3个铜板；小碟酱或醋，3个铜板；一对黑猫眼睛，3分银子。"[①]

因为当天是夏至，即仲夏，这个饭店已经挤满了各个阶层的男人们。据说在这一天吃上狗肉，特别是吃黑狗的肉，能避免在酷暑天生病。

今天早上路过南海监狱时，我看到一番奇怪的景象，让人很痛苦。很多犯人被关押在小小的牢笼里，可怜的人们紧紧地挤在一起，让我想起读过的加尔各答城的黑洞。[②]那些不幸的人带着枷锁，每具有不同的重量和大小。在那么闷热的天气里，对于那些罪行不过是小偷小摸的囚犯来说，枷锁无疑是一种煎熬。犯人们不但不能躺下，还互相推挤着让

---

① 引自格雷的《漫步广州城》。——原书注

② 加尔各答黑洞是座用来监禁英国俘虏的牢房。1756 年，孟加拉国王道拉攻占加尔各答，俘虏一批英国人并将他们关押于此。6 月 20 日，当英国殖民军重新占领加尔各答时发现被囚的 146 名英国俘虏中有 123 人因拥挤缺氧而窒息身亡。——译者注

自己尽量靠近栅栏以便能看到前来探监的人。能挤到前面的人，把自己枯瘦肮脏的手从栅栏间伸出来哀求着："叩赏，叩赏。"把人关进如此笼子，看着令人心酸，很多人因这种严酷的折磨而熬不过夏天。

在南海监狱前的小空地上，我还看到一些犯人正受着另一种蔑视。为了防止他们逃跑，犯人的脖子上缠绕着分量相当重的铁链。狱中有不同的处罚，而这种惩罚的目的是让犯人承受其他人对他们的嘲笑与蔑视。这些犯人可以继续他们先前的营生，我就看到其中有些人在做鞋。远远地望见我们来，那些犯人就站了起来，把链子提在手上，艰难地拖着沉重的铁链或石枷走过来，在我们面前走来走去，用可怜的声音求叩赏。

我刚接待了一位住在珠江对岸租界区的美国领事夫人。从她家窗户看出去，总是可以看到很多人。上周的某一天，她向外张望，无意间看到一个男人身上围着一个斗篷，下面露出3个小脑袋。一群妇女将男人围住。斗篷打开，一个小女婴被女人们传来传去地看着。然后他们开始谈价钱。出价最高的是用5分银子买一个小生命，但那男人要6分，低于这个价钱不卖。他最终没有做成一桩买卖，便离开了那个地方。

中国人对这样的事并不感到惊奇。做父亲的，如果知道生的是女孩，常会觉得倒霉而沮丧。当一些会说几句洋泾浜英语的中国官员来拜访时，亨利往往都会问他们家里有几个孩子。回答好像不太确定似的，"三四个"。然后亨利又进一步问："几个女儿呢？"，回答可能是"两个"，磕巴一下，"哦，3个"，好像那些女孩子没有算进家里人口似的。

一个只生了女孩的妻子是永远也不会得宠的。如果她正好是正室而且是小脚的夫人，将会有更多的痛苦，因为她知道丈夫肯定要纳妾。在这种情况下，男人基本可以自己做主。一般他会从奴婢或从小就会劳作、没有缠足的女子中选一个。如果选的是奴婢，他需要给其主人一次性地付赎金。二房、三房或更多的姨太太会比原配夫人有更多得宠的机会。因为正房夫人多从父母之命，丈夫在结婚之日前，连新娘的面都没见过。妻子在家里的地位不过是从属于丈夫，如果没能为家里添丁，她在家族中几乎是没地位可言的。如果丈夫愿意，当原配的小脚夫人死去时，他可以将其他老婆中的一个扶正，但这样做的并不多。

夏天的酷热向我们袭来。经验告诉我，这种潮湿闷热的天气以及无以言表的不舒适会日日夜夜伴随着我们。不过，我觉得自己还好，不像其他人那样严重地不适应。早上6点半我就起床，8点开始给我的小朋友敏妮上课，直到9点去教堂做早礼拜。吃过早饭，我们接着上课。

有时，亨利会叫来舢板，带我们出去看风景。亨利几乎熟悉每一条河涌，可以指挥着舢板到任何一个想去的地方。他经常让船工把船划到另一条河涌等我们。我非常奇怪，那些给我们划船的船工好像并不在乎要等我们多长时间，他们也不把等待的时间算进去，只算往返的费用。

亨利在中国生活多年，已经养成了中国习惯。回到英国时，一次他叫了一辆出租马车从西郊到市区，让车夫等了他两三个小时。看到账单时，他吃惊万分。可不是吗，那里面很多是车夫长时间等待的费用。

我们雇佣的船家几乎没有或极少去过河对岸的广州；他们也没有探访过不同的小溪。有时候我们提出要去稍远而他们没去过的地方，他们还挺不高兴。我们沿着溪流进行各种探索游览，停靠在风光如画的地方。我们还在船上备好茶点带到岸上。

对于我们的这些安排，您会怎样取笑我们，家中的仆人又会如何的叽咕呢？

茶具、牛奶罐、杯碟放在托盘上，奶油、面包和刀子放进竹篮，还有一捆柴火，这些都被放在船尾。对了，我忘记了一件最重要的东西，除了午茶的用具和食物外，还要有一瓶清水，河水显然是不合适的。有一天，我们的男仆就忘记带水，我们不得不用河水代替，可惜做出来的茶完全无法喝，只能倒掉。请您想象一下我们郊游小队伍的情景。我们一行有亨利、我、小敏妮、我们年长的苦力和一名年轻的仆人，后者是专门帮我们煮茶的。

我们同行的仆人对广州郊区一无所知。每到一处，当地的人对我们倍感兴趣，总的来说也很有礼貌。偶尔，跟在我们后面跑的孩子会讨厌地大叫“番鬼”（洋鬼子），但亨利会责备并制止他们。亨利会说，如果他们再这样叫，他会去告诉他们家里的大人。

对在广州散步，我好像没什么可说的。我们无法比肩而行，只能一前一后。至今我们走得最远的一次是去到泥泞地里。中国人非常节俭，他们不愿把太多土地用作人行道，人们基本就走在用脚踩出的窄窄的田埂路上，路窄得只能走一个人。这样的小路有时也会铺些碎石，那些石头被随意地破碎成大小不一的各种形状，人走上去，不小心还会崴脚。如果有抬轿子的过来，双方错身通过也相当困难。几天前，我们就遇到了这种情况，我不得不换到另外的田埂上给迎面过来的轿子让路。

家里刚刚添了个忠实的小随从。几天前，当我们经过花地湾时，有好几只狗跑向我们汪汪叫个不停，这当然是狗的习性。他们的叫声其实比咬人还要糟糕，因为所有的敌意都表现在吵闹声里。中国人呵斥着并用他们的厚鞋底踢那些狗，以便让它们安静下来。在这群狗里面，有一只可爱的小狗走过来，用水汪汪的眼睛凝视着我。我的心一下被它融化了。我们问小狗的主人卖多少钱。他答："300个铜钱。"因为我们出门从来不带钱，就向他保证，随后会让苦力把钱给他送来，就这样，买卖做成了。

我把小宠物抱在怀里。小狗全身黄色，有着长长的卷毛、黑舌头、嘴唇上有一道黑。再长大一些时，它会有一条毛茸茸的长尾巴卷在身后。比起家里的中国人，这只小狗显然更喜欢外国人。这和朋友送给我们的另一只小狗有所不同，那条狗好像更钟情于我们的仆人而不喜欢两位主人的世界。只有我们吃饭时，它才会冲进来等着我们喂吃的。一旦吃完，它又会一溜烟地跑出房间。如果它还是继续以这样的态度对我们，我们会把它作为礼物送给它所喜欢的仆人了。

Letter 12

龙母庙：母亲为女儿祈求乘龙快婿

广州 1877 年 6 月 19 日

亲爱的妈妈：

这个月的15号，我们见识了一场很特别的节日。庆祝活动在珠江上举行，于是，我们住的沙面在那天就很受欢迎。一般情况下，中国人不能进入我们的居住区，除非那些和外国人做买卖的才能在节日期间进入沙面，于是上周五相当多的中国人利用这个机会，进到沙面观看节日活动。城里的一个卫兵分队也被地方官员派过来维持治安。

这个特别的节日是为了纪念生活在2000年前一位叫屈原的人，他是三国时期其中一国的君主[①]。可当时的国君极度荒淫无度，屈原对他一次又一次地劝谏而无效。屈原对改革彻底绝望，最终自尽而明志。

他从桥上跃入江中溺水而亡。附近一条船上的渔民看到了他投江，想把他的尸体打捞上来，但是没有找到。第二天，更多的人参与寻找，仍旧无果。于是他们就不断地往河里扔米，希望鱼吃了米就不会去动屈原的遗体。中国人普遍

① 此处应是作者的误会，屈原是战国时期楚国人而非三国时期人，曾任左徒、三闾大夫。——译者注

认为，如果人死后尸身得不到保全，寄居其中的灵魂就难以得到安宁。

从那以后，每年在屈原投江的日子，一个专门的纪念活动就会开展。各种龙舟在江面上下涌动，船上坐满了人，寓意在寻找屈原的遗体。

我得给您形容一下这些奇特的龙舟。它们造型修长而狭窄，船身多被涂上非常抢眼的颜色，以红色和金色为主。船头装饰着色彩斑斓的龙头，船尾的造型是龙的尾巴。有的龙舟能乘坐60人，有的能坐80人甚至上百人。所有划船的人均使用短桨，齐心合力划动，掀起高高的浪花。

桨手间还站立着几个穿着极具装饰性的绣花衣服的人。他们摆出狂放的架势，喊着协调一致的号子，敲锣打鼓地为桨手助威。这样的锣鼓喧天使老远的人都能知道龙舟来了。

有一个人在船头挥舞着旗子，还有人模仿往水里撒米的动作以祭奠屈原。喧嚣锣鼓声的用意是驱邪并吓跑来吃屈原遗体的鱼。在龙舟的中间，还插着色彩鲜艳的伞盖和旗幡等。船上的人非常兴奋，激起一片热闹。这些龙舟分别隶属

龙舟

于不同的村子和宗族，所有的花费自然也由村里或族里开支。

节日活动过后，龙舟会停放在浅滩上，待来年端午节再用。与每只大龙舟配套的是六七只小船，船头挂着与大船相似的旗帜，船上的人也来自同一宗族。在领头的龙舟上，有个男人不断地吹着海螺。因为这些龙舟造型的奇特，使用中会冒很大风险，龙舟比赛也经常会出现一些事故。

端午节的庆祝活动是大清朝人的惯例。今年的洪水较大，河流湍急，非常危险，观赏起来也不太容易。我们坐着舢板在河上几乎盘桓了一整天，试图从不同角度观赏这场盛大的纪念活动。

我们来到黄沙溪，这里实际上是个水上街道。两边的房子都建在打进水中的木桩上。我们的船恰巧与一只龙舟擦肩而过。不知船上的人是不是故意比平常更用力地挥舞手上的桨，我们像是淋浴了似的，浑身上下都湿透了。

昨天，我们还在一个叫做黄竹岐的地方亲临了另一场异教徒的节日。那里距我们所住的地方不远，往上游走大约4英里。按常规，老百姓要在这个节日里从广州来参拜龙母，也就是龙王的妈妈，有些人路上要走5天。今年因为洪水太大以致西江溃堤，加上暴雨，祭拜龙母的仪式便被改在这个叫黄竹岐的地方。

这座庙非常小，完全无法容下前来祭拜的人流，所以一座大草棚被支了起来。一小尊龙母娘娘的神像也被请进来安置好，以便接受信徒们的祭拜。

好几只大船与我们的船擦身而过，他们就是赶去黄竹岐祭拜的。那些船非常漂亮，船身还有雕刻并被漆上艳丽的颜色。

这些船是中国船家最重要的财富，也是他们进入内陆的工具。船上装饰华丽布满彩旗和灯笼。灯笼上写着雇主家的名字与官职。有些船只坐男人，另外一些船则专载女眷。当我们与他们的船靠得很近时，我很感兴趣地看着坐在船上的女眷们。有些太太衣着非常华贵，头上装饰着各色的鲜花或假花，身边有很多丫鬟。

男女在公众场合需要分开的习俗在南方很普遍。做父亲的绝对不喜欢女儿在街上被人看见，丈夫同样也不喜欢妻子抛头露面。欧洲男女出入成双的习俗在这里是不为理解的，欧美女人在公众场合挽着丈夫或男伴的胳膊，在中国更是禁忌。亨利和我入乡随俗，到中国人家里做客时，我们既不说话也不坐在一起，就是担心在这一点上违背中国严格的传统礼仪。

到龙母庙的船程并不顺利。因为水流太急，我们雇的划舢板的女人几乎无力对抗。有一次还是借力于离我们最近的一棵树，船娘才得以把船推向前方。我们的船其实是在田野上穿过，那块土地被淹，完全被水覆盖了。我们用了至少3个小时才走了4英里路。

有很多女人已经挤在我前面说过的草棚搭的临时龙母庙里。一些人穿着深色或浅蓝色的带有刺绣的丝质长衫，还有很多人穿着蓝色或紫色的布衣。中国的夫人们去参加这个活动通常穿得比较简单，以免引人注意，所以我往往无法区分哪些是贵夫人哪些是她们的侍女。

很多妇人头上的发饰不失为一景。她们好像特别偏爱有着芬芳香气、来自阿拉伯的茉莉花，常把它们点缀在茶壶状的发髻两边。看到这样一个人们穿着打扮几乎无异的大聚会感触很深，真希望中国的百姓能在头发、眼睛或肤色上哪怕多少有些不同啊。

龙母娘娘生活在15世纪，人们之所以要来祭拜她是因为她没有生子却产下一条龙。因为不断有祭拜的人往设置好的焚香炉里投放纸供品，这座临时的庙里温度陡然升高。周围的夫人们对我特别友好，她们不断地微笑点头，似乎要和我说点什么。

从庙里出来，我们去了黄竹岐村。亨利带着我进了一座大祠堂。1847年，我们的6个同胞，年轻的商人在那里被谋杀。他们的船当时顺河流而上，停靠在这个村。当他们走了五六英里再返回停船的地方时，发现被包围了。他们被拘禁在祠堂里，经过族里长者的审问后，被杀害了。他们的尸首在广州被发现时，状况让人无法目睹。在他们被处死前，一定受到了非常残忍的虐待。

5个涉事的中国人在村子的广场上被砍了头，H.M.第95步兵师被从香港派来监督行刑。由于罪犯被塞住嘴，有人猜测其实被砍头的并不是杀害英国人的真凶，而是其他被判了死刑的罪犯。①

当时，很多中国人的排外情绪特别高涨。这趟旅行，亨利的中文老师本是陪着我们一起来的，参观龙母庙时他还在，等我们要去村里时，人就没影了。一直到我们回到登船的地方时他才又出现。亨利心知肚明，这人胆怯了，害怕村

①据中国文献记载，1847年12月5日，6名英人窜入黄竹岐村滋扰，借口打猎，举枪击人，当场打死村民1人，重伤1人。村民大愤，将6名英人全部殴毙，并沉尸河中。事后，在英人压力下，广东巡抚徐广缙与耆英一起，将抗英村民4人处死，判斩监候、绞监候各1人，充军流放3人，杖责100下、6人判刑3年。参见广州市地方志编纂委员会《广州市志》卷一。——译者注

里的人看到他和外国人在一起。但亨利还是问了句：为什么没有和我们一起进村呢？他面露微笑故作镇定，给出已经准备好的解释："村里太脏了，何况我也不喜欢走路。"

我还忘了告诉您，在龙母庙里，那些有女儿的妈妈是去求龙母保佑她的女儿能找到乘龙快婿的。

回程的路上，接近市区时，我们注意到一只用于拜祭的船似乎特别热闹。于是我们划近那只船，上去参观一下。我们被告知这是一只游动的船庙，里面正在为一对住在附近的年轻人举办婚礼。

我们看到船尾有一张长长的桌子，上面摆满了各种供品，包括一整头乳猪、点了色的饺子和红鸡蛋等。这些食物都会将成为晚宴的佳肴，我们也被邀请留下一起享用。

乐师们被安排坐在船首一块高出来的地方。他们立刻为客人演奏起来，用锣、鼓、唢呐还有其他竹制乐器奏出的声响震耳欲聋。新郎坐在船首，与新娘分开。新娘则与一些妇女站在船尾的桌子旁边。我太同情那位可怜的新郎了，心想如此高分贝的器乐肯定会把他的耳膜震坏的。但他看上去很平静，也许就喜欢喧闹的音乐。

有个妇人给我端上茶来，还给了敏妮几个红鸡蛋。那些蛋很像我们复活节吃的蛋。这些蛋已供奉过金花娘娘，请她保佑新婚夫妇早生贵子。我们喝过茶后，起身道别。我谢过招待我们的夫人，她们也向我们挥手告别。她们一直客气地挥着手，直到我们的船驶离。

我还没给您描述一下这种浮动的庙宇。因为它们专门用于宗教祭祀仪式，所以称其为船庙。这些船游走于珠江上下游，为船民们提供各种宗教仪式的服务。当船经过时，您会看到神像，还有摆满供品的长供桌，那些祭师们会提供念经等特殊服务。若举行结婚仪式，船上会用灯笼和彩旗装点得热闹喜庆。而在别的场合，譬如丧事，祭师则要念经超度亡者，旗幡也会随之换成白色和蓝色。

我感觉珠江上最为迷人的是随时随地会发现新鲜有趣的事情。那些有着蝴蝶状深褐色大风帆的客船是我的最爱。他们看上去非常壮观，缓慢地向河中央驶去。如果潮汐很大，而且逆流而行，他们就会沿着岸边缓缓而行。从我们家窗口看那些大帆船是非常独特的一景，只见高大的风帆从我家附近的榕树旁探出头来。

江上有各种特色船，其服务内容囊括水上人家生活的各种需要。您会看到水上漂着菜贩子的船，上面摆满各种青菜和水果，望去美如图画。这边开过一只贩鱼船、卖鲜花的船，那边过来卖爆竹的船。不时还有一种更轻便的小船经过，上面坐着剃头匠，专为水上居民理发。听到一阵铃铛响，船民就知道那是水上医生来了。水上大型厨房的生意十分火爆，名如其实，该船专为限于自家船窄小局促而无法摆宴的居民提供服务。有时候还会看到一种小型的帆船，专为运送死人去坟地埋葬。另外还有一种特殊的、不会与其他船混淆的麻风病人的专属船。看到这群因恶疾而不得不与他们的同胞隔绝的景象，很让人伤感，但他们也是水上生活的一族。最近水上花艇没有以前多了，这令我有些失望。

花艇的入口有着雕梁画栋的屋顶，有时会被涂成亮丽的绿色和金色。我们俩常在夕阳落山时经过河边，大约是晚上7点，我一遍又一遍地欣赏着烛光泛舟。

这些船会并排停靠在一起，在晚霞中看上去一片安逸美丽。我很惊讶于水上浮动客店的数量之多，它们并排靠着，在水面上形成了数条街道。这些客店非常方便来往的游人，譬如来广州的客船到晚了，船上的客人一时无法进入广州城，便可小住一晚。

您可能不知道，通往广州的城门和关卡晚上9点就关闭了。所有的中国人过了点便不许再出入。夜间在街道上设关卡是最奇怪也是最东方的习俗之一。

外国人得到准许，宵禁后仍可通过多数关卡，但实行起来非常麻烦。譬如说晚上10点，你必须先把守卫叫醒。他们一般睡在门口的条凳上，你得大声叫喊，告诉他们你是外国人，然后耐心地等，给他们足够的时间起来，等他们把木栅栏移开，最后才能让你进入。这个过程很花时间。当你出去游历一天非常疲倦的时候，经过这些关卡真是对我们耐性的一个极大考验。

今天是中国的仲夏，又叫夏至。如我以前所说，这个节日有个习俗，大家会尽可能地吃黑狗肉。据说，在这个特定的日子里吃了狗肉，接下来的12个月会变得身体强壮而且运气好。我们的仆人今天就会享受狗肉大餐。如果黑狗肉不能到手的话，其他颜色的狗也行。因为这个，近来我非常精心地看护着我的4条宠物狗。每逢这个季节，偷狗的人就多。

昨天，许多中国人去看宰狗，但是我拒绝了邀请。城里好多地方都在宰狗，杀戮的方法也特别残忍，好多狗在宰杀前都被打得很惨。这样残忍的手法据说是源于某种迷信。

Letter 13

珠江赏花：夏日的荷塘粤色

大通古寺，1877 年 6 月 25 日

亲爱的妈妈：

我把在广州这座奇妙城市的见闻向您如此一一细述，不会令您厌烦吧。我是不会找不到描述的题材的，也相信您看得出来我们在非常努力地了解这座城市。心无旁骛的时候，我感觉不到天气炎热。最热的时刻应该是中午12点到下午3点间。若是在家，又无事可做，我承认，我会觉得热不可耐。

几天前，我们跟浩官先生提到，值此荷花盛开的季节，很想去看看。浩官先生就把这话记在心上了。星期五他来拜访我们，安排去他朋友在珠江上游的荷花园看花。昨天他带来一条官船，就是那种最舒适、极宽敞，至少能载20人的大船。船分内外两舱。我和一位英国夫人、我的小朋友敏妮、还有小浩官和他的两个保姆坐内舱。我们一行共11人，包括7位男士，其中亨利是唯一的欧洲人，中午出发，不到1小时，就到了荷花园，因为正好涨潮顺水。这一点在安排珠江之行时特别重要。

到了荷花园后，我们进入一座迷人的楼阁，两层高，里面布置着镶嵌了螺钿或大理石的红木家具，还有许多精致的木雕。一个个小房间由木雕屏风隔开，墙上挂了许多画轴。这样的花园一般远离主人的私邸，只是中国男士游乐筵宴之

地，有时也会在夏天住上三五天。这里的许多厅堂旁边也有一些寝室。在这座花园里，我们看见两只关在大笼子里的漂亮的孔雀，一头鹿和一些白鹅被关在狭小的笼里，转身都有困难。所有这些，就像我在此前信上所说，都是达官贵人养来为他们的家庭祈福的。

令人失望的是，此处荷塘里并没有盛开的荷花。于是我们上船，转去浩官先生另一个朋友的花园，然而同样失望。荷塘虽然很大，花季也已到，却没有一朵花，全是青翠的叶子。倒是有几盆盆栽的荷花开了花，其中一株白莲特别素雅好看。我很欣赏这种植物的绿叶，形状迷人，颜色青翠。浩官先生摘下一片，滴上一滴水，微微晃动，水珠便像一颗晶莹的钻石，在光亮的叶片上流转，熠熠闪光。我觉得所有我见过的植物当中荷花是最可爱的。跟通常所见的一样，这里也有一座楼阁，布置着各种各样的红木几桌、条凳和靠椅。但是这座楼阁梁柱倾斜，墙面开裂，正在迅速地腐朽。中国人大多对这些建筑不加以维护，任其为白蚁、潮气等侵蚀破坏，等到不安全再使用时就拆掉，在原地重建。

我们的主人订的一桌中式午餐送来了。一小碟一小碟的肉馅饺子、点心和甜食摆在桌子中央，每个人的面前摆着筷子。大家就座，用筷子挑自己喜爱的东西吃，主人和他的朋友则往我们的盘子里放东西，一会儿是点心，一会儿是饺子，然后又是点心，轮流不息。你的邻座刚把筷子放到嘴里，马上又用它夹着点心放到你的盘子里，感觉不是很舒服。

午餐过后，我们漫步游览花园，然后回到船上。我忘记说了，在溯流而上的过程中，船上一直有茶和水果，其中有荔枝和黄皮。在访问第一个花园时，他们也用水果招待我们。启程回家之前，浩官先生又买了许多荔枝上船，中国男士们一路不停地吃，直到抵达沙面。他们似乎不知道休息为何物，不是吃东西就是抽烟或吸鼻烟，再不就弄这弄那。和浩官先生在一起就别想有片刻安静。他时时刻刻都忙个不停。你刚想在花园的亭台楼阁坐下歇那么几分钟，他就说："嗨，我们该走了。"船到码头，临上岸前，又上了一道茶，作为最后的款待。我们下午4点钟到家，中国男士们送我们进了牧师楼，还坐了5分钟。他们离开后，我们的中文老师重兴把一个有盖的茶杯递给亨利，用洋泾浜英语说："这是浩官先生送给您的。"在旅途之中，亨利曾对这个茶杯表示过欣赏。

浩官先生告诉我们，他正在他的宅邸里添加一个新房间，准备布置成欧式，给他选定的新娘住。大约1个月后他就要结婚，万事俱备，只待大婚的吉日选定。他的鳏夫生活将不会超过4到5个月。

我此刻是在寺院里我们最喜欢的清幽之地，即我称之为最心爱的小楼里写这封信的。此前在寺院里的大客厅吃午餐时（我们在这里待了一整天），接到通知，说待我们吃完，有一批来此晚膳的中国人要见一见。现在，一个中国绅士走了进来，马上认出了亨利，寒暄起来。他是附近一个省份的高官。他跟他的两个同伴都已年过半百，各自都有三四房妻妾，却仍然有3个年轻女子相伴。这些女子举止轻佻，绝对不适合做他们的伴侣。僧人允许这样的人聚会于此，完全是因为他们带来了银子。

今天本城的木匠、船匠和石匠都喜气洋洋的。他们大多在我们周围的街区有作坊。这是该阶层人士的守护神鲁班的生日[1]，也就是祭拜他们祖师爷的节庆日。锣鼓喧天，鞭炮齐鸣，打破了寺院的清幽，使得我无法继续写信了。中国的节庆一般持续3天，即节前、节日和节后，以节日当天最为重要和热闹。珠江的这一边岸上为此搭起了临时的舞台。官员们暂时关闭了城里的戏院，因为正常的演出受到干扰，有几个夜场发生了一两次斗殴。早晨来的时候，我们在寺院门口看到两个露天的理发摊，很有意思。两个顾客，一个是剃头，另一个是梳理长辫子。在这个城市的大街上，理发匠在露天开业的比比皆是。

露天剃头

露天编辫子

①从前木匠、石匠、泥水匠等尊鲁班为祖师。鲁班，是春秋时鲁国的巧匠，姓公输，名般。每逢是鲁班生日的农历五月初七，工匠们都要按工种分头举行“鲁班会”，隆重祭祀祖师，祈求祖师保佑自己四季平安。——译者注

Letter 14

离不开保姆的富太太：吃靠喂行靠背

广州，1877 年 7 月 8 日

亲爱的妈妈：

我相信，您读了我下面关于最近接待几位中国太太和绅士来访的描述，一定会感到很有趣。按照约定的时间，下午3点整，他们准时到了。这一行人包括浩官太太、她的两个女儿，以及她们的一个朋友（一位高官的太太以及她的两个小男孩），还有浩官太太的3个孙子：一个男孩8岁，两个姑娘分别是4岁和6岁。跟随而来的还有一大帮保姆以及几个男仆。15分钟后，又来了8个男士，其中两个是浩官先生的兄弟，其他是浩官先生的朋友，以及小浩官的老师。还有一些同来的年轻人，他们跟上述绅士之间的关系我一直都弄不清楚。这帮绅士有许多男仆前呼后拥，您可以想象，这浩浩荡荡的一行有多壮观。

女眷们尚未到达，浩官太太给我的一份礼物就先来了。纯粹的东方式礼节。那是四笼珍禽：两只金丝雀，一只鹦鹉，一对相思鸟，还有三只小小的中国鸟。跟随而来的还有两只活野鸡，捆着放在篮子里。杂役把这些笼子送到了回廊里，尚未安顿妥当，我也还没来得及细看，门铃就响了，女眷们坐着挂了帘子的坐轿直达大厅。轿门打开，太太们落地，只见一个个身着蓝缎裙褂，头簪各色鲜花，脸颊和眉梢抹着胭脂，双唇点得猩红，有的掌心上还涂了胭脂。我大感意外，唯有以笑脸相迎。女士们在客厅就座，先生们则在各房间里溜达，鉴赏我们的青花瓷——现在数量已经很可观了——不断啧啧称赞。然后他们转到回廊去，再到院子里转转，并要求去看教堂。

我们已经为所有的来客准备了晚宴，安排女士们在餐厅坐一桌，绅士们去另外一屋坐。但是这显然不符合中国人严格的礼仪规则。女士们听到安排后都摇头，恳求敏妮告诉我，她们什么都不要吃，来只是为看我。事实是，她们已经表示过，希望吃一顿欧式宴席。在我们的再三询问之下，男士们终于替她们说了，只有在男士们进餐厅就餐之前，让她们单独先吃，她们才肯吃。

距预定的全体就餐时间只有45分钟了，然而跟侍者商议，回答却是只需10分钟，就能为女士们单独上席了。中国人就是有这样出奇的效率，能在最短的时间内做出一桌酒宴来。果不其然，在说定的时间内，厨师就把晚宴准备好了，其中一半是原先为全部客人准备的菜肴。在这10分钟内，女士们则跑到我楼上，以童稚般的好奇查看了所有的东西。敏妮跟我说，她们每一个都赞叹欧式家居的整洁。

女孩子很喜欢我的针线盒，问我要几枚簪子和一些珍珠纽扣。每个保姆都收到一枚簪子，把它别到发髻上。现在我们坐下吃饭了，保姆都站在各自的女主人背后，像伺候小孩一样照顾着她们。保姆和女主人的关系非常亲密，也得到后者很好的对待。事实上，这些中国太太对她们保姆的依赖就像英国小孩对保姆的依赖一样，事无巨细都会征求她们的意见。按她们的要求，我们没在桌上放筷子，只放了刀叉。我可怜的中国朋友一时手足无措，不知如何操作，只得尽量模仿我。欧式菜肴似乎很不合她们的胃口。我看见一个中国姑娘尝了一点肉就恶心了，以为我没有看见，就把嘴里的食物吐到她保姆的手上。她们自始至终都强调，一切东西都非常好吃，非常非常好吃。她们勇敢地挣扎着，尽量每道菜都尝一口，反复说很好。终于，甜食上来了。我想，这些可怜的人儿会稍稍轻松一点了。

我一直静静地观察着周围发生的一切，看见一个保姆拿了一块小布丁放到手心里，把它揉碎，再喂到女主人的嘴里。同样的情况发生在吃水果的时候。中国太太一切都依赖保姆，自己什么都不动手。据说，晚上也是保姆为她们脱掉衣服，再像小孩一样抱上床的。中国太太无法理解我们欧洲女士；她们说："你们都跟男人一样啊。"她们一定不欣赏我们，既不欣赏我们的举止、我们的服饰，也不欣赏我们的独立。她们问我，为什么我不穿她们那样的衣服，为什么不搽胭脂，等等。她们对酒敬而远之，只浅尝了一点香槟和雪梨酒。显然只有茶，按照她们的方式泡的，才是她们最爱的饮料。

宴席结束，她们提议让我领去沙面的公园走走，其地离我们牧师楼仅有10分钟的路程。如果您看见我们这一群人怎样从牧师楼走到公园，一定会笑的。这几位中国太太上穿精美的绣花大褂，底着深蓝缎裙，上有凸出的刺绣，图案是带有阴影的浅蓝色花朵。裙子紧身，可以说相当窄；前摆上的刺绣令裙子显得坚挺。裙子两边和背面有褶，每一褶面都有刺绣。裙沿滚边上绣有浅蓝的暗花。裤子用料是纯蓝缎子；

细腰短上衣的颜色及布料跟裤子一样，但袖子宽大飘逸。衣领和袖口嵌了浅蓝色的暗花滚边。太太们刚到时曾表示过歉意，因为服丧，她们没有穿最漂亮的大红衣裳。两位浩官小姐的衣裳比起她们的长辈来显得素雅一点。闪亮的秀发梳成一条长辫，辫梢用一根蓝绸扎住。所有的访客（我指的是太太们）都是小脚，就浩官太太是个例外。出门时，我照纯正的中国习惯牵住浩官太太的手，一起朝前走。

在大庭广众之下跟我们的朋友走在一起，我感到一点难为情。年轻小姐们一颠一颠走了几步，就觉得累了，马上让保姆背着。已婚的年轻太太则从头到尾都由保姆背着。我不得不说，这实在是一种最为不雅的行为了：年轻太太的手臂抱着保姆的脖子，膝盖前伸让保姆的双手挎着。我们一行走得很慢，我相信，这段路对这些女士们来说实在太长了。她们是很少在府邸之外行走的。每经过一张长椅，浩官太太都要坐下来休息一会。短短的一段路，我们用了至少半个小时才走完。回程也是同样的情形。一回到牧师楼，保姆就取出长烟杆，伺候太太们吸烟。仆人站在太太身侧后面，装好烟点上，递到太太的嘴里，后者只抽一两口就完了。这是太太们享受安静和聊天的时光。对了，我还没有告诉您，丧偶的浩官先生的3个小孩都严守着服丧的礼仪。小姑娘穿着本色棉布细腰短上衣和裤子，头发上没有插花，鞋子纯白色，用蓝带子扎紧。小男孩穿着暗蓝色绸裤，蓝带绑腿，白色的鞋子，辫梢也扎着蓝带。

绅士们表示，晚宴非常可口，葡萄酒也特别美味，我听说，他们都喝了不少。浩官走过来跟我说："十分谢谢，一流的宴席。"现在大家都来到外廊上，重新上了茶。女士和男士分开坐，互不交谈，只在自己的圈子里闲聊。最后，女士们站起来告辞。我们吩咐把轿子抬到大厅来。一番鞠躬、点头和寒暄之后，她们坐进轿子，带上小孩离开了。稍后不久，大概7点钟吧，绅士们也离开了。

绅士们一回到家，就派人给我送来了拜帖，也就是一张宽的红纸片，右手边写了名字。这是一种东方的习俗，表示客人已经平安到家。这次来访是星期二，星期三我们就收到一张请帖，邀我们以及几个朋友到浩官家吃饭。不过，我得在下一封信里再描述它了。

Letter 15

伍家的中式宴：开席 30 多道汤

广州，1877 年 7 月 14 日

亲爱的妈妈：

上一封信写了我们是怎样接待我们的中国好友的，现在我必须跟您讲讲我们在他们那里作客的情景了。原先的邀请定的是5点钟，但星期三浩官先生派人来通知，让我们下午1点半钟就过去，他要让我们观赏中国戏法。他还说，除了原先答应去的两个朋友外，希望我们多找几个朋友去。因此我给美国领事馆送了个信，请领事和他的家人参加。领事已有安排去不了，不过领事夫人和他12岁的女儿，以及他们的一个朋友接受了邀请。

我们这一大伙人来到浩官家的时候，男主人出来迎接，把我们领到其中的一间客厅。浩官太太和她女儿在此接待我们。她们都穿着朴素的镶黑边的蓝布裤褂，因为这是在家里，而且仍在服丧期间。我们没坐几分钟，他们就请我们去园子里走走，看看浩官先生哥哥的住所。虽然都在同一座宅邸里，其布置却决然不同。阳光炽热，我很惊讶地看到，头上啥也没戴的浩官太太走过花园，毫不介意。

大约2点半时，我们一行回到了浩官的家，我和其他同来的客人心里都期待着吃午饭，因为自早餐以来，我们还没

伍家花园清晖池馆内景

有吃过任何东西。我们被引到一间屋里，一张长条桌上整齐有序地摆好了一桌中式酒席，可是没有任何午餐的迹象。我们被请到侧屋，也就是客厅里就座。这时乐师也在室外的庭院里各就各位了。这些人衣衫不整，脏兮兮的，手中的乐器原始粗糙。他们都落座后，一个乐师用力地打响了手鼓，其他的一个敲鼓、一个吹笛、一个击锣，剩下的也都吹起了各种管乐器。主演的艺人来到乐师们围成的半圆中央，和着周围的乐声节点敲打着一对大铜钹。乐声震耳，我们都恨不得离乐师越远越好。这个艺人用铜钹表演起各种花样来了。他先让一个铜钹在另一个的边沿上转圈，再把旋转的铜钹抛起来，用另一个接住并保持旋转。然后，他用一根棍子顶在一个铜钹的中央，令铜钹在棍子上飞转，轮流用胸膛、脸和脖梗顶住棍子，并让铜钹保持旋转。最后一个花样最为精彩，他手里拿了一件类似折叠起来的长纸伞样的东西，先让它快速地旋转，然后突然一声巨响，纸伞无影无踪，手上却多了一盏点了蜡烛的灯。

浩官太太给我们送来了新鲜荔枝，还亲自为我们剥壳，同时仆人给我们每人递上一个圆碟子，上面放了两个桃子和两个小饼样的东西。我们吃午饭的愿望变得更加渺茫了。对了，我还没有告诉您，他们刚才在花园里给我们看的小表演。在回屋之前，有两个人来到花园，带着一只猴子、一条哈巴狗和一头可爱的小绵羊。猴子先穿过绳圈跳到绵羊的背上，接着走过绷紧的绳子，再骑在哈巴狗的背上奔跑。这些动物接下来还表演了其他一些花样。我觉得这些表演很低劣，但坐在太太们后面的保姆和奴婢似乎非常欣赏。在浩官先生家族的这幢宅邸里至少有100来个家仆。

还是让我回头说我们的那些听音乐看表演的客人吧。表演终于结束，出于中国绅士好动的天性，浩官先生再次带我们去游览花园和其中的亭台楼阁。游览回来，我们当中的女士被领着一间一间屋子挨个拜访这家人中我们还没有见过的其他女士。一如既往，我们的衣服和首饰又一次被细细地观赏和评论了一番。我们中的一位太太高挑而漂亮，身穿光艳照人的晚礼服，为的是让中国女士赞赏。中国太太确实都大大地夸赞了她，不过又惋惜说，要是她打上胭脂水粉，就会更漂亮了。其中一位我原先见过的中国女士说，真可惜我不能讲中文，要不，她很想让我在她这儿住上两三天。而在这期间，我却一直在想如何离开这些闺房，去外面透透气。让我们参观和坐下聊天的这些屋子非常闷，对话呢要通过两个翻译，一个是敏妮，另一个是美国领事的小女儿。最终我们的主人走进我们正在闲聊的房间，叫我们回到摆下宴席的那间大厅去。

等主客都聚齐了，浩官先生按照重兴（他也是被邀的客人）再次告知的英式礼仪，朝我走过来，说："第一夫人，有请。"他牵着我的手，把我安排在他的右手边，即上宾的位置。然后他回到房间的另一端，太太们都等在那里，对美国领事的太太说："第二夫人，有请。"他把领事夫人领到桌旁，安排到自己的左边落座。就这样，他依次把所有的太太都安排到了桌子的前端。安排这样一批外国客人对这个可怜的家伙来说显然是件麻烦的事，不过每当手足无措之时，他就向重兴求救。绅士们挑了自己乐意的座位坐下，我们主人的哥哥也坐到了长桌的后端，终于开宴了。每一种食物都是盛在小瓷碗里送上桌的，碗的大小跟我们欧洲人的早餐盘子相仿，食物几乎都做成了汤。燕窝汤、鱼翅汤、海带汤、鸭子火腿笋片汤，一种接着一种，不胜枚举。20多道荤汤上完后，侍仆送上了一轮糖水（盛在小碗里面，每人面前一碗）。我们被告知，这是鸡蛋莲子汤。跟着这一道汤上来的还有小甜饼。我们以为，或者说是希望，宴席接近尾声了。谁料想，各种肉菜和汤又一轮接一轮地送上，无穷无尽。肉菜有焖羊肉和烧鸭子；中国人的餐桌上是没有牛肉的，因为黄牛和水牛都是极其有用的耕畜，吃它们的肉是一种罪过。事后我们得知，还有好几道菜没有上桌，因为重兴听到我们私下的耳语说再也吃不下了，就让浩官先生打住了。这真的帮了我们个大忙，因为在中国人的酒席上，给你准备了的东西不尝一口是很不礼貌的。现在，除了一道道上到我们面前的菜肴外，主人也让我们尝遍了放在桌子中央的大菜。佐餐的酒有雪梨酒、香槟（两种酒的滋味几乎没有差别），还有烧酒，即一种烈性的白酒。就葡萄酒而言，中国人饱受买办的欺骗。比如说，他们付了高价买香槟，买办给的却是醋栗风味的葡萄酒，其实很难入口。

看到中国绅士们在饭桌上互相敬酒，我深感惊讶。但在回家的路上，亨利告诉我，这种习俗在中国已经流行几百年了。我不断地被这个或那个中国朋友点名喝酒，尽管心里不愿意，还是不得不每次都端起放在我面前、盛在小瓷杯里的3种酒中的一种，抿上一口。

绅士们互相敬酒的方式很有趣：把满杯的酒举到唇边，一饮而尽，然后把酒杯倾倒过来，杯口朝众人露一下。餐厅越来越沉闷，几乎令人窒息。我们的主人好像跟我们一样感到热不可耐。他和其他的绅士时不时地把袖子撩到胳膊肘以上，让手臂裸露几分钟，长吁短叹。我敢说，他们并不知道这么难受是因为空气流通不良。中国人的房子里没有悬于天花板上的布屏风扇，取而代之的是站在客人身后的婢女手中不停摇动的蒲扇。酒宴当中，乐师自始至终都在演奏，声音震耳欲聋。手鼓和大鼓几乎持续不停地在响。这是一种非常奇怪的音乐，不分段落，连续不停，也没有音量的强弱起伏。唯一我能分辨的变化是，在鼓声的伴随下，短笛时不时会独奏一会儿，还有的时候，铜钹会一枝独秀地来上几下。

隔一段时间，两三个艺人就唱上一段，用的是在中国声乐中惯常使用的古怪假声。我相信，我们听到的全是中国的历史故事。吟唱者的表情非常滑稽。为了发出一些高亢和奇怪的声音，他们会把嘴巴裂得大开，然后突然闭紧。吟唱的时候，他们毫无例外地眼睛朝下。中国演员不但在唱的时候用假声，道白的时候也是，给不习惯于此的听众非常奇怪的感受。演员们从来都不允许用天然的嗓子。而女角总是由男子来扮演，这种假声据说就是从模仿女声而来的。

宴席持续了大约两三个小时，终于结束了。我们又重新在餐厅的一头落座，音乐会重新焕发活力起来。我们的主人变得异常兴奋，走到乐师中间，砰砰地打起了铜钹，噪音之大几乎把我们逼疯。第二天，我们客人当中有两位出现了强烈的头痛，我相信那一定是由这种噪音和酷热造成的。我忘记跟您说了，在吃甜品的时候，应我们的要求，几个绅士玩了一种游戏。令人诧异的是，这种游戏在意大利也非常流行。游戏由两人对玩，双方同时高声喊出一个各自心中想定的数字，并伸出右手的几个手指。两人的出拳都非常快。如果某人喊出的数字刚好跟双方伸出手指之和一致，此人就赢了。猜错的一方罚酒一杯。

约9点钟，我们起身告辞，送我们到门口的是浩官先生和他的男士朋友，女眷只有浩官太太一人。他们以欧洲人的方式和我们握手道别。临走的时候，年长的浩官先生，年龄在40岁左右，请我们两三天后去他家赴宴。

在预定的那天早晨，按例送来了红色请帖。我已说过，他和我们上次拜访的浩官先生住在同一个大宅院里，但另成一体，自有厨灶和厅堂居室，实际上就是一座独立的院子。我们吃饭的屋子非常华丽，布置了精美的雕花红木家具。房中的透雕隔断从天花板下垂及地，美轮美奂。菜肴各式各样，汤的花色甚至超出上一次宴席。在其中我发现了同样奇特的品种：第一种应该是燕窝汤；第二种汤里面有肉片；第三种是糖水，由莲子为主；第四种里有鸭肉片，诸如此类，数不胜数。我们享用了至少30种不同的汤，实在吃得太多了，以至于对我来说，即便是尝一口新上的菜肴都非常困难。

浩官老爷的胃口之大令我目瞪口呆。他一道一道地吃下上来的菜；我一直在观察着，没有看见他拒绝过任何东西。他还豪饮着香槟和葡萄酒，不停地轮番给周围的人敬酒。没有人阻止他。喝肉汤的时候，我们欧洲人希望有面包配食，本应该上米饭了，可是没有。米饭后来是作为一道独立的菜品上来的，每人一碗炒饭，中式的调味，是我们以前从来没吃过的。年轻的浩官把小碗举到唇边，用筷子三扒两扒，很快就吃完了他的那份。看到他在宴席末尾的这种吃相，人们一定会以为他没有动过先前上来的30种汤。很幸运，招待我们的餐厅正对着漂亮的庭园。荷花正在怒放，是庭园里最美丽的装饰。我无法克服使用筷子进食的困难。在来中国之前，我以为是一手抓一支筷子的，没想到要仅用一只右手的拇指和食指把整双筷子夹住。尝试多次都无效，我终于放弃了。我的主人看在眼里，便吩咐一个侍仆给我拿来了一副刀叉。

我们到中国绅士家赴宴，主人有时候会派人来，借去玻璃杯和刀叉等给我们使用。

天气越来越炎热了。没有一丝凉风，太阳很毒。蚊子很讨厌，但我对其叮咬的反应没有像其他人那样严重。它们偏爱新来者，亨利觉得，它们甚至在他身上尝到了一种与众不同的欧洲风味呢。亨利到英国转了一圈回来后，蚊子比此前更爱咬他了。

昨天，就在大院门外的小路上，我们发现了一条锦蛇。我们把杂役叫来，连说带比划，好不容易才让他们明白，把蛇抓住杀了。

Letter 16

地藏庵：哭天抢地的妇女

广州，1877 年 8 月 1 日

亲爱的妈妈：

上一次给您写信以来，我见证了一种最奇特的悼念仪式，那场面是我永世难忘的。中国妇女有祭祀他们在阴间的、尤其是过去一年内去世的亲人的习俗，特别是在中国农历七月十四[①]那天，到地藏庵[②]去祭祀。寡妇们尤其热衷去那里祭祀过世的丈夫或老爷。

离地藏庵还有一段距离，我们就能听到妇女的恸哭和哀号了。我们一进连接阴司的庙堂，一幕惊心动魄的景象就扑面而来。寺庙的大殿当中，沿着四壁树立了一座座临时的祭坛，每个祭坛前都有一个或者一群祭悼者。她们在祭坛上为去世的亲人摆放了各种各样的供品。我看见有一处祭坛上，放了至少30个小瓷碗，里面盛满了各种各样的肉和水果。每一座小祭坛后面的墙上，都贴了两张长条红纸，上面用墨笔写着亡故亲人的名字。有些祭坛两旁还立着纸扎的人像，接

---

① 即中元节，俗称鬼节。中国大部分地区以农历七月十五为中元节，小部分地区以七月十四为中元节。——译者注

② 地藏庵就是供奉地藏菩萨之所。地藏是佛教中掌管阴间的菩萨，旧为人们所信仰。——译者注

近真人般大小，有男有女，代表着仆人。按照习俗，祭拜者的身份和财富不同，供品数量和种类的多少相差悬殊。在某些祭坛上，我看见放有封好的红包。询问后得知，那是给死者的信。它们跟纸钱、纸衣服、纸轿子等等一起，会在寺庙的天井里烧掉。借助焚烧，它们就会送达亡灵。在一长排祭坛的前面坐着一列祭祀者，形态各异。有些人用彩色手巾捂着脸，痛苦地抽泣着，身子前后摇动，似乎痛不欲生；有些人跪在地上，低沉地哀号；还有一些人在表达了哀思之后，停下来休息，或焚化纸钱，或点燃香烛。噪音、热浪和人群，这一切都超出了您的想象。这些女人已经在这样的环境里待了好几个小时。她们从大清早就来了，而我们看到这一令人震撼的场面时，已经是下午5点了。

我们走过四五个殿堂，也可叫祭室吧，每一个都挤满了哭祭离世亲人的妇女。这些殿堂一概都不通风，而拥挤的人群和燃烧的纸钱香烛更是增加了闷热。大殿中央的香炉里焚烧纸钱的火苗高高飘扬，明晃晃的香烛则数不胜数。成百上千的妇女在这座寺庙聚会，我无法分辨哪些是有身份的太太，哪些只是她们的随从，因为在这样的场合，贵妇们都褪去绫罗绸缎，所有的人都一身棉布裤褂。她们的头上也不簪花了，只梳着朴素的茶壶状的发髻；脸上不涂脂抹粉了。我们在人缝里穿行时，不免惊动哀悼者。她们会突然停下，好奇地打量我们片刻，然后回头继续哀哭。我没看到什么人流泪，所以我觉得，这些哭天抢地的场面表演的成分多，出自内心的少。不过，我也确实看到过泪如泉涌的人，其悲伤之情看上去真是发自肺腑。离开了拥挤的神殿，我们被引领到客堂，上了茶。这对我们来说恰如久旱甘霖，大为缓解了过去几个小时所经历的闷热和压抑。

休息一会儿后，我们穿过几条街道走出了这座巨大的死人之城，回到原来上岸的码头，上了船，开始了漫长而疲惫逆水回程。此时天色已晚，河上由一排排客船、花艇和水上庙宇组成的街道都灯火通明了，波光船影，十分美丽。

时入盛夏，在我看来这是个美妙的季节，因为人们既热衷于设宴请客，也热衷于赴宴做客。刚到广州时，我惊讶于英国女士肤色的红润。那些在印度待过几年的人脸上多有的黄色在她们身上是找不到的。不过，随着炎热天气的持续，我发现那种红润就渐渐从脸颊上褪去，取而代之是苍白。人们告诉我，等到酷热结束，人人都会落下一脸的疲惫和憔悴。

自从发出上一封信之后，我们已经进城多次，我开始熟悉不少街道了。亨利认为，以后每次散步，我都应该试着走些新的路了。这个城市我越看越惊讶于它的地域广阔。有一天我们去了供奉两个圣人的寺庙。他们一个创造了文字，另一个发明了印刷术。前者的塑像上写着仓颉，后者的塑像上写着沮诵。①

仓颉生活在公元前2852年，据说是当时统治中国的皇帝让他发明文字以记事的，此前记事的唯一方法是在绳子上打结。老百姓也被教导说，有奇迹伴随着文字出现。从前，鳄鱼龙蛇、妖魔鬼怪都肆意危害人类，文字发明后它们害怕自己的恶行会被记录下来呈报天帝，招致惩罚，所以不再为非作歹了。大地也以五谷丰登表达了对文字发明的欣赏。据

---

① 传说沮诵协助仓颉造字，此处作者描述可能与中国传说有出入。——译者注

说，仓颉发明了现在使用的5万个汉字当中的1万个。学生常来此庙祭拜，祈求圣人赐予文思。这间庙的名字是仓沮祖庙。庙中立着一块小木匾，以金字刻写了16条神圣的戒律。[①]每年的某些季节，庙里会举行文会，由一位饱学之士宣讲16条戒律中的某一条。我去参观的那天正好有这样的宣讲，听众老少尊卑都有，个个都全神贯注地听着。

该庙的天井里有两座形似佛塔的焚化炉，主事者把带有文字的纸张喂进去烧化。这些纸张都是由文人学士雇的人员从城里各个角落收集来的。这些人用扁担挑着两个箩筐，上写“敬惜字纸”，慢慢地走街串巷，边走边喊：“敬惜字纸！敬惜字纸！”听到叫喊的人就会把印有或写了文字的纸张交出来。纸张焚化后的灰烬从炉子里取出，装入瓦罐，放到河里，让潮水带向大海。我在珠江的中央常常看见这种装着字纸灰烬的瓦罐漂流。中国人对能传承古人智慧的文字的敬畏之心，使他们视任何将其践踏在脚下的行为都是罪过。他们认为万般皆下品，唯有读书高。高贵之人必定是饱学之士。他们也认同欧洲的学位阶级。朝廷官员常常问亨利，他有什么学位。听到亨利回答说是法学博士时，他们立刻站起来，拱手致敬。

①即康熙《圣谕十六条》。——译者注

Letter 17

城隍庙：万人空巷的夜祭

广州，1877 年 8 月 9 日

亲爱的妈妈：

我有点担心，您读到我接下来要讲述的我们在死亡之夜到城里去的远足时，会觉得我们对观光过于着迷了。一两天前，重兴告诉亨利，下星期城隍庙，即城市的保护神之庙，会有大型集会。一开始我们十分失望，因为那天晚上已约好了要去参加晚宴。不过，当亨利得知，我们不必很早就去城隍庙的，便决定不错过这个每年农历七月二十七才有的、四面八方万众齐聚的庙会。我们如约参加了晚宴，和朋友们一直待到晚上11点，只字未提我们稍后要进城的计划，因为这里的外国人很少、甚至没人对中国城的事情有兴趣。晚宴后我们坐轿回家，换下晚礼服，于11点半动身进城。

我们是在凌晨12点半到达目的地城隍庙的，城隍庙也就是“高墙之内的城市的守护神”的庙。从我们的住处到那儿的距离约4英里。敲开城门和通过关卡耽误了不少时间。轿夫们喊道：“开门哪，有外国贵客要进城。”喊了好几遍，才能把守门的卫兵从睡梦中叫醒。即便他们回答了你，还是得等上好久，才会见他们从城门边上的营房里出来。

在一个靠近城门的特定地方我们就必须下轿，走几步陡峭的石阶登上城墙，在上面走过一小段距离，再下几级十分陡峭的阶梯，到了一个操场。在这里我们也必须等待一扇双开门，俗称鬼骷髅门，为我们打开。这种军事要地的大门在夜间不许中国人而仅让欧洲人通过，绝对是一种了不起的特权。原因是，英国领事住在城中，而沙面的居民和他的联系24小时都不可中断。因此，中英双方在缔结和约的时候，中方答应外国人可以在夜间通过这道门。病人在这个节日拜祭城隍，希望得到祝福。那些走不动的由朋友背着来，躺在庙里大大小小的神龛前。这些人以及其他到来的朝拜者都在等待知府的出现。知府是本城的行政长官之一，将代表全体百姓祭拜城隍。这些可怜的信众来自四方，而过了晚上8点就进不了城，所以早早在下午就来到庙里了。我们到达的时候，庙里已人山人海了，镀金的塑像在无数的灯烛照耀下闪闪发亮。我差点脱口而出："贝尔寺里的人群从一头挤到另一头。"①

我们的周围躺满了病人，穿行其间很难不踩踏到他们的手或脚。病人的症状各种各样。其中不少是孩子，由于漫长的等待已经疲惫不堪，看了让人心酸。可怜的小东西，许多就蜷缩在我们的脚边睡着了，有一些则在妈妈的怀抱中熟睡。庙宇里角角落落都是人，当有数千之众，男女老少都有。不过我觉得，这些朝拜者当中有2/3是柔弱的女性。通往此庙的路搭了篷，狭窄的街道因此看上去就像一条拱廊。

寺庙周围，搭起了一个个货摊，有些卖花花绿绿的城隍在人间各种事迹的画像，或他的弟子及其同时代名人的画

---

①这句话似出于英国诗人约翰·弥尔顿的《失乐园》。贝尔寺在叙利亚的巴尔米拉，其供奉的神在不同时期和不同信仰的人中间有不同的含义。基督徒认为那是邪神。——译者注

像。在这些画摊之间，夹杂着摆满食品和饮料的摊子，包括盛在各种小杯子里的饮料和水果。

进庙的过道让我强烈地联想到鲁昂城里一座小山上的罗马天主教教堂的通道。我曾在一个节日参观过它。光彩夺目的圣母和圣徒画像，以及售卖各种念珠之类物品的小摊，鳞次栉比，跟这里如出一辙。这里人数虽众，但秩序良好，尽管只有一个军官带着几个兵丁在场。不少拜客进不了庙，就坐在外面，耐心地等着官祭开始。我看见大批善男信女在大殿祭拜过后，点着在庙里买的高香走了。这些香然后会被供在他们家祠里的祖宗牌位前。还有一些人则带来生病亲人的衣服祈福，在上面盖城隍的大印。此外还有另外一种拜客，即过去生了重病，拜过城隍爷后痊愈了，特地来还愿致谢的。

成千上万人聚集在这座大庙，不少是长途跋涉而来，为的就是朝拜那么一座粗劣的木头偶像，令人感叹又痛心。亨利告诉我，他上一次来看同样的官祭时，信众共有24000多人。

我们来到大殿的一角，此处信徒们挤成一堆，你推我搡，争前夺后地朝前移动，一脸的狂热。他们竭尽全力把从庙外货摊上买来的画像伸进木栏，交给那儿站着接收的庙祝。在被木栏隔开并小心守护着的那一小片地方里，这些人又把从信徒手中接过来的画像转交给负责盖印的人，后者则手不停歇地往上面盖城隍爷的大印。这是一座官庙，有两枚刻有城隍爷大名的印鉴。它们无比贵重，平时不敢放在庙里，而是由知府保存在他的衙门里，只有每年的这一天才送过来，而且只从当晚11点保留到第二天凌晨3点。在此期间，人们就尽力在画像和病人的衣服上盖城隍爷的大印，以此消灾祛病。

两颗大印中一颗是银的，另一颗是玉的。那些想要在他们的衣服或画像上盖印的人，如果只出得起几文钱，就只能盖玉印；能给大供奉的才可以盖银印。盖了大印的画像拿回家，悬挂起来，据说能辟邪除疫。盖印的收入归负责经营庙宇的人所有。每一任广州知府上任，这种庙宇的特许经营权，包括出售供品、香烛、纸钱和盖印等在内，都会重新标价出售。也就是说，这一特权的有效期跟知府的任期相关，而后者的长短是不确定的，所以这一买卖的风险不小。

这里的人都很礼貌，会为我们让路，我们也不担心他们会骚扰我们。那个军官看见我们经过他的坐轿，认出了亨利，特别客气（我觉得他也有点害怕外国人遭遇不测），吩咐手下的几个兵丁给我们护驾。您可别以为这些士兵是穿着制服的啊。护送我们的兵丁当中，两个穿的是普通的白色夏布长衫，其他的则是类似侍仆穿的制服，一身蓝棉布，背上一块白底图案。他们的头上戴的都是尖头官帽，垂着红色流苏。如果您看见我和亨利从密密麻麻的人丛中穿行，两边是用竹竿提着纸灯笼的护卫，肯定要笑坏了。

事实上，民众看到我们来到他们中间，也觉得很新鲜，在我们经过时都客气地说着“请！请！”我们实在太累了，无法坚持到凌晨3点知府到来。不过亨利曾看过完整的祭祀仪式。他告诉我说，知府进庙，群众高声欢呼。知府在大殿的神坛前行三跪九叩之礼，呈上供品，然后退下。此后民众陆续上前祭拜，但因过于拥挤，无法一一叩头，只能站着，把点燃的香枝举到头上。这一节庆要持续3天，即中国农历七月的二十七、二十八和二十九。

Letter 18

伍家的女人：富太太的穿衣打扮经

广州，1877 年 8 月 13 日

亲爱的妈妈：

上次给您的信发出后才过了一两天，浩官家就送来了一张请柬。星期六，我们在家吃了午饭后才动身，因为我们以为我们的中国朋友还只是邀我们去度过一个下午而已。到了浩官家，是女眷招待了敏妮和我，整个下午都没怎么见到亨利和浩官家的男士，只有我们的好朋友时不时地来女士们的房间一下，看看我们做什么，跟他妈妈聊上一两句。

出乎我们意料的是，还没有坐上半个小时，就有人来通知说，午饭已经准备好了。那是一桌纯正的中餐，设在浩官太太寝室外面的偏厅里，一张小圆桌，上面不铺桌布，那不是中国人的习惯，饭菜就放在裸露的桌面上。惯有的各种各样的点心摆在桌子中央，每个人面前放了一双筷子。中国女士们就谁先入座推让了一番。这是每次女士们吃饭都会出现的情况；都谦让着请别人先入座。我们的主人会对着她的客人微微点头，挥手指向座位，显然是请朋友先坐。她的朋友则点头谦让。就这样，双方要来来回回客套好几分钟，直到客人最终落座为止。这个过程的荒唐之处在于，中国的礼仪十分严格而明确，入座的先后是大家都心照不宣的，但是主客习惯上还是要客气一番。因为我不懂中文，觉得可以不必假意地谦让，所以浩官太太一叫，我就笑眯眯地坐了下来。在中国女士看来，这当然是相当没礼貌的。浩官先生的一个女儿和我们一起，当年长的太太都坐下来之后，她觉得该轮到她入座了。这时候她妈妈却提醒她，今天是她爸爸的忌日，应当斋戒。于是，她只好和刚过来的另一个妹妹一起坐在旁边，眼睁睁地看着我们吃。习惯上，中国人的斋戒连续3天，在此期间不宴客。所以听说今天她们斋戒，而浩官太太却陪着我们，我起初十分惊讶，转而一想，她这样做显然是出于对我这个外国人的敬重。

中国人对客人都非常客气。进了他们的家门你就会觉得，他们的最大愿望是让你舒服，时时刻刻都关照客人。亨利说，有一次他去拜访一个服丧的人家。按照中国人的习俗，在此期间这家的椅子是铺蓝垫子的。但是那家的主人吩咐仆人立刻把给他坐的椅子换上红垫子，因为这个中国主人觉得，让朋友为自己的亲人服丧是失礼的。我注意到浩官太太只用了一小碗羹和几个小点心。这应该是斋戒期间被认可的食品吧。我们这一小桌人有浩官太太、她的好友（很漂亮，浓妆艳抹，举止轻佻）、浩官少爷、敏妮和我。在这不期而至的午餐上，我感到非常尴尬，除了两个小时之前才吃过午饭之外，我还有点不舒服，真不知道怎么才吃得下摆在我面前的各种菜肴。我希望我的小翻译能跟女主人解释一下，我确实有点不舒服。但是她说不行，那些太太们会担心我得了某种时疫，或者用她们的话来说，中了什么邪，并带到她们家来伤害她们了。因此，我不得不隐而不宣，硬是往嘴里塞上一点难以下咽的食物。于是太太们老对敏妮说，我什么都不吃，一定是不喜欢这里的食物。而敏妮就转向我，祈求我尽量多吃点。非常好笑，她和我毫无顾忌地谈论眼前发生的一切，向我解释各种我没见过的习俗，因为她是我的翻译，可以随时跟我说话，也因此通常都被安排坐在我旁边。“请多吃点”浩官太太不断地说，“要不，我们就会觉得你太见外了。”

我现在所看到的，是抛开了一切拘束，身处其所习惯的家庭生活中的中国太太们的真实面貌。她们和小浩官还用自己的筷子，给我的小朋友敏妮和我夹了不少菜。当我成功地把对我来说索然无味的食物塞了不少到嘴里，还尝了几款甜点后，午餐也到尾声了。这时浩官太太从椅子上站起来，用她自己的筷子夹起一块两寸见方的鸭肉，往盛着酱油和芥末的小碟子里蘸了蘸，向我的嘴巴送来。看到宿命难逃，我只好站起来，笑着——我得承认那是苦笑——把那一大块肉顺从地吞下了肚。席间有香槟，浩官先生亲自送来并打开瓶子。您真该看看他是怎么痛苦地做到的。他跪倒在地，瓶子伸得远远的，而侍仆则更是躲得远远的。试到最后，他绝望了，不得不把瓶颈敲碎。还有一次，他拿来一瓶白葡萄酒。我看标签，则是德国产的威士忌。

午餐过后，我们退到浩官太太的寝室，那位和我们一起吃饭的太太跟我说，她想给我绣一双绣花鞋①。她命人拿来一抽屉的绣花鞋让我看。这些鞋都是为没有裹过的脚做的。中国人的脚即便是天足也很小，中国太太的两脚和两手都极

---

①中国妇女是以做绣花鞋等女红、打纸牌或骨牌、逛花园、和女性朋友或保姆闲聊，以及偶尔吸一下烟来打发时间的。——原书注

其对称。给我看的鞋颜色和款色多种多样，让我挑我最喜欢的。我估计这花了至少半个小时。最后，大家一致认为最有品位的一款是：白缎底绣淡粉红和深粉红的花样，并嵌有极细的黑线和金线。

款式基本定下来后，那位太太就派人去拿她的布料，然后小声地告诉我，她只有浅紫色的布料了。一切又得重新考虑了。我们最后决定，在这种浅紫色的缎子上绣浅黄和深黄的花样。中国太太做事就像小孩。我相信，这位太太一直都很清楚，她手头没有多少不同颜色的布料供我选择。我问她，能不能把她绣好的鞋面给我拿去按欧洲的款式做鞋。应她的要求，我脱下我的鞋子，让她看其款式。她和其他女士见到我的鞋子时，都很好奇。没有缠足的女士还试穿了一下。当她们把脚伸进我的鞋子，发觉鞋子对她们来说太大时，您能想象她们有多茫然失落吗？她们无法理解为什么鞋跟要抬高，因为她们的鞋子中间最厚，走路时是那里接触地面的，脚趾和脚后跟反而翘起。我建议她按照欧洲款式给我做，她露出一脸的茫然。等我答应让她还是按照中国的传统款式来做这份给我的礼物，她才如释重负。

现在，我向女主人们告辞了，可她们不愿意，一定要我留下来吃晚饭。一开始我拒绝了，但她们再三挽留，最终我还是答应了，既为又要再次饱餐中国菜而忐忑，也为有机会更深入了解中国人的家庭生活而高兴。

已经在这间空气闭塞的寝室里度过了两三个小时，我感到十分疲倦和压抑，想歇一会却没有任何机会。浩官太太拉着我的手，领我第二次去拜见年长的小脚老太太，她显然是这一家人中地位最高的女性。她两边太阳穴上都贴了黑膏药，略显怪异。可中国人每当头疼都是这样做的。我们落座，上了茶，还送来了莲子。一开始我不知道自己吃的是什么东西，直到小敏妮告诉我。当我表示莲子不错，老太太便给了我两枝莲梗，上面长着姑且叫它豆荚的东西，因为我实在不知道该叫什么。其实我不怎么愿意拜访这位老太太，她太爱问这问那了。她脱下她的一对玉耳坠给我看。它们很漂亮，是中国南方很流行的款式。各自都是一个大金环，上面嵌了一圈的翡翠。老太太显然很以这对耳环为傲，我也相信它们非常名贵，但一般人是无法分辨上等美玉和普通玉石的。这些中国太太都佩戴着名贵的珠宝首饰。她们盛装时，发髻上面和两侧都插满了珠宝，其中一种是镶嵌在珐琅上的珍珠配翠羽，我们欧洲人肯定不会欣赏，这使得它看起来很像假货，再说大颗珍珠因镶嵌不当，也光彩尽失。

一个中国女士来到我们所在的老太太的房间。她模样俊俏，一双脚裹得你难以想象的小。我得知她是我们主人的嫂子。她说，上次她丈夫请我们去吃饭，她因为正好生病，没有出席。她像小孩子一样热切地向我展示她的珠宝，也很想看看我的首饰。因为知道主人家在服丧，我只戴了一串黑玉手链。但这位年轻太太非常喜欢，想用自己镶金的藤手镯换我的一条手链。对此我觉得不能接受，因为那样我太占便宜了。她还吩咐女仆把她的照片拿来，照片里的她打扮得像个盛装的高官太太。听到我说照得真好，她高兴极了。

中国女人看来不认可这样的观点："天然胜过雕饰。"因为她们给天然加上一切可能的雕饰。这位年轻太太的脸蛋也按照一般中国人的习惯浓妆艳抹。一团团的胭脂从眉梢抹到额头，也抹在离鼻子不远的脸颊上。胭脂的颜色非常鲜艳，毫无掩饰。她的眉毛修成完美的弧线，上了黛，嘴唇点过朱砂。她确实是个美女，身子纤细而挺直，鼻子圆满而优雅。她一定要脱下耳坠让我试试。那是由两个环组成的，上环是金，嵌有灰色的珐琅；下环是玉。同一家族的女人都佩戴相同款式和价值的首饰。

没有人能指责中国人爱变化。无论是发型、服装、首饰还是鞋之类的东西，一切都有定规。中国女人夏天有固定的一套装扮，冬天、秋天和春天也各有一套。在中国，没有任何服装店被要求引领时尚；一种新款会被中国女人怀疑和厌恶。习俗也以简朴为贵。

这时浩官先生来了，告诉我们晚饭准备好了，于是我们回到浩官太太寝室的侧厅。餐桌的布置跟午餐一样，只是菜色更加丰富。入座时同样客套，我也故作谦虚，点头鞠躬，做出姿态请女主人先入座。不过我很快就放弃谦让，坐了下来。我们被保姆和婢女团团围着，几个小丫头不停地给我们扇凉。在中国酷热难耐的夏天里，这确实是非常需要的。

突然，我觉得有湿湿的东西沾上我的额头。回头一看，是个保姆手拿着小刷子，上面蘸了某种梳头液。原来小丫头在我背后使劲扇风，把我的头发吹乱了，这在中国太太们看来很不雅观。她们的那种茶壶状发髻要经过几个小时才能梳成，并用一个小刷子蘸一种黏稠的梳头液里外都刷到，这样就能让发髻看起来服帖并油亮。此后的一天里，这种梳头液还得刷上几次。中国太太每天都会对着镜子坐上一两个小时，让保姆给梳头。晚饭期间保姆已经给我的头发打理过几次，她每看到梳理过的头发又慢慢散乱起来，就赶快到屋里去拿小刷子。

跟午餐时一样，我也受到女主人体贴的关照，面前的小碗里自始至终都盛满了各种菜肴，有几次还不得不站起来接受来自女主人筷尖上的美味。亨利以前告诉过我，按中国礼仪我要回敬别人，但我做不到，因为不会用筷子。我笨拙地试过几次，太太们都笑，小浩官则亲自给我做示范。他一如既往，狼吞虎咽，他的祖母也没有加以阻止。他在椅子上像个二流子般交叉着腿坐着，一个保姆说了他一句，他就怒不可遏，立刻转过身子训斥保姆，并要他妈妈打她。

有一碗摆在我面前的菜让我疑惑了半天，看上去好像是细草，问了才知道那是海藻。它在碗里纠缠成一团，我用筷子怎么都扯不下一口来吃。专门照顾我的保姆也不问我，就用筷子把这团绿色的东西从碗里夹出来，用手指拆开，放到我的碗里。这些保姆习惯了帮她们的女主人做这类的事。最后一道是米饭，给了我满满的一碗，太太们试图教我以真正的中国方式吃饭。她们是把碗凑到下唇边，合起筷子飞快地将米饭拨进嘴里的。浩官太太跟我说，别不好意思，大家都是这么吃饭的。妨碍我做个好学生的倒不是难为情，而是不想一口吃太多，因为饭里加了一种调料，颜色粉红，味道难闻。再说此前我已经勉为其难地吃下很多菜了。跟米饭一起上的还有一小碟辣椒炒蚕蛹。那个漂亮的太太吃了不少，我却因为辣椒太辣而一个也无法下咽，更无法强迫自己吃那种胖胖、软软的东西。这位太太告诉我，这味菜能治消化不良。她在吃饭期间，身后的保姆时不时地会把烟杆递到她的嘴边，她就抽上一口，再继续吃饭。

晚饭过后，我们又退到浩官太太的寝室去坐。我有没有跟您说过，房间里有两张很漂亮的木雕大床，一张黑、一张红？在这个季节，床上只有一张席子和一个木枕头，既没有褥子，也没有被子，但挂了蚊帐。一个大红木衣橱占了一面墙，一个红木桌上放了一面大梳妆镜，座椅是高圆凳。

我们在浩官太太的寝室里坐了大概半个多小时吧，我疲倦得实在支持不下去了。尽管她们一再挽留，我还是坚决地站起来说，我真的得回去了。

Letter 19

上门推销：绣品商的谈价伎俩

广州，1877 年 8 月 23 日

亲爱的妈妈：

上次的信写长了，以至于我既没有时间、也没有地方将我想告诉您的都写上。这次我补记一下在我们最喜欢的休闲之地大通古寺里，我跟几位中国女士的有趣交谈。

只要付一笔钱，女士们就能在寺院的正房待一阵子，本来就为数不多的和尚则屈尊到其他的小屋暂住。中国妇女来此小住两三天的目的，是礼拜大慈大悲的观世音菩萨，也祭奠那些已经死了但没有后人的孤魂野鬼，以免他们到处乱窜，为祸他人。根据习俗，信众要奉上各种各样的供品、纸钱、纸衣服，还要燃放无数的爆竹。每年的这个时候，类似的这种活动在广州城的每个角落都有。

刚提到的那些女士从她们的窗户看见我们在花园里活动，就邀我们，包括亨利，过去坐坐。我们那天正在自己的花园别墅小住，距离她们住的地方只有两分钟路程。于是亨利和敏妮一起陪我去看她们。看见我们到来，她们显然无比高兴，亲切地招呼我们坐下，嘘寒问暖，给我们沏上茶，拿出了瓜子（中国女子能灵巧地用前排牙齿把瓜子磕开）、糖渍菠萝和小饼。她们并不像浩官先生那样属于社会的上层，但说话温柔，举止斯文。她们中有两个是裹了小脚的。桌上有一碟鲜花，是她们装扮自己的头发用的。我一去，其中的一个女子便热情地往我的头上插了一朵。看到我的手和臂膀很白，她们立刻拿她们自己棕色的手来比较，嘻嘻哈哈地笑着。其中一个女士还为我磕开瓜子（来到陌生人中间，你就得抛弃任何偏见）。她们每一个都很关照我。中国女子招呼客人，显得无私而温暖；她们并不在意外人会怎么想——她们的举止出自天性，毫不做作，就像天真无邪的小孩。她们一直说，真遗憾啊，我不会说她们的话，不过呢，不要紧，慢慢就会了。我知道，这是在安慰我呢。

在祭祀游魂的期间，严禁食荤。热衷于参与拜祭的人会雇佣专事宗教活动的船只和祭师为那些孤魂野鬼诵经超度。夜幕降临，这些船只从头到尾点起无数的灯笼，成为江上最耀眼的船只，顺水漂流，形成如梦如幻的景色。祭师们单调的诵经声极像天主教的唱诗，人们很容易把它想象为格利高里圣歌，而不是出自异教僧人之嘴的吟诵。无数的小灯笼悬挂在桅杆和绳子上，勾画出船的轮廓，照亮整个船身。当这样的一条船徐徐地从我们房子旁边漂过时，水中的倒影流光溢彩，让人有宛如身处幻境之感。祭师们一边为死者吟诵着经文，一边把燃烧着的纸衣和纸钱抛入江中。这些纸衣和纸钱据说一经火化，就能为漂浮在河上的贫穷、裸体、饥饿的鬼魂所享用。伴随着音乐，一只小船带着燃烧着的火焰行进在祭祀大船的前面。铜锣有节奏地当当响，招呼当地的鬼魂到来。在漂流的庙宇两旁，伴随着好几只仅容一人的小船，每只船上也都烧着火。这些小船的用途是把鬼魂引领过来接收抛下的纸衣和纸钱。还有一些小船载着无数油灯，跟随在大型祭祀船后面，引导着鬼魂。正如人们所说，这确实是一个迷信的民族，痴迷于他们自己的信仰和习俗。

自上次跟您写信以来，天气已经转凉，雨水也多，并有大风。21日中午时分，我们突然听到一阵奇怪的响声，好像是一艘巨轮溯流而上。水上的居民立刻吓得尖叫起来，大声地互相招呼，同时拼命把船划到河边的高墙下躲避。亨利正在餐厅的桌子上写作，落地窗像平常一样开着。一转眼的工夫，所有的纸张都刮落到地板上。从回廊望出去，只见江面波涛翻滚，狂风朝我们扑来，在江心劈开了一条宽阔的通道。天地一片混沌。我们的仆人大叫："台风！台风！"立刻关闭窗户，放下防风闸。随风而来的大雨倾盆而下。一条条船急匆匆地经过我们窗下，奔向相对安全的小河涌，喊叫声越来越大。中国人在灾难到来时能做的只有喊叫。很快我们就听说，就在我们房子的左侧出了事。一条船倾覆了，两个小孩，一个6岁，一个8岁，掉到河里去了。他们被一条大轮船放出的小艇上的水手捞了起来，放在靠近我们房子的堤坝上。一个中国医生刚好经过，但已无能为力，两个小孩已经断气。在中国，家庭感情是很深的。①孩子的妈妈撕心裂肺地哭叫，绞着手，苦苦地哀求医生把孩子还给她。

中国人认为，台风以及一切风暴都是珠江里的龙翻身，转动尾巴造成的。我们的一个杂役，一个聪明的家伙，昨天很认真地告诉我们，当风暴刚起的时候，他看见龙尾从水中抬起，上面举着一条小船。而专门负责照顾书籍的老仆则不

① 这个断语可能令人感到疑惑，因为在前面我提到过中国人虐杀婴儿的事。尽管如此，这也是事实，或可归结为中国人性格当中的许多自相矛盾之一吧。——原书注

认同这个说法。亨利问他，他就说，长兴（就是那个杂役）也许是看见了龙，不过他相信大风来自天上。所以你们看，即使在孔教和佛教合一的信徒当中，对某些自然现象的看法也是不同的。据说，河里的龙有法力禁锢一定数量的淹死之人的灵魂，也能随意招人下水。新的淹死鬼来了，旧的就会从龙的禁锢中释放出水。因此，中国人不愿意拯救溺水之人。他们害怕这么做会惹怒那些盼着新淹死鬼去取代它们的老鬼，一旦有机会，肯定要加害那个救人者。江里的龙神通广大，所以水上居民非常害怕它，虔诚地崇拜它。

后来我们获知这次台风造成的极大损失。有两艘客船倾覆，众多旅客落水。好几间房子被吹倒，里面的住户受了重伤。非常幸运，当时我们没有在河上。我们本来计划要过江到花地，去我们的花园别墅坐坐，亨利先走，我和敏妮午饭后到。要不是那一场突如其来的暴雨让他推迟了出发，台风来临的时候亨利应该就在江上了。这是一条危险和变幻莫测的大江，每次出行我都非常担心。今年水大潮急，特别不安全。几天前，就在城边，一艘船被卷漩涡，头朝下沉没了。亨利每星期都要坐船去一次黄埔，这一天我的心总是悬着的，而他从黄埔回来都要很晚，那时我的心才能放下来。他到沙面的时候往往是凌晨2点甚至更晚，正当逆风逆水。他一般晚上9点半从黄埔起航。尽管很累，他也不敢合眼，要不那4个船工就会放弃，不会竭尽全力逆流而行。

暴风雨过后，河面上回复了平静，我们可以过河了（但我不觉得安全），整个下午都待在花地。大约晚上7点，我们在回家路上看见河边一条街上有人焚烧纸衣和纸钱。我们把船摇到拜祭的地点，上了岸，走近去看个究竟。一大堆纸钱已经焚烧，沿着河岸是一长列点亮的红蜡烛。我估计有两三百支之多。是一个大型货仓的老板举办了这一为死在街头的孤魂的超度仪式。货仓前面放置了一张长桌，上面供着各种各样的水果和蔬菜。供品会摆放上一段时间，形而上的部分给饿鬼们接受，实质性的部分则会给带回家去，让拜祭者饱餐一顿。一路上每隔不远的距离，就有明晃晃的蜡烛和熊熊燃烧的纸钱和纸衣。这一切都是为了祭奠那些过世的穷人或没有后代的孤魂。这样的仪式从中国农历的七月初一一直延续到十五。

晚饭后，因为屋子里太热，我们一般都坐在正对着我们房子的河堤或者回廊上。美丽的萤火虫漫天飞舞，远看就像一个个小灯笼，看得我入迷。我也和以往一样，喜欢在城里和郊区漫步。我们在城中四处购买青花瓷，有一天在城郊一个极小的店里买到两个很好的盘子。我还热衷于收集漂亮的中国绣品。它们有着非常迷人的款式和图案。我们有一个绣品商，一个古怪的小个子，手头一有他认为我们会喜欢的东西就会来。“那个工人来了，”我们的门童一说，我就赶紧去看他带来的宝贝。这个古怪的小个子一般都是嘴叼烟斗，和我先生坐在书房等我的。他把带来的东西一一展示给我们看，如果那是一件精美的刺绣外套，这个丑陋的独眼家伙就会穿在身上，手臂伸开，好让我看清楚整个图案。他报的价一般都很高，而亨利会不动声色地回应：“不行，价格太高了。”小个子于是坐下来，抽他的烟斗。至少要过10分钟，他会再出一个稍低的价，不过恐怕依然是过高的。有时候，我们会谈成一笔生意；有时候，他得把带来的东西全部带回去。有那么一两次，他到仆人住的地方去，在那边等着，派男仆来讨价。大批精美的老货品来自戏班，因为他们不像欧洲人用绘画或其他手段以满足远距离的观赏效果，而是一切都用真实和上等的材料。可想而知，中国每一个戏班在服装和布景上的花费一定是巨大的。我们收藏的一部分精美刺绣就是来自戏班。它们看上去还很新，相当漂亮。有些是绛红的底，金黄的图案；有些是黑底上绣金色图案。

有一天，我们的小个子中国朋友把我逗乐了。他带来一些绣品，把它们展开在客厅的沙发和椅子上给我们看。我们当时刚刚买了几件大红木雕花椅子。两张我们自用，放在起居室；还有4张是待客的，放在餐厅。小个子的眼睛很尖，看到了新家具，不出两三天，就给我们送来了6套漂亮的红椅背和坐垫，上面绣了金色图案。这些椅套和坐垫是中国人喜庆节日用的，配在红木家具上极其鲜艳和豪华。我们讨论了一会儿，买下了两套。中国家具一个奇怪的特点是，大小和款式少有变化。我也慢慢了然于心了。比如椅子，要不就是小的，只适用于桌子；要不就是大的，带扶手，用在客厅。因此毫无疑问，这种用来紧紧套在扶手和椅背上的套子，尺寸是对的。

Letter 20

万寿宫：官员遥拜皇帝牌位

广州，1877年8月25日

亲爱的妈妈：

本月20日是皇帝生日，地方官要举行祝寿仪式。亨利极力怂恿我去看，觉得机不可失，时不再来。明年的仪式可能在星期天举行，或者我们到乡下去了，或者有其他事情让我无法观看拜皇帝牌匾的仪式。

中国的特殊宗教仪式通常都在清晨举行，实际上是天刚破晓，大约4点吧。据说在大清早，神灵最活跃，最能接受世人的申诉，特别是最容易附着在牌位、神像之类的上面。我们安排在星期一凌晨2点起床，然后乘便船沿珠江顺流而下，直达最近的一个城门。那里会有一顶轿子等着我们，抬我们前往万寿宫。如果一路都坐轿，必须穿过好几道关闭了的城门和城内路上的数道关卡，十分麻烦。而先走水路再坐轿，我们只需过一道城门。我们在前一天（星期天）晚上先派了一个苦力去知会城门的守卫，让他在第二天清晨2点起来，为我们开门，届时会给他一份赏钱。到了清晨，我们的计划却出了问题，因为亨利逆着潮水从黄埔赶回来，船走得很慢，直到深夜12点半才回到沙面牧师楼。他工作了一天，又累又热，已精疲力竭，不能再出门远行了。可他不愿意我放弃这趟预定的旅程，于是，为了避免他病倒，我建议说，他应当可以放心地把我托付给我们的买办，还有中文老师重兴。

2点钟，我卧室的门敲响了。说实话，我打心眼里希望官员们不习惯那么早起。大约2点半我们出发了，除了上面我说到的两个人外，还有我们的老仆人和我本人。便船的4个船工十分尽责，尽管他们此前从黄埔回来已十分劳累了。一路顺利。轿子如约等在城门口，我随即坐了进去。我发现，我的两个向导极端节俭。他们从家里来的时候穿着短褂，每人都带着一个用手巾扎起的小包裹。到了城门口，两个人解开包裹，套上了长衫。虽然3点刚过我们就到了，许多低阶官员已经聚集，坐在外院里，一两个高阶官员则坐在了内院。这样的庆典都是按照最严格的仪式来进行的。

官阶最低的官员在庆典开始前1小时从自己的衙门出发，同时派信使去比他高一级的官员衙门禀告：他已经上路了。第二个官员于是知道，他的下级官员会先于自己到达，并站立恭迎自己。第二个官员出发的同时也派人禀告自己的上级，如此继续，直到最高级的官员启程为止。每个上级官员到达时，先到的下级都要在门口排成两列，肃立恭迎。上级官员慢条斯理地迈着威严的方步从中间穿过，目不旁视，走向自己特定的座位，其他人随后严肃地跟进。高级官员往往都自命不凡，趾高气扬。他的一举一动都有严格的规范。因此，相同官阶的官员之举动都如出一辙。比如走路，他们套着大黑缎靴的脚向前一提，右转，略抬一下，再迈出庄严的一步，让人觉得这些高官都是线牵的木偶。他们的脸上看不到一丝笑容，也没有任何表情，只有刻板和麻木。高官在公共场合的坐姿也遵循严格的规范。他耸起外袍，让其徐徐落在椅子上，双脚自然垂地，膝盖外展，通常都把两手分别放在两边的膝盖上。最终坐定后，他抬起眼睛，威严地扫视四周，脸上的肌肉一动不动，也似乎对所见的一切都无动于衷。在这个场合出现的3个最重要的官员是总督、巡抚和广州将军，都是一品大员①，每个都戴着令人羡慕的粉红色顶戴。总督地位高于巡抚和广州将军，是一省的最高行政长官。为了显示他的地位之尊崇，从我们听到总督仪仗行进的声音到看见他现身，足有15分钟之久。

万寿宫此时笼罩在无数的油灯和五颜六色的灯笼焕发的光彩之中，恍如幻境。我前信提到过的大殿当中，有一座北京的御座的复制品，上面立着皇帝的牌位。大殿正前的方形庭院点着数百盏小灯。这些小灯跟我们的夜灯非常相似，四盏一簇以灯托插在铁杆上，悬挂在庭院四周的回廊上。因为在场的官员谁都没有官阶高到可以直接进入大殿拜祭，所以仪式是在庭院中央举行的。

在行礼前的等待期间，我饶有兴趣地观察着身边发生的一切。官员们互相问候——文官走到对面行列去见武官。有两位是一品官员，坐在斋堂一端的高座上，一副高高在上的样子。庭院挤满了随从，进进出出，一片忙碌。最下级的官员有20个随从，而一品大员则多至100个随从。一些随从用竹杠抬来几个大木箱，里面装着官员们的丧服。这个奇怪的习俗是基于万一在拜祭的过程中皇帝突然驾崩，那样官员们可以穿着丧服回家。有的箱子里面装的是官员行礼时才戴的朝

---

①此处并不准确。清代，地方大员的品级为：总督，兼都察院右都御史衔，正二品，加兵部尚书衔，从一品；巡抚，兼都察院右副都御史衔，从二品，加兵部侍郎衔，正二品。——译者注

冠。还有一些箱子装着茶杯、茶壶、茶碟和烟杆，等等。在这种场合，官员们都穿上了华丽的全套吉服。朝褂是深蓝缎子，上有精美的丝线和金线刺绣，披肩上也绣了金色图案。帽子只是普通的官帽，装饰着一圈深红的流苏，尖顶上是一颗区别官阶高低的彩色顶珠。

乐声传来，预告总督驾到，在场的每一个官员马上起身肃立。又过了两三分钟，总督才从官轿上下来，从肃立在门口的两列官员当中走入斋堂，巡抚已在那里恭候。两位大人寒暄了几句，一起走到房间另一头的高座，同时落座。从一品到四品的12位官员则在斋堂的一侧长凳上就座。此前的1个多小时，除了到门口迎接高级同僚，他们就是一起抽烟闲谈打发的。这些斋堂的门是朝着庭院的，因此从我站立的地方能看见里面发生的一切。

现在，官员们在随从的伺候下穿戴上袍褂、披肩和朝冠。然后3位大人慢慢地走进庭院，其他官员依品级高低列队跟随其后。总督、巡抚和广州将军3个人并列站于庭院中央的3张垫子前，其他官员在他们身后按品级高低各就各位。一队乐师伴随着他们行进，所有的官员都到位后，音乐立即停止。司仪站在大殿右侧最高的梯级上，宣布大典开始："上前，跪下，叩头。"一个下级的官员先拜，三叩头后退下。此人将事先已摆放在皇帝牌位前的供品呈献给了皇帝。司仪第二次发令，总督、巡抚和广州将军，以及每一个到场的官员，都庄严地同时伸出左脚，然后收回，再伸出右脚、收回，双膝跪下，低头碰地3次。然后，全体官员起立，稍息片刻，直到尖声的命令再一次响起，又重行了一次跪拜礼。如此三跪九叩后，众官员离开庭院，回到各自的位置。大殿里一片光明：大型的吊灯明晃晃地点在中央，小灯笼则沿着屋子四壁悬挂在宽广的屋檐下。大殿的大门敞开，所有的人都能清楚地看到皇帝牌位，即祭拜的对象。牌位上的文字前面已交代，不再多说。行礼的过程中，我一直站在庭院中央的花岗岩台阶上，左边紧靠着总督和巡抚，右边是广州将军和其他一些官员。

我现在回到我的向导身边，占据了斋堂前方的位置。我看见大官们脱掉吉服，拿下朝冠，戴上普通的官帽，然后坐了下来，上茶，互相交谈。过了一会，我听见身后有脚步声，转过身，看见广州将军和其他武官离开了他们的斋堂，列队前来向总督、巡抚请安，后者则起身回礼，寒暄一番后，把广州将军请到高台上落座。如果你不是亲眼目睹，你是无法真正理解这些官员的繁文缛节的。那是自成一套的，端庄威严又虚张声势，极其安静而富于仪式化。

您可能想知道公众对我在场的反应，作为唯一一个妇女，我又是怎么做到站在他们中间的。说实话，他们根本就没在意我。来此之人不是为了观礼，就是伺候他们的老爷，所以无人观察我。我们的买办跟我说："如果你想看大官离开，最好到那边去。"于是，我坐进轿子，给抬到一个安静的角落，观看列队离开的各色官员。

不过我要补一句，我刚刚还看了一眼万寿宫外院临时搭建的露天剧场，里面在拜祭时，外面则演着戏，一个皇帝嘉赏忠臣的故事。台上有9个演员。舞台中央是一个御座，一名服饰华丽的演员坐在上面，扮演皇帝，口中念念有词，用的是高亢的假声。毫无疑问，他是在发出重要的训令。其他演员分布在这名演员的两旁，以非常威严而夸张的官样方步走动。

我在轿子里等了约半个小时，终于听见锣声响起，宣告有官员要从宫里出来了。一些官员鱼贯而出，从我旁边经过，每个都跟着一帮随从，数目视其主人的官阶高低而不等。然后，最重要的队列来了。我无法用语言来形容这些仪仗的壮观。每一队的队首是上写官衔的大灯笼，接着是几个衣衫不整的男丁，举着官阶牌、绸旗，彩带之类。随后来了骑兵，穿着漂亮的绸袍，骑着小种马，从我们面前经过。这种马看上去很可怜，非常单薄，骨头几乎要穿透皮肤而出。马上的胖子衣衫飘扬，身下的小马瘦骨嶙峋，合在一起非常滑稽。再后面是步兵。读我的描述时，您可别联想到欧洲的军队。这些兵光着腿，赤着脚，穿着红色或者红蓝两色的短褂和裤子，显得极其寒酸。他们的帽子简直没法形容，我只能说，其中有一些样子像欧洲人的高帽，区别只在于它们是用竹片编的。还有一些头饰更难形容，有用金丝做成皇冠状的，有从最顶上的两侧耸出两根漂亮的野雉尾羽的，羽毛长达1.2米，显然不是自然之物，而是绑在铁丝上加长的。您想象一下吧，这样的服装、这种戏剧头饰，以及其身着破旧短褂和红短裤的主人，光腿赤脚，这是什么样的士兵啊！

所有这一切对我而言就像一出滑稽哑剧，在晨光初露之时，更显得怪异。我们这里没有破晓；太阳升起，一天就开始了。灯笼灭了，我在自然光下观看几个仪仗行列离开。现在，12个轿夫抬着总督的官轿过来了。他的胳膊搁在身边的窗架上，头朝前倾，保持着威严的表情。队列的最后是更多骑马的官员，以及扛着官阶牌的随从。我还没有把我的这一清晨之行告诉这儿的欧洲人朋友呢。我怕他们说我太疯狂了。再说了，把这些事说给那些对他们生活于其中的民风民俗完全不感兴趣的人又有什么意义呢？

Letter 21

五仙观：神奇的大钟

广州，1877 年 8 月 30 日

亲爱的妈妈：

每当我坐下来要给您描述我在城里的所见所闻时，总觉得有说不尽的话，有许多事都不得不忍痛割爱。漫步在广州的大街小巷，我对周围的一切都心醉神迷，经常要亨利跟我讲解。这样做并不容易。如果我们是坐轿，我得花些时间才能让前面的轿夫停下来，等到能跟亨利说上话，我们往往已错过我感兴趣的地方或店铺了。如果我们是走路，也很少能并肩而行。街上是如此拥挤，我们都难得走在一块，要不了几分钟，就会碰到肩挑肉、鱼，或其他货物的小贩，吆喝着："让让，让让！"轿夫有时候吆喝道："让让，医生来了！救命要紧！"那你就得站到街边让路。亨利知道这并不都是实话，因为有时急着赶路，他的轿夫也是这么吆喝的。

街道本身对我而言也是障碍重重：石块铺成的路面高低不平，石块的大小形状根本没有规律可言。你得步步留神，否则的话，突出的石块就会绊到鞋后跟。城里有无数座桥梁，一般都有陡峭的石阶。中国人头戴大尖顶帽，拖着长辫，衣袂飘飘地在上面走过，真是一道让人赏心悦目的异国风景。桥梁的形状多种多样，有些是高耸的石拱，有些则是

街上的打牌人

平坦的石板。

几天前，我们在城内和郊区转了一整天，沿途的事物令人目不暇接。第一站停在一间中国医院[1]，那里有三四个医生每天从早上8点到下午2点免费给人看病。每个病人派送一张号牌，等轮到看病时交回给医生。这里也给孤寡老人发放少量的钱和米。这家药铺还资助4所义学，给穷人提供棺材。

从医院出来，我们看见一伙人在街上打牌。玩牌的人蹲在地上，面前放着一块木板，看热闹的人在一边围观。中国人玩的牌跟欧洲人玩的差不多长，但是较窄，不超过2.5厘米。他们用这种牌玩各种各样的游戏。我常常在街上见到打牌的人，他们专心致志，对周围的拥挤人群视若无睹。

我们走进离药铺不远的一家鸦片烟馆，看到中毒程度不同的人们。那种景象令人惨不忍睹，我厌恶地扭头无视给那些可怜虫提供鸦片的烟贩子。房间的四周摆放着木制的烟榻，瘾君子们就躺在上面吸食那种毒品。许多烟民都形销骨立。鸦片一旦上瘾，到了发作的时候不吸上两口，人就会变

① 指位于十七甫的爱育堂。——译者注

得神魂不安。几天前，我在街上漫步时就遇到过一个烟瘾发作的人。他的痛苦显而易见，一边踉跄着往鸦片烟馆赶，一边不住地呻吟哀号，其声惨不忍听。

此后我们去看美丽的法国教堂[①]。这座教堂始建于1863年，目前还没有竣工。教堂用花岗岩建造，是一幢高耸的哥特式建筑。在一座异教徒的城市里出现这样华美的一座教堂，实在令人惊讶。附属于教堂的还有几所学校和一所孤儿院。现任主教已经连续在广州居住了30年，深受教众的爱戴。这座法国教堂及其学校等所在的位置之前正是叶名琛总督[②]的官邸。与这座宏伟的大教堂形成强烈对比的是我们访问的下一幢建筑物。那是一座只刷了白灰的小教堂，墙壁光秃，毫不吸引路人的目光。中国信徒习惯于隆重的祭拜、华丽的装修和慷慨的供奉，一定很难理解，是什么原因让基督徒只花这样少的钱，在如此贫寒的房子里敬拜他们的神灵呢?

出了这栋教堂，我们进入老城，穿过欧洲人称为鸟笼巷的街道[③]。顾名思义，这里有数家商铺出售各种鸟儿和精美的鸟笼。我前不久在这买了几只金丝鸟、几只爪哇鹦鹉、两只叫修女的黑头褐身的小鸟、两只翠鸟，还有一只冠蓝鸦。这些鸟儿除了最后两种单独关在小笼之外，都一起养在我的大鸟舍里。

现在，我们进入一条叫四牌楼的街道，我们看见了5座而不是4座牌楼。这些牌楼都是纪念当年那些学问博大、德行高

---

① 当是广州石室圣心大教堂。大教堂于 1863 年 6 月 18 日圣心瞻礼日正式举行奠基典礼，故命名圣心大教堂，历时 25 年始建成。——译者注

② 叶名琛（1807—1859），字昆臣，湖北汉阳人，官至两广总督擢授体仁阁大学士。第二次鸦片战争中被俘，自诩“海上苏武”。——译者注

③ 在归德门内。——译者注

尚、孝心诚恳，或者长寿之人的。中国的牌楼相当于欧洲城市的公共雕塑，一般用花岗岩建造，有时候也用砂岩或者砖头修建。牌楼的形制是3个拱门，大的居中，两边各有一个小的。大拱门正中的匾额上刻有铭文，告诉路人此牌楼是为谁而建的。在拱门上最显眼的位置，有一个小匾，上面刻着两个字，表明此牌楼是皇帝批准建的。

观赏过这些被店铺环绕的牌楼，我们继续前行，来到五仙观①。这些神仙据说身穿五色彩衣骑着羊儿来到广州。经过一处街市时，他们说："愿饥荒永远不会降临到这座城市的街市。"然后，他们腾云飞上了天。在传说中他们出现过的地点，人们发现了5块羊形石，被认为就是那5只羊石化而成的，于是被搬到了五仙观，安放在代表着5个仙人的华丽雕像脚下。这些雕像在一座大殿里排成一列，描画得栩栩如生。特别在农历四月，信众们到这里拜祭，为身体康复而还愿。那时候信众都穿着像中国囚犯一样的红衣，脖梗套着铁链，脚踝锁着脚镣，手腕上着手铐。据说，信众以这种仪式显示他们的谦卑。大殿的前面立着大钟楼。汉人和满人对挂在钟楼上的那口大钟十分迷信，从1368年建成以来，这口钟每次响，广州城都有灾难。有一场造成上千名小孩死亡的瘟疫就被归咎于这口钟意外被撞响。1845年，钟楼倒塌，沦为废墟，必须重建。重建时，为避免意外敲响大钟，工匠们要把它降落到地面上。尽管考虑周详，大钟还是发出了沉闷的哀鸣。结果，满洲人死亡不计其数，一个剧场发生大火，烧死3000人。1865年②，英国

①这些神仙被认为代表着金木水火土五行。——原书注

②原文如此，或是1856之误。是年12月第二次鸦片战争（1856—1860）爆发，英军第一次进攻广州。——译者注

照片远处左边的楼阁就是五仙观内的大钟楼，楼上挂着“岭南第一钟”，即“禁钟”。［英］菲利斯·比托 摄

皇家驱逐舰遭遇号发射的流弹意外击响了大钟，此后广州城被攻陷，人们也归罪于那一声倒霉的钟响。

在这座庙的一个庭院里，有一块岩石一半为池水淹没，我在上面看到有一块类似人脚的印迹，据说是佛祖留下的。如果你听说这里有一个小神龛是供奉猴王的，一定感到很好笑。据说他的原形是块石头，被白天的阳光和晚上的月光孵化而成。最后他慢慢地变成了万猴之王，学会了说话，与人为伍，最终被佛祖收用。从这座庙出来，我们到了著名的叶名琛总督的官衙。1858年，他就是在这里给英国水兵抓住的。靠近官衙是孔庙，由一座红石砌成的三孔门进入。进得庭院，可见一个新月形的水池，池上横跨一座三孔拱桥。亨利告诉过我，凡是孔庙都有水池。水代表纯洁，因而用以象征这位圣人的品德和圣洁。庭院尽头的大殿里矗立着孔夫子的雕像，这其实违背了他反对偶像崇拜的学说。只有在孔庙里你才能经常见到红色的牌位，上面用金字写着孔夫子的大名。庭院四周是一条长廊，连接着一个个小殿，供奉孔夫子3000个学生当中最出类拔萃的72个弟子。孔庙的内院里有一个神殿供奉着孔夫子的父母和祖父母。中国人不但敬仰伟人本身，还拜祭他们的先辈，认为正是其先人的培养和教化，才有伟人的出类拔萃。我们来到孔庙对面一个供奉贞女的小庙[①]。殿堂里的架子上摆列着一座座木头牌位，上面写着那些终身未嫁的女子的姓名。一座汉白玉牌坊树立在院子里，以表彰她们的高尚操守。殿内有一些牌位是那些已经订婚、但男方在婚前死了而一生保持处子之身的女子的。还有一些牌位则是表彰丈夫死了但拒绝再婚或自杀殉夫的女子。后一种以死殉夫的行为至今仍被中国人称颂。

接下来我们拜访了一座回教清真寺[②]，其建筑形式跟中国人的庙宇非常相似。它是一个阿拉伯人在公元620年建立的。中国人的史书记载，此人是先知穆罕默德的舅舅。清真寺的墙被刷成红色，这一定是得到了当朝皇帝的批准。清真寺外观朴素，圣殿的上方用大大的阿拉伯文写着《古兰经》的第一行：“世上只有一个神，穆罕默德是他的先知。”讲坛是木头的，旁边安置着一根柱子，僧人宣讲经文的时候就依靠着它。清真寺的一座殿堂里供着皇帝的牌位。中国的律法要求所有的回教徒[③]在皇帝的牌位前供香礼拜。律法规定，在中

---

①即贞节烈女祠。——译者注

②据描述当是怀圣寺，俗称光塔寺，是中国现存最早的清真寺。相传伊斯兰教的创始人穆罕默德派他的舅舅阿拉伯传教士艾比·宛葛素取海道到广州传教。唐贞观元年(627)，艾比·宛葛素和侨居广州的阿拉伯人一起，捐资修建了怀圣寺。——译者注

③据统计，中国有不少于3000万的伊斯兰教徒。——原书注

国的佛教、道教和回教的寺院里，都必须礼拜皇帝的牌位。院子中间有一座尖塔，每当祷告时间，僧人就爬上这座塔的尖顶向教徒们呼喊。塔身如今已年久失修。我们这次远足的最后一站是五层楼[1]，这座楼建在俯瞰广州的一处山顶。到五层楼的途中，我们拐进一条街，叫纸行街，去看一座小庙[2]。庙里有一块叫做先知石的石头。据说，这块石头能反映出祈求者的未来吉凶。妇女最常拜访这座庙，各个阶层的人都有。她们最迫切想知道的是生个男孩的愿望是否能实现。

后来我们还经过了花塔[3]。我必须给您描绘一下这座最美丽的宝塔，因为它是我最喜欢和经常见到的一座塔。塔有9层高，始建于公元505年，用来供奉佛舍利。佛塔最初的设计是反映佛教极乐世界的不同层次。德行最高的教徒死后会成佛，升入最高界停留亿万年。修行差一点的则将待在较低的层次。不过如今的中国人借助宝塔来改变风水。因此，据说宝塔周围的田地会五谷丰登，流经宝塔的河流会鱼虾充沛，住在附近的年轻人会科场得意，四邻八乡都会平安吉祥。我们来到了一个小山脚下，落了轿，登上长长的石台阶，来到供奉观音娘娘的庙。跟这座城市大多数神像不一样，观音像衣饰整齐，上面有精美的刺绣。这座庙有一种奇特的习俗。商贩，特别是下层的贩夫走卒，在中国农历的正月二十六会来这里跟观音借钱，他们认为用观音娘娘的钱做生意会发财。庙里的和尚借给某个信众500个铜钱，该人必须立600个铜钱的借条。来年的同一天他来还钱的时候，还要在本金之

① 即镇海楼，因楼高5层，故俗称“五层楼”。——译者注

② 即西应堂。——译者注

③ 坐落在广州六榕寺内。——译者注

上多加几个铜钱。人们认为，新年以后生意开张，观音那儿借来的钱会给他们带来好运。之后我们去了五层塔。它位于北城墙上。严格来说，这是一座方形的楼，就形状而言，跟广州城内外的其他塔都截然不同。那是用红石或砖建造的高楼，有5间宽敞的大堂。我们一层一层登上去，从最高处观赏广州城，只见风光旖旎，极其秀美。正是在这座楼顶上一个临时搭起的高台上，叶名琛观看他的军队和叛军交战。在中国和英法联军之战中，攻占广州的联军也曾驻扎过这座楼。

现在，暮色降临，我们得赶快上轿，穿越城市回家了。您一定想象不出，这么晚的街道会是怎样一幅光景。商店关了门，有的甚至加了长长的横档。只有在主要的大街上，每隔一段距离才有一盏小小的油灯，悬挂于设在街道的横梁上。大商店的门前挂着大油纸灯笼，一边写着商号的名字，另一边写着保护神的名字。灯笼的大小、形状以及上面的字体多种多样，美丽如画。灯笼全部点亮时，便赋予这些街道一种东方情调，而这是我最喜欢漫步其中的时候了。你步入挂满灯笼的长街，放眼望去，上下左右，前前后后都是色彩斑斓的灯笼，是多么奇妙的感觉啊。

时不时地你会碰上巡城的更夫。他们围着悬在三脚架上的纸灯笼周围，老式的兵器就堆放在旁边。

小街小巷则一片漆黑，除了偶尔有灯笼悬挂在店铺前面；如果是私人邸宅，门前的灯笼会更大一些。不过，这样的灯笼到了晚上9点半都会灭掉。

穿行在这些悄无声息、黯淡无光的街道中，轿夫的脚步声和他们的古怪号子——一种深沉的“哼！哼！哼！”（仿佛发自喉底的沉重呻吟）招来同样沉重的回音。偶尔有个路人经过，或者是一个卖唱的盲女在老妇的引领下走来。卖唱的姑娘衣着漂亮，发髻上插着鲜花。引领的老妇敲着响板，让屋内的居民知道，有人可以上门献唱。有时候，商店老板会把小姑娘叫进去，为店里的伙计献上几曲，因为他们要一直干到很晚。虽然商铺的门板已关上，但中国的店员还不能闲着。

那天夜里回家的路上，我们路过一条会仙街，大部分都是铁匠铺子。他们工作到很晚。拜他们炉灶的火焰所赐，整条街都亮堂堂的。经过这些铁匠铺时，我注意到，每个铁砧边有3个铁匠工作，而不是像英国那样是2个。其中2个人抡大锤，第3个则用小锤子。有时候，铁匠在户外工作，头顶上撑着一把草编的大伞。

中国人睡得少，工作到很晚还可以早起。在我们最初几次进城观光时，有一天我注意到，屠夫早上3点钟不到就起来工作了。

户外工作的铁匠

Letter 22

校场：武举考试考些啥

广州，1877 年 9 月 5 日

亲爱的妈妈：

听说在东校场进行武举考试，我们决定去看几场。

我们乘船逆流而上，举行考试的大校场在江上就能看到。我们到达时，许多看热闹的人已聚拢在周围，校场的尽头还为考官及其随从搭起了一个大帐篷。

整个场面让我联想起英国乡间的赛马。我们是上午11点到的，适逢考间休息，主考官用午餐。烈日当空，我们举目四顾，寻找一个既能遮阳，又能避开一群好奇的中国人追随的地方。前面不远处有个席棚，边上飘舞着一面漂亮的旗帜，明黄底上绣着深蓝色的龙。这表明该棚是官员所居。来到入口一看，确有一个官员端坐于此，但他没有让我们进去的意思。我们避热心切，顾不得害羞，贸然而入，在这个拒人于外的官员身后的一排凳子上坐下。他仍然凝神端坐，好久都无视我们的存在。然而人群慢慢在入口聚集起来，都想满足一下好奇心。这时官员挥了一下手，示意两个随从把讨厌的大人和小孩赶走。可是他们并不肯善罢甘休，拐到棚子后面，动手撕扯席棚上的干棕榈叶。我转过脸去，只见几十颗黑眼珠透过缝隙在看着我们。还有几个甚至爬到分隔我们和官员所坐之处的竹棚架上去了。这位沉着冷静的官员此时好像也不胜骚扰了，一声不吭，起身走了出去，索性把这个鹊巢让给那些气势汹汹的鸠了。

终于军号响了，声音暗哑，估计那支号是个老古董。号手是守城的士兵之一，制服非常奇特，是你所能想象的最褴褛的衣服，像是打扮了去表演哑剧似的。随着断断续续的暗哑号声，大帐篷后面那扇我们到达时关闭的大门打开了。知府及其副手出来，坐到大帐篷前面的两张桌子后面，桌上铺着红色的桌布。整个场景让我想起以前在家看过的一张有关中国庆典的图画。大批幕僚神情严肃地在各自的主人后面坐成两排。看热闹的人则在前面排成左右两列，中间留出一条宽广的通道，让知府和其副手能清楚地看见前面应试者的活动。官员们就座后，我们就紧挨着他们站定，亨利礼节性地摘下帽子，先向首桌的官员，再向第二桌的官员鞠躬示意。官员们也庄严地鞠躬回礼。考试重新开始了。前方是一条为考试而设的马道，或者说浅壕，不长的距离内有3个大大的白色箭靶相继而立，应试者要在骑马飞奔的同时放箭射靶。

一声锣响，出来一匹小马，绣花鞍饰极其华丽。接着是一个青年（其中一个应试者），上身穿一件长绸袍，腰上系着宽黑腰带，脚蹬一双黑缎高筒靴。两个随从跑过来，把他举到桀骜不驯的小马的马鞍上。至少就我看来，两个随从扶他上马的动作相当生硬，抓着骑手宽腰带，硬塞上鞍。马蹬很短，以至年轻人的脚抬得几乎跟马鞍平齐，让他在马背上缩作一团。一上马，骑手的身子就朝前俯，脸低得几乎碰到了马鬃。他振作精神，两边手肘抬起，把手中的弓拉满，箭头调正，此刻的年轻人仿佛一只展翅的雄鹰，开始纵马飞奔，随从在后面还推了他一把。年轻人沿途对每一个靶子射出一箭，每当利箭射中靶子，就有一声锣响。

驰到壕沟尽头，骑手掉转马头，保持着同样的蜷缩身姿，回到帐篷前，高声报上自己的名字。站在帐篷入口的一位官员来到两张桌子的前面，大声重复了考生的名字和中靶的次数。考官随即在面前的考生名单上该考生的名字后面注上中靶的次数。考生则在其随从的帮扶下下马，也就是让随从抓着他的腰带，从看似极不舒服的马鞍上扶下来。该考生随后手提弓和马鞭，朝考官桌走去，来到官员的面前，双膝微曲，先朝左边的官员一鞠躬，再朝右边的官员一鞠躬。考官微微颔首回之以礼，但依然保持着威严和庄重。有些考生相当年轻，有些则已届中年，年龄从16到45岁不等。

若一次考不成功，还可不断地重考。考生来自社会各个阶层。考试对所有人开放。如果通过，他在家乡就是一个有身份的人了。有些考生衣着华丽，长袍的颜色有浅紫、浅黄等，还有绸绑腿，颜色也多种多样，一般和衣服匹配。有些则衣着朴素，显然是下层人士，穿普通的黑鞋，而不是长筒缎靴。每个参试者这一天里必须跑完全程3次，共射出9箭。有成百上千的人来应考，但只有极少数命中率高到可取得功名。

这种考试每3年举办一次。我们然后来到校场的另一边，观看考生提举重物，让沉重的武器在头上、背后舞动。两个考官坐在不远的屋子里，记录考生的成功和失败。

因为酷热而觉得疲累，我们没有在那里待很久，而是决定回家，过些天再过来看其他部分的考试。两天以后我们又去了。这一次考的是立定射箭，距离相当远。射完9箭以后，考生便来到考官面前。考官坐在桌子的后面，被一些下级的官员和无数随从簇拥着。考生要在他们面前把一张张硬弓拉满。第一张通过了，再试更硬的一张。我们在这个地方待了一阵，然后前去看那些通过了射箭考试的人进行其他项目的考试。他们要舞动很重的长枪，让其在身体的各部位转动；要提举沉重的石锁。有些大力士会单膝着地，让一条大腿托住石锁，然后换到第二条腿上，最终让石锁停到胸膛上。但我注意到，许多人通不过这个考力量的项目。

从校场回我们船的途中，我们看见几个小女孩和男孩用一条宽布带把小宝宝固定在背上，我忍不住要笑。这些小孩子在玩耍时似乎完全忘记了背上还有个活人，你会情不自禁地为小宝宝的安全担起心来。有很多次，我们穿过村子，男孩和女孩被欧洲人的突然出现吓得拔腿就跑。这时候，他们背上的小宝宝显然很容易受伤。

今天下午，还有一件让我感到有趣的事。我们坐的舢板上有两个小宝宝，背上绑着小木块。中国船妇就是用这种奇特的方法来避免孩子一旦落水后淹死的。船民家庭一般都有个孩子。船妇摇橹的时候，都把婴儿用背带绑在背上。宝宝长到两岁，妈妈就用一根粗绳一头系着他，另一头系在支撑船篷上的竹柱上。这样的情景让我想起狗舍里的小狗。

背娃娃的女孩

Letter 23

孔庙：隆重的官祭仪式

广州，1877 年 9 月 9 日

亲爱的妈妈：

给您寄出描写武举考试的那封信之后，亨利和我又赶早到城里去过一次，观看秋季官祭孔子的隆重仪式。我们是在2点45分那么一个痛苦的凌晨时分离开牧师楼的，坐船到码头[①]登岸，再前往广州府孔庙，官祭就将在那里进行。一天前，亨利已经写信给法国副领事西尔斯先生，请他让守卫大东门的官员为我们放行，因为大东门离法国领事馆很近。我们的要求被批准了，但当时我们并不知道这是一个多大的人情。

我们在大东门口预定的轿子准时等在那里，凌晨4点钟就把我们抬到了孔庙。那里已经挤满了中国士绅以及他们的随从。他们和我们一样，也是来看官祭的。离孔庙很远，路上就有一个个三叉架子挂着明晃晃的灯笼，一伙伙兵勇围坐其下。我在以前的信中描述过类似的场景，官员们照例按照官阶大小依次到来，相互问候，官位最高的总督还是姗姗来迟，让所有的官员长时间地恭候，这里就不再重述了。大殿里灯火辉煌，摆满了敬献给孔子的供品。我们进殿观看，跃

① 当指天字码头。——译者注

入眼帘的是一幅奇特的场景。壁龛之中的祭坛上竖着孔子的牌位，前面的高台上供着一条呈坐姿的整牛，看上去仍像活着。全身褪过毛，只有长尾巴上还留着一撮。牛鼻子穿着环，上系一根绳子。这是一个丑陋的场面。其他的牺牲也很奇怪，特别是宰杀了的全羊和全猪。这些在总督到来之前还没有放上两旁的供桌，我猜想，是怕被偷。大殿的右侧摆放着一溜非常古老的弦乐器，是孔夫子时代的。没有人会弹奏这些乐器了。但是在这个特殊的晚上，几个身穿镶黑边的青衫的音乐秀才站立在它们前面，装模作样弹奏着。紧挨着的一个角落里，同样的闹剧也在上演，用的是同样古老的管乐器。又有几口古钟悬挂在木架上，由几个音乐秀才跟着大殿两旁的两面巨鼓的鼓点敲打着。祭拜仪式的进程就是由这些乐师操控的。

这时，总督和广州将军正在换上吉服，彼此寒暄。一个管事的官员看见我们到来，特别吩咐他的一名属下陪伴我们。此人照顾周到，把我们安排在观礼的最佳位置。现在，官员们伴随着乐声列队走向大殿，总督和广州将军领头，其他人随后。文官排列在庭院的一边，武官排列在另一边。像以前那样，司仪在整个过程中发号施令。先是总督、广州将军以及所有的文武官员一起叩头；然后，总督和广州将军离开庭院，总督走左边台阶，广州将军走右边台阶上殿。除了皇帝，谁都不允许走中间台阶进殿拜祭孔圣人。两位大人庄严肃穆地出脚，每上一级都必须同步，谁都不敢逾越分寸。他们各自都有一位文秀才和司仪陪伴。现在的场面极其壮观。两根高柱裹上了大红布，撑起两把火炬，熊熊的火焰把外庭映得通红。外庭中央，站立着40个男孩，身穿青衫，代表着他们已有了秀才身份。他们手中抱着一个厚厚的长野雉羽毛做的饰品。总督进殿之后，走向正中的主祭坛，广州将军则走向旁边的一个祭坛。大鼓咚咚地擂响了，大殿尽头的各种乐器齐鸣，发出奇特而喧闹的声音。在这一片鼓乐声中，两位大人在司仪的指引下，面对司仪所在的方向跪下，行礼如仪。

哦，对了，总督和广州将军跪下行礼之前，在全场一片静穆之中，一个文秀才给孔子牌位上了供品。供品盛在一个檀木盒里，是由杠夫高举过头送进来的。这种双手高举过头的形式表示对所传递物品的最高敬意。这个木盒交到另一个文秀才手中，由他把盒子供到祭坛上。然后叩拜才开始。

总督和广州将军行完礼后，退回到庭院里，一个站在文官行列的最前头，另一个站在武官的最前头。那40个手捧着羽毛的男孩此时匍匐在地。两位大人9次迈着威严的步子进入大殿，总督有时候在主祭坛叩头上供，有时候在旁边的祭坛叩头上供。最后3次他叩拜的是大殿左侧的3个小祭坛。广州将军叩拜的是大殿右侧的3个小祭坛。我恰巧站立在最后一个小祭坛的位置上，因此不得不移开几步，以便他能跪下做最后的祭拜。供品有用古老的青铜器皿盛着的酒和糕点。

总督有一次单独出列，步上通往大殿的石阶梯，手捧一封折好的写在黄纸上的信。一个官员跪到总督身旁，接过信宣读。周围一片静穆。信念完后，总督行了礼，读信的官员捧着信走向主祭坛，献给孔夫子，也就是把信供在祭坛上。在祭拜仪式进行的过程中，信都一直供在那里。结束前，该官员把信取下来，双手捧着高举过头，走到殿外的庭院里，把它扔进圣火。

在大殿里完成了9次叩拜之后，总督、广州将军和其他官员都离开了庭院，回到斋堂。

我们能在大殿里占有一席之地是非常幸运的。这当然是由于亨利的缘故。他跟所有的高官都混熟了，因为他此前不断地出现在他们主持的隆重庆典上。如果被安排在一个较远的位置，我一定没法看到大部分大殿内的活动；事实上，我就置身于祭祀的主要人物之中呢。这是我迄今为止观看过的最隆重的典礼，尽管持续的时间很长，感觉上却是很短，因为1个多小时的官祭包含了那么繁复的仪式和那么丰富的内容。

Letter 24

学政衙门："武秀才"颁证记

广州，1877 年 9 月 16 日

亲爱的妈妈：

今天一大早6点，重兴就敲门把我们叫醒。事前毫无预料，亨利问什么事。他回答，今天要给在上次武举考试中考取秀才的学子颁发证书，仪式7点就开始。我们于是赶快起身，胡乱吃了一些早点，坐上便船去学政衙门。正巧顺风顺水，一会儿就来到南门外的码头上岸。又走了1英里路，衙门就遥遥在望了。衙门附近摆好了一排披红挂绿的轿子。那是为考中的武秀才预备的。写着他们大名的红纸条就粘在轿子的显眼位置上。

衙门的大门为我们打开了。进了门，满眼的喜庆景象。

里面已聚集了考中的学子。为了出席这个庄重的典礼，他们都穿着鲜艳的蓝长衫，料子或是绸缎或是棉布。下摆滚了边，领口和袖子也镶了黑边。上身斜披亮丽的大红宽绸带，前幅长长地垂在胸前，缀着一个大红缎绣球。跟长衫同色的披肩绣了精美的图案，用金线锁边。他们都穿着长筒黑缎靴。不过最能反映喜庆气氛的是他们的帽子。普通的尖顶官帽上镶了一圈红绒。最特别的是两束长长的金银叶子，中嵌小红绒球表示花朵，插在帽顶之上。新科秀才在一切公共场所，在各种庆典节日，在他们的婚礼上，都将戴这样的帽子。看起来离仪式正式开始还得有一会儿，我们就走到此前到访过的屋子，一些下级官员请我们坐下。我们在那里至少又待了1个小时。中国官员是没有守时这一观念的。

万事俱备，每个人都在等待。终于，鼓声响起，人群骚动，宣告学政大人①到了。学政衙门有专供其出入的门口，学政大人将在门前摆放的一张方桌后面就座。这种门很有趣，上面画着巨大的五彩麒麟，一种四足神兽。在漫长的等待中，我们坐在衙门侧厢学政副手的屋子里，亨利跟几个低阶官员用官话闲聊，他很高兴自己说的这些官员大部分都听懂了。这些官员似乎对这位异国人也很感兴趣，问了亨利有没有得到过学位之类的问题。亨利翻译给我听，其中一位官员问的是："你们的国家元首真的是个女人吗？你们怎么会让一个女人统治你们呢？"亨利立刻反唇相讥："你们呢？不但是女人，而且是两个女人在统治着你们呢。"于是大家哄堂大笑，显然很欣赏这一笑话。中国的小皇帝才5岁，事实上是两宫太后在以他的名义统治着中国。朝臣议事的时候，两宫太后在帘幕后面垂听，一切事务都由她们决断。

人群的骚动愈加明显了，我们起身，走进庭院。新科秀才在庭院中央集合了，面对衙门内院的大门。此刻这道学政专用的大门洞开，学政现身了。在两个侍从的扶掖下，他步下通往那张桌子的石级。这不是因为他年纪大，其实才47岁，而仅仅是为了彰显他的威严。

在一片欢呼声中，一个大盒子抬了进来，放在桌上，

① 学政负责给所有通过武举和文举的考生颁发证书。——原书注

里面放着写有中试考生名字的卷轴。随后这个盒子被抬到孔庙。令我们非常吃惊和失望的是，学政此时起身退回衙门，大门随即关上。现在众多秀才把我们团团围住，一个个都想靠近打量我们。这种好奇给我们带来了无法容忍的压迫感，于是赶快躲进原来待着的房间。我们在这里等了一阵子，直到鼓声响起，报告学政又要出来。很快，学政出现在内院门口，这一次穿上了整套的吉服，精美的刺绣袍褂，佩满饰物的官帽。吉服的料子是丝绸的，酒红的底色，上面用金线五彩丝线绣出漂亮的图案。这时候，抬出一座铺着一块绣巾的小祭坛，放到学政所坐的桌子附近。祭坛上是皇帝的牌位，供着香。学政走向祭坛，面对牌位行三跪九叩之礼。跟通常一样，有个司仪指挥着行礼。这时，秀才们在祭坛前围成半圆，向皇帝的牌位叩拜。由于非常拥挤，一些找不到足够空间跪下的只能站着，在其他人行礼的时候，以高举双手做出叩拜的样子。学政再次退回到大门后，足有约半个小时没有动静。我们回到先前的庇护所，很快门口的过道上再次挤满了好奇的人群，争先恐后地瞪大眼睛看着我们。

您应该知道了，中国的官员做事都不紧不慢的。等再次听到鼓声，那位热心的官员再次把我们带出去，一如既往地安排到最好的位置上，极其靠近学政。学政第三次出现，脱下了吉服和帽子，穿着平时的那种较为朴素的官服，胸前和背后都有一块方形的金线刺绣。胸前的那块一分为二，以便袍褂的左右两襟可以在胸前扣起来。不过，他没有摘下那串漂亮的珊瑚和翡翠珠子。他坐回桌子后，一个随从在桌子上放了一本大册子，上面记载着通过考试的考生名字和籍贯。一位官员站到高台上，依次宣读名录。学子们站在庭院的中央，面对学政的桌子。听到自己的名字，该生就回应一声：“有。”学政显然是个易怒之人，时不时地打断宣读官，皱起眉头怒气冲冲地抱怨听不清楚。边上一个随从则会恭恭敬敬地把册子翻到那一页，请他看那个有疑问的名字。

宣读的过程中，学政不时地呷口茶，吸口鼻烟。唱名毕，送来了托盘盛着的小杯的酒，学政和秀才喝酒共庆。接下来，所有的新科秀才一起跪下，向学政行礼。他们全体跪下时，只见一片明晃晃的蓝色。

礼毕后学政就离开，重新回到衙门。于是新科秀才在庭院里四散，个个志满意得，被他们的亲朋好友簇拥着道贺。许多人围坐在小桌子旁，喜气洋洋地交谈着，桌上摆放着各种小点心。最后，新科秀才都坐进披红挂绿的轿子，抬着去游街，穿越南门（也称皇门），过状元坊。不过到最后，他们还是得折返，回自己的家。我想，这一长篇描述可以让您明白了，中国人对获得功名的人尊崇备至，无论他们是来自社会的上层还是下层。

Letter 25

伍家婚事：浩官先生的再婚宴

广州，1877 年 9 月 27 日

亲爱的妈妈：

上星期三，浩官先生请我们赴宴，庆贺他第二次结婚。婚礼在前3天已经举行过了。他让我们带些朋友去，所以我们就邀请了一位美国太太和她的女儿，还有两位上一次陪伴过我们的朋友。

到了浩官家，我们女士立刻给带到特意为新娘子而建的一进院落，新娘亲自出来招呼。她长得很漂亮，16岁，个子小巧周正，一身绣花的绸缎衣衫，手捏一方深黄色的绸手帕，上面的花卉和蝴蝶栩栩如生。也只有东方人才懂得怎样配色来绣出这样的效果。她告诉我们，这方手帕是她亲手绣的。她让我们随意坐，然后给我们轮流敬酒，恭敬地双手捧杯递给我们。我们让敏妮请她坐下，但没有成功。后来才知道，因为已故的老浩官先生的五奶奶在场。在中国，有辈分高的长者在，如果没有他的特别邀请，年轻的新娘是不能坐下的。按照同样的习俗，新郎在场的时候，除非新郎让她坐，不然也只能站着。

这位小新娘子神情开朗，我不禁脱口而出，说她的表情很像欧洲人。听到这样的赞扬她似乎很高兴。她不属于她丈夫的那个阶层，事实上，她过去是个婢女，是她丈夫花了300大洋把她赎出来的。因为这个缘故，再加上她没有裹脚，尽管是浩官先生目前唯一的妻子，她也无法取得大太太的地位。此前她还没有见过欧洲人，尽管作为新人免不了有点羞涩，但举手投足都很可爱，尽显中国女子的优雅。她和我们那位年轻的美国姑娘同龄，一见如故，谈笑无间。

来人告知开宴了，我们被领进餐厅。直到吃完饭，我们才又回到新娘的房间。如果是大奶奶，她本应在宴席的最后给每一位客人敬上一碗饭的。在我们离开她去餐厅之前，她把身上漂亮的绣衣脱了，换上朴素的黑衣裳。中国人相当节俭。我们说起她的衣服很漂亮时，她又把衣服拿出来给我们看，衣服是叠好的，显然是被小心翼翼地收起来了。晚宴几乎完全是中式的，跟过去一样，有无数的菜式。唯一值得一提的是，从头到尾都有一个盲女在两种弦乐的伴奏下演唱着。我无法适应中国的声乐，想必欧洲人一定要经过长期的训练，才能欣赏它。欧洲人的音乐对于中国人的耳朵来说，是不是也一样呢？他们可能也听不出旋律来吧。这个盲歌女唱了一曲又一曲，在晚宴的过程中，只停顿过两三次。我也确实不能分辨她的音调变化有没有超过两三度，而且从头到尾用的都是尖锐的假嗓子。歌曲的内容跟以往一样，是历史上某些知名男女的故事。

散席之后，我们包括亨利和新郎，都来到新娘的套院。套院包括两间卧室，一间起坐室，里面有许多漂亮的橱柜、几张欧式的椅子、地毯、镜子以及装饰摆设，还有印花布和薄纹细布的帘幕，那是我们的一个朋友在香港为浩官先生买的。我看见几张椅子上放了英式的钩针编织椅披，忍不住要笑。不过，这间屋子主要还是中式风格，房间的隔断是花纹奇特的木雕，镶嵌了透明的有色玻璃。欧式的帘幕挂在两间屋子的房门位置。起坐室连到卧室，这完全不是欧洲风格了。

现在那个盲女拿着琴来到厅堂，另一个盲人也带了一把琴陪她进来。尽管多规矩、重等级，中国人还是相当友善的。比如盲人在演奏前，可以索要火柴点上烟斗吸几口。我们女士退到内屋，在两个小翻译的帮助下闲聊。我们同来的人中有人同意让一位中国太太给抹胭脂，我兴致勃勃地在旁边观看。我的朋友化完妆，赢得一片喝彩，每个女士都问我们，是不是比上胭脂前漂亮多了呢？她们希望给我们每个人的脸都抹上。我们谢绝了，女主人大感失望。现在，新娘重新穿上绣花嫁衣，给我们每个人上茶，包括亨利在内。我们在那里待了一阵，期间吃了几道水果，然后起身告辞。我们喜欢上了这位温柔稚气的新娘，她似乎也同样喜欢她的异国客人。我们离开前，她答应未来会拜访我们，和我们一起吃一顿英国式的饭。

几位浩官太太中我们最好的朋友（我真的不知道该怎样跟您介绍她，因为在英国，没有二奶奶、三奶奶或者四奶奶的称呼）拉着我的手，另一位上了年纪的太太引领着我们的朋友，穿过几个房间、厅堂和庭院，其中一个通往曾经款待过我们的密室，最后到了门厅，我们的座轿就等在那里。很难跟您说清楚这些家族的宅邸究竟有多大，我们至少用了5分钟才从新娘的套院来到门厅。这片房子连同花园在内，有好几十亩地。一个陌生人第一次从狭窄拥挤的街道进入这个大宅子，一定大吃一惊。这种房子里高大的厅堂夏天尤其好，因为太阳晒不到，十分阴凉，不过小房间通风不良，非常压抑。

Letter 26

当铺：碉楼的秘密机关

广州，1877年10月2日

亲爱的妈妈：

上星期五，一个朋友热情地邀请我们坐蒸汽快艇到乡间远足，我们欣然接受了。那天天气晴朗，但是非常热，我们被太阳晒得够呛。我们早上7点起航，快艇开足马力前进，到晚上7点，12个小时走了120英里。这艘蒸汽快艇属于中国官府，水手都是中国人，穿着水兵服，精神抖擞。他们上身是短上衣，下身是蓝棉布宽腿裤，系一条宽红腰带，宽边草帽扣在后脑勺上。由欧洲人来指挥，中国人可以成为出色的水手。我们经过以盛产咸鱼著名的津村。中国人惯于用咸鱼送白饭，所以销量很大。这里还有许多米店。后来我们又经过以造纸著名的潘铺。

珠江的一些河段风景如画。这一条支流蜿蜒曲折，有时候放眼四望都是陆地，于是有身处湖泊之感，领略的是湖光山色之美。我们这一路上，远望都是一座座连绵不断的小山，近观是一片片一望无际的水田。田里的水稻在茁壮生长，看上去青翠欲滴，比家乡最好的牧场都有过之而无不及。接着我们经过一直伸展到珠江边上的大片大片的桑园。一些桑园里有农夫和农妇正在采摘桑叶。这些农民裸露着棕黄色的腿，头戴着巨大的尖顶草帽，仿佛画中的人物。

我们经过大良，即顺德县的县城，然后来到金洲，在那里我们不得不穿越一些激流。和我们同行的两个孩子害怕得要命。最小的那个问他妈妈，也就是邀我们远足的女主人：“我们的船会翻吗？”此后，每当遇到礁石，他都要这么问一声。我们现在到了蚕丝的中心产区，然后来到勒流，离大镇九江只有1英里远。因为必须在白天走完行程，我们无法在任何感兴趣的地方登岸，对此我非常失望，其实我很想到大型的桑蚕园里看看。在这个地区，人们渴望着下雨，因为桑园非常缺水。我们从另一条跟来路不同的水道迂回到流经沙面的支流。这一天我们看见了许多乡村船只，一条条都美如图画，但我最为欣赏的是那些风帆像展翅蝴蝶的帆船。

这是一次美妙的远足，让我们见识了广大的乡村，唯一的不快是酷热。虽然船上搭了双层的篷席，由于不断地急转弯，并没有如我们期望的那样遮挡住太阳。它总是出其不意地肆意向我们倾洒火辣辣的光芒，让我心烦意乱，以致很长一段旅途上无法欣赏如画的风光。我不得不眯着眼看乡野，有时难过得直想躺下。我们慢慢地靠近广州，跃入眼帘的城市非常美丽。成千上万盏灯笼为月神嫦娥点亮了。

到家后，我们匆匆吃了饭，立刻漫步到城市的一角，登上一间当铺的碉楼，观赏灿烂的灯火。不过，我先得解释一下碉楼，这个名字听起来很奇怪吧。我们登上的碉楼在十七甫这条街上，当铺的名字叫元贞楼。这是一幢宏大的建筑，有砖砌的高楼，能防火。这些当铺分为三等，由朝廷批准而运营的。

朝廷发给经营典当业的人一张执照，期限为60年，到期

图中最高的方形塔楼，是遍布中国南方的典型当铺样式。［英］约翰·汤姆逊 摄

须重新申请，但申请人需要更换，不能是原业主。第一任业主必须缴一定的税，60年后的续营者也得缴税。当铺业主有义务接受省布政使司的一笔贷款，年利率为12%。如果某个当铺经营失败，其他同行必须代为偿还政府蒙受的损失。广州有100家第一等的当铺。把物品抵押到这些当铺的人每年必须付36%的利息；不过，如果是大宗交易，当铺老板会同意适当降低利率。官府要求当铺对每年旧历十月前赎当的顾客降低利率，这样那些当掉冬衣和被褥的人可以在最需要的时候比较容易地赎回去。

这家当铺的老板对我们极其客气，允许我们在晚上9点以后进店，因为他们对这个时候进当铺管得非常严，也担心人们带着灯火在各层游走。当铺的碉楼修建得非常坚固，戒备森严。我们一层层地登楼，看见一排接一排的货架，每个架子又分成一个个格子，每一格都放满了典当物，其中有些价值连城。这里的当铺跟我们在英国的很不一样。中国绅士常常把他们的皮衣和贵重物品让当铺保管。如果我告诉您，我的皮草此刻就保存在当铺里，您可别感到吃惊啊。最后，我们来到了碉楼的平顶上，只见天台上堆满了大石头，那是用来砸入侵者脑袋的。盗匪有时候会来抢劫这些当铺的。楼顶也有许多装水的瓦罐，一旦发生火灾时可用来灭火。

从这一高处俯瞰，广州城一片璀璨的灯海，十分壮观。您可以想象，要让广州这样一个大城市如此明亮，需要成千上万个灯笼才行。有的地方竖起一根根高柱，柱顶挂了一簇灯笼。每个灯笼上都写着“恭贺中秋”。有的地方的灯笼是悬挂在撑起的竹竿上，勾勒出屋顶的轮廓。这一节庆是在中国农历的八月十五，称为中秋节。

从家里出发时，我们是打算经过岸旁的轮船码头返回的。但那样路比较长，而我们又很累了，便放弃了原计划，走了经过当铺的这条路。我们这么走真是万幸，因为其时正好有一伙中国人在攻击一条停靠在码头上的江轮，可能以为船上有很多财宝。该船船长不得不请求一艘炮艇赶来救援，才把暴徒赶跑。要是沿着江边回家，我们就可能受到暴徒的攻击和伤害。此时的广州城里有许多从香港和其他地方来观灯的人，他们中有些是无法无天的暴徒。回到家后，我们听说那天晚上，在一艘花艇上发生了争执，一人被杀。

这个星期还有一个很奇特的节日——七仙女节。中国人认为有7个神仙姐妹住在一组7颗星星上。据说，七仙女中的一位私下和住在银河另一边的一颗星上的牛郎结了婚。她的姐妹们逐渐认可了这门亲事，允许她每年一次过银河和牛郎相会。妇女们特别崇拜七仙女，所有有钱有势的人家，如果不在服丧期间（那时是不允许参与任何节庆的），都会隆重地准备过节。

我们非常幸运地受到中国绅士王先生的邀请，到他的府上看呈献给七仙女的供品。他是本城的绅缙，也就是地方上有势力、有功名的人。周一晚上7点，我们坐轿进入王先生府上的门厅。内宅门一打开，一片炫目的光芒扑面而来。宽阔的大堂中央摆着一张长条宽桌，上面放满了各种供品。数不清的小碟盛着各种水果，从桌子的中央间隔着排向两边。碟子之间是奉献给仙女的各种小绣件，那都是家中的女子专为这一节庆而绣的。我兴趣盎然地绕着桌子观赏，上面有漂亮的绣花鞋，小巧玲珑，显然暗示着仙女都是缠足的；无数装香料的荷包、精美的头巾、雨伞、绸缎褂裤、锦旗、官服的补子等等，一切都是微型的精心之作。桌子中央立着各种模型，有中式房子、欧式房子、一条船、仙女在节日当晚要跨过银河去见牛郎的桥。桌上还有装有五彩纸花或五谷的篮子，以及各式鲜花，鲜花是从花梗上摘下的，摆放在碟子里，不许杂有任何绿叶。天花板上吊着许多花灯，装饰着鲜花或是纸花。在这个佳节，这个家庭的朋友，无论穷富，都来观赏。我们进来的时候，一大群人正围绕着琳琅满目的桌子观赏，经我们的主人请求，他们立刻散开让我们观赏。看了一圈后，王先生引领我和敏妮来到了女眷的住处，拜见他

86岁高龄的妈妈。她举止亲切优雅，问了我许多问题。在我即将离开的时候，她请我做她的干女儿。我以前就听说，这只是意味着一种亲密关系，所以欣然同意，并通过敏妮告诉她，做她的干女儿我很荣幸。于是老太太和我相互鞠躬，彼此恭贺了一番。

几个星期前，我拜访另一个中国家庭时，其中一个年轻女子请我做她的教母，我给吓了一跳，因为当时还不知道教母在她们看来就是干妈的意思。我说，不行啊，除非她成为基督徒。“好，我会成为基督徒的。”她随口就答应了我，实际上这位年轻的女子根本不知道基督徒这个词意味着什么。

见过老太太，我走到另外几个套院，见了男主人的太太和其他女士。我进去的时候，小脚的太太正在吃饭。她并没有让我们的到访妨碍她吃饭，而是一边跟我说话，一边吃着。她的仆人给我上了水果。离开这幢中国人的宅邸，我们走进邻近的一家人家，看见大堂的长案上了摆满了相似的供品，但都略小一点。

我实在太累了，否则就会等到半夜，看看这家的单身妇女怎样从一口井里打水上来的。她们在每年的农历七月七夜里都要这样做。所有的中国家庭都遵守这一习俗。水打上来后就要装进瓦罐，密封起来。一旦家中谁发高烧，这种水就作为退烧药给病人喝，据说有神效。过七仙女节还要焚烧各种各样的纸供品，其中一样是纸做的天堂穹顶。这个节所供奉的七姐妹据说能赐予女子做女红的技艺，还能保护信众无病无灾。

第二天，我们应邀回到王先生的家吃午饭，并参观他的豪宅及花园。我们进入内院大厅，那张摆满了水果和绣品的长桌还在，也依然有一大帮人围着观赏。沿着大厅往里走，只见这家的一群女子站在一个套院的门口，我们互相寒暄了一番，然后被领进侧厢的客厅。客厅还是千篇一律的中式陈设，两边一溜红木座椅，椅座和靠背镶嵌着大理石板，每两张椅子中间设一茶几。15位中国绅士已经就座，其中许多人以前拜访过我们，一个个都问候我们。这是一种无声的问候，相信您已经知道，是身体朝前下方弯曲，双手抱拳上下摆动两三次。如果是一个孩子问候自己的父母或其他尊长，身子会弯得很低，有时候几乎接近地面。这时茶上来了，侍童把我们的茶杯放在两张椅子之间的茶几上。主人说："请饮茶。"于是大家举起茶杯，互相点头示意。

可是没等我们喝上两口，绅士们就站了起来，叫我们去花园。好动不好静是中国人性格当中非常突出的一点，在男人身上尤甚。在我们到访期间，王先生和他的朋友没有在同一张椅子上坐足5分钟。他们不断地移动。王先生进进出出，在前厅抽一口烟，坐个一两分钟，便站起来走到大厅的另一头。这些男士的来来往往让我联想起蜜蜂在蜂巢的进进出出，只不过前者嗡嗡忙乱并无任何特定的目的。

从我上面的描述您意识到了吗，中国人的房间进出都是没有门可关的！您从庭院，或者叫天井，通过敞开的雕花门就进入了客厅，客厅之间都是这样的天井。这种房间布局让我想起意大利庞贝的建筑。真的，您到水晶宫[①]看看庞贝的建筑，就会对中国豪绅府邸的内部结构有概念了。

①水晶宫，1851年建于伦敦海德公园，是一个以钢铁为骨架、玻璃为主要建材的建筑，因通体透明而得名。它最初被作为首届世界博览会的场地，后成为一座娱乐中心。1854年被迁到伦敦南部，1936年毁于一场大火。——译者注

花园非常值得一看。最大的一座花园中央是一泓清水，上面横跨一座石桥。环湖一道石雕栏杆，上面摆放着无数的绿釉花盆，种满菊花。菊花此时尚小，两个月后才会盛开。届时姹紫嫣红，一定壮观。王先生热情地邀我们到时候再来观赏。花园里的4座凉亭当中有一座建在假山之上，通往凉亭的鹅卵石小路镶嵌着各种图案。我特别喜欢那些小花园，坐落在一个个套院之间，给人出其不意的惊喜。这些花园里放满了花盆，或种淡雅的荷花，或种浓烈的红鸡冠花，以及各种各样的绿叶植物。我注意到我在别的花园里也常看到的现象，如果一块木雕或石雕破损了，从来不会有人修理；一道裂痕让整件艺术品黯然失色。垃圾、破盆断瓦以及其他杂物堆放在一个个角落。

中国人不知如何保持他们屋子和花园的整洁。他们到我们牧师楼做客，第一声感叹总是："怎么到处都这么整洁啊！"我们经由一条石头铺砌的长甬道回到厅里，主人请我们随意坐。我们一坐下，茶就上来了。随后是午餐，就安排在厅中央的小圆桌上，小碗小碟堆了一桌子。一如既往，桌上没有铺桌布。围着桌子坐下后，主人让我们随意享用，有猪肉冻、肉馅饺子、红馒头、甜饼、糖菠萝，以及其他水果。绅士们不断地往我的小盘子里挟食物，因为没有刀叉，我只得努力用筷子吃。午餐吃得很快，中餐都是这样。

结束前，两个穿着滚了黑边的蓝绣花缎子短褂的盲人歌女被保姆（更准确地说是她们的干妈）领了进来。她们在大厅远端的一角落座，先用了点心。当她们准备开唱的时候，我离开餐桌，坐到她们对面。有意做歌女的年轻姑娘通常是瞎子，或者用我们买办的话来说："是她们自己把眼睛弄瞎的。”只有如此才能做这一行。弄瞎眼睛的方法之一，是由她本人或她的妈妈在眼中放药。只见两个歌女从上衣的口袋里掏出尖形的羽毛管指套，套在左手拇指和食指的长指甲上，用来弹拨她们的乐器，接着她们开始给乐器调音。她们俩手中的乐器奇特而古朴，形状不同，但都蒙着蛇皮。她们开始弹起一支怪异的伴奏曲，其中一个姑娘用尖锐的假声唱了起来。过了一会儿，两把乐器同时弹出一段很长的间奏。她们的保姆，在此期间一直不停地给她们扇凉，在两首歌曲的间隙还和她们闲聊。第一位歌女用尖锐的假声唱了1个小时，在我听来几乎都是同一个声音。然后两个人互换了手中的乐器，第二位歌女接着用高亢的声音唱起来，直到我们起身告辞。

Letter 27

华光诞：被彩灯点亮的街巷

广州，1877 年 10 月 16 日

亲爱的妈妈：

本月二日给您的信说了我们溯流而上的珠江之旅，就在那以后的三四天，我们又去了广州西郊，路过一条名为十七甫的街道，看到了庆祝火神华光诞辰的灿烂灯火。①那种璀璨和辉煌，不身历其境既难以领略也难以言表，我尽量给您略述一二吧。

为了过节，每一间商铺主人都会倾其所有，在门前张灯结彩，照得大街小巷一片明亮。节日期间，广州城中每晚有一部分街道会张灯结彩。我以前说过，广州的街道非常狭窄，对街的屋檐几乎相连。节庆之夜，一座座华丽的彩灯就悬吊在横跨街道的横梁上，每座都由无数的小灯组成，沿街依次排列延伸。乍见彩灯，我有似曾相识之感，跟我们客厅里那种插蜡烛的老式分枝吊灯非常相像。广州的彩灯大小和款式多样，有一些极其华丽。在彩灯之间还有一些明亮的灯箱，悬挂在横跨街巷的木梁上，灯箱里面有一个个人偶，栩栩如生，刻画着一些历史场景。跟其他装饰物一样，人们不

---

① 华光诞，全称五显华光大帝诞。诞期农历九月二十八。——译者注

遗余力地打扮这些小人偶，给他们穿上绸缎袍褂。有些小人偶的脑袋和手脚是会动的。这些灯箱还常常分成两厢，前后各有一组人偶。这样的灯箱数不胜数，按大约两到三米的间距陈列。灯箱的周围悬着艳丽的丝绸流苏，顶端和下围还装饰着长长的穗子。我们走过的这条长街上，这样的灯箱应该有200多座。

人群中有不少粗鄙之徒，比我以前所见还要下流。我们还听说身边有很多小偷，试图对我们下手。我深感焦虑，想避开人流，走到一条僻静的支路去，可是亨利却说，千万别露出怯意来，于是我们又向前走了一段。一个无赖的家伙在逐步靠近我。他蓬乱的头发和一身打扮告诉人们他是刚从监狱里出来的。他从我的左边挨过来，两手叉在胸前，准备随时来摘我的耳环。我叫走在我前面的亨利注意这个家伙。亨利回头看着他，立刻意识到这是个危险的角色。那群人继续向我们紧逼过来，我忽然意识到他们是想绊倒我，眼看有发生推搡和打斗的危险，我们不敢再前行了，决定转身离开，可是发现要挤出这群不法之徒的包围相当困难。那个面相凶恶的家伙也跟着我们转身，继续紧靠我的手肘，此时就连亨利也开始感到情况不妙了。我身上披着一条宽大的黑蕾丝披肩，亨利推测那个贼以为披肩下面有珠宝首饰，不过幸好那天除了耳环之外，我把首饰都留在家里了。亨利继续转过身背对着我，面朝那几个凶神恶煞的家伙，直到一个十字路口。那里站着几个守城的兵勇，亨利走过去，对着其中的一个大声说道："你看，那个坏蛋一直跟着并骚扰我们！"这一举动立竿见影，坏家伙和他的同伙马上转身跑了。我们终于重新走在安静的街道上，我如释重负。我一直在担心跟我们同来的小朋友敏妮，害怕她被人群挤伤。我们回家的路上，一路平安无事。

一两天后，听说在双门底[①]要举办更加壮观的灯会，尽管有过那一晚的惊险，我们还是想去看一看。但是这一次我们决定不带敏妮，因为她太引人注目了。我们走近广州城明亮的一带，只见大街小巷灯火辉煌，美丽壮观。五颜六色的彩带扎成花环悬挂在店铺之间。这些彩带的颜色无比艳丽，有鲜黄，有淡蓝，还有大红。每隔一定距离还悬挂着大彩灯。当我们来到灯火最灿烂的大街时，欢乐喜庆的气氛扑面而来。明亮的灯箱，五彩的流苏和绸带，琳琅满目，美不胜收。大彩灯一望无尽，争奇斗艳，其中最大每座装饰有18个大玻璃球。在街道的最宽阔处，有一座竹子搭起的大棚，非常高，棚顶内镶嵌着绚丽的彩绘木板。在稍稍高出地面的地方建了一个舞台，上面摆放着巨大的香炉和烛台，还有修剪和弯折成各种动物、船只和扇子模型的花木，一些用翠鸟的羽毛做成的画镶在框里挂着。乐师则坐在舞台上。此地也是人山人海，不过人的素质比上一次要高不少，并且有许多官员在场。

昨天我们再一次进城，因为我们听说那条住满银行家的漂亮街道打铜街（外国人称之为朗伯德街[②]）也在为庆祝华光诞而办灯会。这条街道装饰得美轮美奂，极尽奢华，远胜于我们去过的十七甫和双门底。跨街搭建了棚架，顶上铺了漂白的卡其布，用于防雨。巨大的花灯就从棚架上悬吊在街道

---

① 双门底，广州市旧地名，现在的北京路，曾处于老广州城的中轴线，市井繁华，商贾云集，被称为“岭南第一街”。——译者注

② 朗伯德街，伦敦金融中心。——译者注

的中央。许多花灯非常漂亮，有些装饰着各种绸带和穗子。街道的两边成排地挂着圆球状的玻璃油灯。花灯和玻璃油灯距离只有几尺。这条长街的一部分完全淹没在花灯、玻璃油灯和五彩绣球的海洋中。无数的彩绸从街道两边拉向街道的中央，汇聚成一个个巨大的彩环，两旁悬着彩穗，令人叹为观止。色彩的搭配美妙绝伦，浅灰和粉红搭配，深黄和蓝色搭配，枣红和粉红搭配，诸如此类，变幻无穷。在街道的另一端，用丝绸和彩纸捆扎成各种造型，有双色的柑橘，有白鹳，还有各种花卉，也可以看到鲜花摆成的各种图案，花朵排列得非常紧密，以便形成浓重的色彩效果。有些花灯的尾端装饰着鲜花摆成的图案，还有一些灯上装饰着翠鸟的羽毛。

我们继续往前走，看到许多画着各种古怪人物的图片，一张一个故事。有一张图片上面是一条船，在随波起伏，船上坐着一些人，另一些人则以各种姿态站着。有一些画上有50多个人物，每个人物高1尺以上。我觉得其中有一张很有意思，一位公主在算命，她坐着，周围站立着侍仆，每个人的位置都安排得恰到好处。这些画大多表现的是华光的故事。

观灯的人越来越多，又出现了一些粗鄙之人，我们不禁庆幸早早就进了城。我们是下午5点半来到灯街的，那时太阳刚下山，人们刚刚把灯点亮。7点刚过，我们就离开了，因而避免了小偷和其他坏家伙的骚扰。

Letter 28

白云山远足：流动剃头匠的行头

广州，1877 年 10 月 21 日

亲爱的妈妈：

上个星期四，我和亨利去白云山远足，甚是惬意。我早就盼望有这样一次郊游。那天上午秋高气爽，我们感到待在家里真是辜负了如此美丽秋色。于是我们叫来了登山轿子，11点便出发了。这种登山轿子十分轻便，每副轿子配4个苦力，走起来健步如飞。我们很快地穿过广州城，来到了北郊的I-ling-Miu。抬轿子的苦力在街边的小吃摊前停下，打算先

街头小吃摊

吃饱喝足，然后再进入旷野。我和亨利也从轿子上下来，坐在一棵枝繁叶茂的大榕树下，饶有兴致地看着从城里进进出出的路人，他们有些也来到街边的小吃摊小歇，喝茶，吃点心，或吃碗米饭就煎鱼，或喝碗汤，或是吃点水果等等。

歇了约一刻钟后，苦力们恢复了体力，我们继续上路。下一个歇脚处是一座很大的穆斯林寺庙，当地人称作清真寺。里面有一座十分神圣的钟形墓地，据说墓中为穆罕默德舅舅的遗骸。休息之后，我们沿着狭窄的小路继续前行，一片片稻田和黄瓜园在路两旁延伸开去。终于，我们来到了白云山的山脚下。稍稍休息后，我们开始登山。

从沙面岛到白云山最高的寺庙，我们花了3个小时。那天天气真不错，阵阵秋风吹来，令人神清气爽，如同十月的布莱顿。因为刚刚经过前段时间的酷暑煎熬，我们尤其珍惜这一好天气，感到格外舒服，犹如又有了生命力。

我们沿着蜿蜒的山路上行，欣赏着眼前这片由开阔的城市及近郊组成的美丽画面，它们如同一张活生生的地图在我们脚下铺展开来。广州平原广袤肥沃，珠江的无数支流为其提供了充分的灌溉水源。整个景致非常令人震撼，矗立的高塔为这片景色抹上了地道的中国色彩，而当登上山坡，看到这座山与比邻的山上到处都是墓地时，这片风景的中国色彩更为浓烈。

众多的坟墓建在山坡旁，大大小小，五颜六色，建筑材料各有不同。坟墓的大小取决于所葬之人的官位大小。如果是位高官，其墓规模宏大，高高的柱子竖立在通向其坟墓道路的两旁，柱子上刻有其生前官职的徽标。在一处，我看见了一座巨大的坟墓，墓前的石雕群十分壮观。这些石雕群中

白云山上的坟墓，约1870—1875。黎芳 摄

排列着不少真人大小的侍从和动物雕像。我估计在通向坟墓的道路两旁各有6具这样的石像。靠近坟墓有竖立的石柱，一圈小石狮环绕在石柱周围。这些坟墓色彩各异，有些是淡淡的红色，有些则是深深的瓦灰色，也有些是纯白色。有些山丘几乎全被坟墓所覆盖，从山脚到山尖，没有一块空地，而另一些山丘上则是空空一片，或者只有两三座坟墓散落其中，大概是因为风水先生说过，此处不是适宜安葬的风水宝地。由于人一旦下葬后应该永不被侵扰（除非其子孙犯有大逆不道之罪，其尸骨可能被刨出），同时，如此大的坟墓中通常只埋葬一人，可以想象，这片广阔的埋葬地有多少坟墓，应该有成千上万了吧。

这些坟墓无论规格大小，所用材料为何，其形状均采用希腊字母欧米加（Ω）形或马蹄形[①]。为什么中国的坟墓会建造成这种形状，没人能给出满意的答案。一种说法是，中国人也许知道，欧米伽是希腊字母表中的最后一个字母，代表

① 参见第三封信件的插图。——原书注

着结束的含义。众所周知，是腓尼基王子卡德摩斯把字母欧米伽连同其他5个字母加入进希腊字母表的。至于卡德摩斯从什么地方得到这个字母虽有待确定，但人们通常认为他是从东方的古埃及得到的。有人声称，古埃及和中国有过交往。如果这点是肯定的，那么很有可能古埃及是从中国人那里借来的欧米加。有一事实不容忽视，即埃及和中国这两个民族都曾经使用过漏壶（或水钟）来计时，这也可以进一步证明曾几何时古代的埃及人与中国人有着交往的经历。

白云山上共有13座寺庙，都坐落在极为幽雅的环境之中。身处其中，不禁让我心生感叹，希望炎热的夏日能在其中一座寺庙里待上一个星期，那该有多好。通往山顶的小路十分狭窄，一次只能允许一抬轿子通过。在上坡的陡峭地方，人们铺上了石头台阶。这是一位中国女士捐资完成的，作为对开银号的丈夫贪污公款恶行的赎罪[①]。

石阶很陡，这些苦力扛着我们上山实属不易。我们终于爬到了山上最高的寺庙，在那里休息了好几个小时。凉风吹来勾起了我们的饥饿感，我们打开带来的简单午餐饱饱地享受了一顿。寺庙中有专门留给来客使用的房间，并安排了一个和尚伺候来庙的客人。我们看见，这些客人也像我们一样在庙中休息了几个小时，也在这里吃了野餐。这个寺庙坐落别致，当你走近时，古色古香的中式双重屋顶在树丛之中别有一番诗情画意。

我们吃完午饭后开始下山。不久，来到另一座寺庙。我

① 在中国，修桥，筑路，为小路铺花岗岩石，在陡峭的山路铺设台阶，在马路边修建路人休息处，为穷苦人夏送凉茶冬送姜汤等行为，均被视为积德行善。——原书注

觉得，相比我们刚才休息过的寺庙，这座寺庙的环境更为优雅。人们称之为郑仙翁祠，是为了纪念郑安期而修建的。郑安期生活在公元前246年左右，曾是朝廷的一位高官。当时的皇帝派他来到白云山寻找长生不老的草药。据说，郑安期来到白云山，看见山坡上长满了长生不老的仙草，满心欢喜，立即摘下一株就吃。但他刚吃下这株仙草，山坡上的所有仙草一时间全部不见踪影。郑安期后悔莫及，万念俱灰。为了躲避皇帝的雷霆之怒，他穿上隐士的服装，决定在深山老林中度过余生。最后，他厌倦了生活，从一块大岩石上纵身跳下，了此一生。但是，据说当他身体坠崖时，一只仙鹤在空中救了他，将他载入天堂。人们在他跳崖的大岩石处建起了这座庙，每年的农历七月二十七，成百上千的信众都来此，祈求郑仙赐予健康和长寿。

亨利过去曾在这个寺庙中住过，与庙中那三四个和尚混得很熟。他们热情地向亨利问好，并兴致勃勃地与他交谈起来。趁他们谈得火热，我饶有兴趣地观看一个挑担的剃头匠为庙里一个和尚剃头。

这些走街串巷的剃头匠在中国十分常见，兢兢业业地从一个村庄到另一个村庄，从一座寺庙到另一座寺庙。他们头戴宽沿草帽，上着宽松的衣衫，下着飘逸的长裤，肩挑一根竹扁担，走在乡间的小道上，构成了一幅美丽的乡村图案。扁担的一头挂着一个微型“五斗橱”，里面装着剃头刀、刷子、梳子和赚到的钱；扁担的另一头挂着一个木制的洗脸架和面盆。我在这里没有提到肥皂，因为中国人刮脸从不用肥皂。刚才提到的那个微型“五斗橱”，在理发时就成了顾客坐的凳子。

流动剃头匠

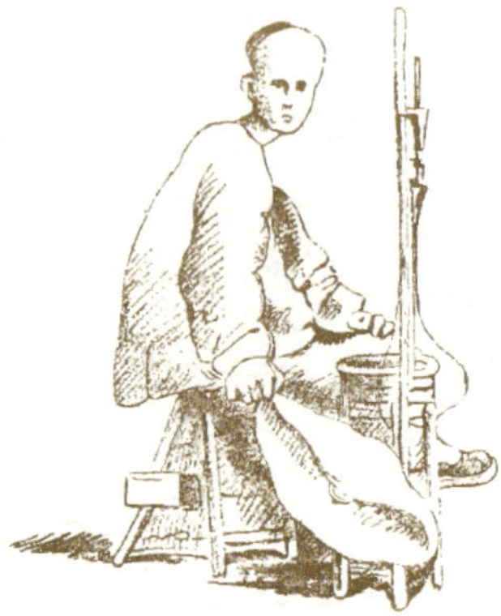

流动剃头匠正等待顾客

在上山和山顶散步时，我发现了不少可爱的蕨类植物，满心欢喜，惊叹其种类能有如此众多。回程时我们选了一条不同的路。我们想从东城门入城，便抄了条近路，结果却大失所望，由于天色较晚（过了晚上7点），东城门不仅关闭，而且城门的钥匙已上交至驻守将军。别无他法，只能绕道，在漆黑的夜晚穿过北郊和西郊。我们沿着东城墙根的一条小道前行，但最终还是迷了路，跌跌绊绊穿行在一大片小圆土墩之中，结果发现那是一片坟堆。在轿子中坐着的我被颠簸得几乎翻倒出来，只得爬出轿子，拖着疲惫的脚步，开始登山。好在此时月亮从云中露出，我们可以辨别脚下的路。跌跌撞撞地沿着山顶一条狭窄的小径行走，终于来到了城郊。

又能走在被灯笼照亮的街道上了，我的心情好了起来，开始欣赏许多我之前未见过的景致。回到教堂后，我们匆匆吃过晚餐，便直接上床就寝。

Letter 29

校场：军事检阅的大场面

广州，1877 年 10 月 22 日

亲爱的妈妈：

上星期二我们去了中国的校场，听说那儿要举行军事检阅。校场有两个，一个供汉兵操练，另一个是专为八旗驻军操练而设的鞑靼校场。

我们去校场的那天是检阅的第二天，受检的士兵为步兵。在校场的一端搭起了一座高台，上面放着一张盖着红布的桌子，桌后一如以往坐着一名武官，桌边挂着一面红旗。在高台的左边有另一个用砖砌成的台子，涂成皇家专用的黄色。人们就在这高台上用击鼓的方式指挥军队调动。对我来说，很难向您准确地表述我们所见的奇特表演。它们就像在英国剧院舞台上的演出，我只能不断地提醒自己，呈现在眼前的是真实的生活，而不是一晃而过的演出。

我们早晨7点到达校场。刚到时，我们看见三四个形状古怪的东西高高耸立在远处。起初，我们无法想象它们到底是何物。等走近才发现，它们是用盾牌垒起来的尖形物，代表着堡垒。我们走到它们后面，发现这些盾牌原来是靠人扶着才耸立起来的。共有三排人扶着盾牌，第一排跪在地上，第二排半蹲着，第三排直立地站着，最后由一人举起一块盾牌，形成堡垒的尖顶。

在这些盾牌堡垒的后面站着整装待发的士兵。随着一声号令，他们从堆积的盾牌后冒出来，通常两人一组，来到堡垒前面。然而他们并非如我们想象的那样双脚大踏步前行，而是一蹦、一点、一跳地冲到堡垒前面，类似于欧洲杂技演员在赛马场上登台表演。这些士兵们一会儿手持着短刀或短矛，一会儿又手握大头棒或双刃剑。通常两个比武的士兵手持不同的武器，一人手握长剑，一人手持竹矛。

有时两个比武的士兵手持盾牌上场。每面盾牌上都画有色彩鲜艳的可憎面孔，就如同我们在伦敦水晶宫看到的展品一般。接着，其中一人的盾牌掉在地上，为了保护自己，不得不赤手空拳对付仍然持有盾牌的对手。那个持有盾牌的人接着就会做出被击倒状，在地上打几个滚，在对手再次出击之前重新站稳脚跟。如此几个回合，两人轮番在地上滚来滚去，这种奇特的场面让我们忍不住大笑起来。这些士兵打斗时，用脚的频率不亚于用手。他们相互用脚踢打对方，往往先用脚开始进攻或防卫，并用脚做出各种各样的滑稽动作，使得我们一次又一次地联想起英国的杂技演员。

他们的服装，或许应该称它们为军服，也非常引人注目。那天八旗兵和汉兵都要参加检阅，我们来到校场时，正操练的是八旗兵。八旗兵由八面颜色不同的旗帜领队，所有的八旗兵都享有某些特殊的权利。每队士兵身穿的军服色彩都与所属部队的旗帜色彩一致。这些士兵都穿着宽松无袖的短上衣。第一队士兵的上衣为红色，第二队为黄色，第三队上衣为深蓝色，第四队为白色，后面的都按照各自军阵旗帜颜色以此类推。他们身穿的马褂均为白色，长筒袜的颜色则与其宽松的上衣颜色一致。脚上穿的靴子很高，均由黑布制成。每一队士兵最前方都立着一面巨大的旗帜。

我们看着看着，惊奇地发现在假设的堡垒上方出现一名士兵，从堡垒上跳下，冲向假想的敌人。类似这样，两人或四人格斗完毕后，队伍向前推进，从金字塔形的盾牌堆中捡起他们的盾牌。这时我们才发现这些盾牌后面竖着一架梯子，乍一看，那些如同杂技演员般的士兵好似在成堆的盾牌上休息，其实是站在梯子顶尖。这一检阅以一场常规格斗结束，然后已受阅的部队撤向校场的远端。撤退过程中，士兵们并不迈着整齐的步伐，也没有任何秩序而言。领头的士兵手中高举着巨大的旗帜，其余的士兵身后绑着旗袋，里面插着许多小小的旗帜。这些士兵向你走来时，小小的旗帜在他们的肩头上跳动，很是让人好奇。我们不由自主地跟着他们来到校场的一角，观察他们如何把手中的盾牌放在地上堆起来。原来他们是形成一个圆弧，每个人都在圆弧上有特定的位置，走到自己的位置时，就把手中的盾牌放在地上。更多的模拟格斗仍在继续，这边弓箭手排成一个半圆形，那边刀剑手排成两排，开始刀剑操练。他们先把刀剑舞向右边，然后又舞向左边，并发出一阵奇怪的嘶喊声。接着，他们单膝跪地，左胳膊挽盾牌，右手把刀剑舞向各个方向。

这时，我们得知还要过两个小时才开始炮兵演练，于是索性离开校场坐轿子回家。刚才在校场时，轿子实在是帮了我们大忙。当没什么重要的操练时，我们干脆就躺在轿子中休息。在观看操练期间，一直有两个高大的八旗兵手持皮鞭为我们挡道，阻止人群挤向我们，但在我们离开校场前，人们已经有些按捺不住了，开始给我们找麻烦，我们很庆幸选择了离开。

上个星期四早晨6点，我们又回到了同一校场，因为听说那天的检阅规模更大。到达校场时，我们发现这个说法一点都不假。在校场一端高高筑起的建筑中坐着20名官员，其中19名头戴蓝色的顶珠，为首的官员帽子上装饰的是一颗令无数人垂涎的红色顶珠。

这天的观众要比上次多得多，校场中的军事氛围也比上次更强。当我们到达校场时，1000多名强壮的步兵正在校场的远端集结。在他们的前面是一队骑兵，等待着检阅。在场地的中央，一条凹进地面的骑兵跑道穿过场地向前延伸，操练将在这里举行。跑道的两旁间隔竖立着一排红色长杆，杆顶呈圆形，作为射击训练用的靶子。场上还竖立着一些较矮的靶子，约半米高，作为射箭训练之用。官员们所坐的帐幕前方不远处站着3个人，手中举着不同色彩的旗帜。在他们的身后是迎风招展的皇家军旗。

这时，巨大的击鼓声从我们左边高高的砖垒传来。3个举旗手中的一人将一面深蓝色的旗帜向下一挥，一名骑兵从场地的一端一跃而出，沿着凹陷的骑兵跑道向另一端飞奔而去。骑兵一个接一个飞速而过。有时骑马的人是弓箭手，飞奔时拉弓放箭射向小靶。有时骑马的人是配有中国式卡宾枪的重骑兵，在骑马奔驰时用枪射击较高的靶子。

最有趣的是一项马术特技表演，由一名骑兵身穿与军阵旗帜颜色相同的斑驳军装，在马头上进行表演，其效果与欧洲演员在赛马场上为取悦观众而进行的特技表演一模一样。鼓声擂响，令旗向下一挥，一匹瘦小的中国矮型马飞跃而出，背上驮着的绝对让人想不到是一个活生生的人，因为你根本看不见那骑手，能看到的只是他的轮廓，以及有时候从马背上伸出直指空中的一条腿。骑手正仰卧在马背上，一只腿横向一边，另一只尽可能高地伸向天空。不一会儿，另一匹马冲了过来，马身的一侧挂着骑手，头紧靠着马脖子，双腿直直向后延伸，身体与马身平行，没有马鞍支撑。接着，又一匹马从旁边飞驰而过。这次的骑手挂在马的另一侧，所以看起来好似无骑手一般。马到达跑道的中心位置时，这个骑手突然跳起，一下子站在了马背上。我们还见到又一匹飞奔的马儿，它的骑手站在马背上，但突然跪下，双手击掌，然后猛地一扭身，竟然面向马尾骑在了马脖子上。亨利告诉我，这类的军事演习完全模仿了哥萨克的训练，说明这两个民族有着密切关系。

马术表演结束后，场上的靶子都被清除，场地另一头的部队开始移动，射击训练开始了。一些人扛着长长的杆子走上前来，把它们插在地上，并把钉在杆子上的大画布展开。我们发现，这些由杆子、画布组成的竖立的物体代表着城墙。墙面为深灰色，中间画着白线，代表砌城墙的石头。城墙上有鲜红的城门，城门上点缀着点点的黄铜门钉。一群手持海螺的人走上前来，站在我们前面，这里离官员所坐的高台不远。这些手持海螺的人大约有20个，穿着肮脏破旧的服装，他们开始吹海螺，发出令人沮丧的声音。高台上乐器齐鸣，鼓声擂动，红色的城门打开，扛着旗帜和滑膛枪的步兵冲出城门。这些枪十分巨大，需要两个人来扛，一人扛枪口，另一人扛枪托。士兵开始前进，形成一个圆圈，然后又变成多个纵队，每队前方的领队都举着不同色彩的旗帜。穿着不同颜色军服的士兵不断重组成不同军阵，形成极佳的视觉效果。

每阵的领队手举小旗站在本队稍前的地方。他们手中的小旗向下一挥，本队的士兵便开始射击。然后这些领队半跪下，继续挥动小旗指引射击方向，指挥士兵在场上运动。距假城墙不远处有一面巨大的鼓，鼓声一响，射击便立刻停止。那些使用滑膛枪的士兵在准备射击时，动作十分夸张有趣，他们右腿一大步，左腿一小步地前进，先是扛枪管的人弓起身子瞄准，接着是扛枪托的人弯下腰来瞄准。射击停止后，士兵在低沉颤抖的海螺声中集队穿过城门。此时高台上再次响起嘹亮的鼓声，宣告阅兵式结束。八旗兵体格宽厚魁梧，看起来活泼开朗，聪明伶俐，要比城里的汉族居民更招人喜欢。

Letter 30

斗蟋蟀：大盘的赌局

广州，1877年10月29日

亲爱的妈妈：

上个星期我们下定决心去了趟早市。早市位于一条称作贤梓里的街道，每天早晨6点至8点开市。早市很值得一看，囊括了无数各式各样的商品，如瓷器、玻璃用品、服装、二手鞋子、大量的珍贵玉器、钻石和其他珠宝。这些珠宝和玉石饰品陈列在露天的摊位上，瓷花瓶、玻璃制品、装饰品等等则摆在街道两旁店铺门前的地板上。一些商贩由于没有摊位陈列他们的东西，只能把漂亮的二手刺绣旗袍摊在自己背上或搭在胳膊上边走边卖。

早市必须在早上8点钟之前散市。许多在早市上出售的珍贵物品来自典当铺，作为到期未被赎回的物品出售。亨利告诉我，在陈列的物品中有很多是窃贼偷来的物品。窃贼们头天晚上得手，第二天一大早就把赃物带到早市，以期在还未被发觉之前出手。

虽然我们很喜欢那些玉器，但不敢出价，因为不懂行的人很难对玉器估价。玉器的价值千差万别，一件手镯也许只值8块，而另一件却值2000块，而对我们这些外行来说，这两件玉器没多大差别，甚至买了次品自己还不知道。

我们买了几件小东西，包括一件刺绣的女式圆领衫。然后，我们又重新坐上轿子，去北门外观看中国人业余生活中最喜好的一种游戏——斗蟋蟀。我们走了相当长一段路，才到达斗蟋蟀的场地。已经有不少人凑在搭起的小棚周围，大多数人看上去是下等人，但也不乏上层人士，包括八旗军官和政府官员。在这类赌博中，钱财如水般哗哗流走。走进最大的一个棚子，我们看见一个垒起来的高台，上面有一个柜台。一些人坐在柜台后面，受雇在那里为蟋蟀称体重，称钱币重量，记录赌局，接受每局双方下的赌资，每局结束后按一定的百分比扣除本棚的开销，然后把钱付给胜方。这个棚子里挤满了人，每个人手中都抱着一个小小的瓦罐，瓦罐上盖着一块布，罐里装着来参加比斗的蟋蟀。每局比斗所下的赌资可大可小。我们在那里也就待了一小会儿，就有好几百个铜钱易手。

我们接着走进一个较小的席棚，里面大约有两到三间房间。我们在一张圆桌旁停下。聚在圆桌周围的人看来都属

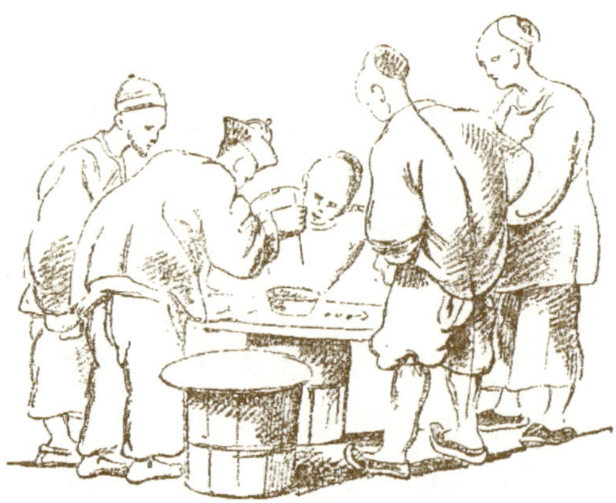

斗蟋蟀的人群

于社会下层，但对我们都很客气。这时，两人从外面的大棚子进来，每人手中端着一个小瓦罐。他们打开瓦罐，检查里面的蟋蟀，确定它们为同种的蟋蟀后，这两只蛐蛐叫的斗士就被放入桌上的一只瓦罐中，争斗就此开始。蟋蟀的主人手持羽毛笔，撩拨罐里的蟋蟀，使天性好斗的它们很快就互不相让地斗起来，在相斗中丢大腿损翅膀是常有之事。起初，这两只蟋蟀沿着瓦罐壁一圈圈地走，然后双方猛烈地冲向对方。由于冲劲过猛，双方常被冲得一下子仰面朝天。如果其中一只蟋蟀3次被对方打得逃跑，裁判就会裁定该方输。

围站在桌子周围的人在斗蟋蟀前可以为其中一只蟋蟀下赌注。赢了的蟋蟀被主人带回家。蟋蟀通常可活100天，但如果精心饲养可活至130天，死后被放置在小小的银棺材中，由主人秘密地埋在山坡上。到了第二年的初夏，蟋蟀的主人在夜间最适宜捕捉蟋蟀的时辰到山里去，找到上一年埋葬获胜的蟋蟀的地方，在那里捉上几只蟋蟀。他相信，死去的获胜蟋蟀会在同一地点把自己的勇气和精神传给附近的蟋蟀。

1857年，当英国与中国开战时，英国皇家军舰驻守黄埔港以封锁珠江。一天晚上，其中一艘军舰的舰长发现有一大帮中国人冲向附近的山头，于是他命令其士兵登陆，也冲向山头，向敌人进攻。那些上了山的中国人手提着灯笼，也带着武器，这是因为在那个地方夜间不带武器极不安全。在受到攻击后，他们向英国士兵射击。双方都有受伤，包括舰长本人也受了重伤。然而当受了重伤的英国舰长靠近敌人，才知他的对手实际上是一群到山中捉蟋蟀的村民。

在我不再聊斗蟋蟀这个话题前，我必须告诉您一件引起我特别注意的事情。我想，这件事也会让您大吃一惊。在这里，不少寺庙的和尚也热衷于这一赌博游戏。有一天，在大通古寺的休息处，我们遇见了从东莞县偏远地区一座寺庙专程来广州斗蟋蟀的一位高僧。他带来6只蟋蟀，有一只表现不错，连胜几场，也为他赢了600块。这对于一个出家人来说已是相当可观的一笔钱财。我们见到他时，他正春风得意地返乡。

我想我还没有告诉您我是怎么度过刚过去的两三个月的持续高温的。有时简直闷热难熬，尤其是晚间。如此闷热的天气，我们在蚊帐里几乎不能呼吸。所以八九月，我们干脆就不用蚊帐。在这两个月中我们并没有受到蚊子干扰，也许是天气太热，这些吸血者也受不了，跑到室外乘凉去了。晚饭后，我们感到屋里太闷。这恐怕主要是我们阳台对着一排又矮又粗的榕树造成的。于是，我们走出屋去，坐在榕树底下乘凉。您看见我们那番场景也许会觉得有趣。一只挂在榕树树枝上罩着玻璃的灯笼给我们照明。我们的4条狗，两只短毛中国种，两只长毛犬，懒懒地躺在我们身旁。可怜的家伙，看来它们在这炎热天气中受罪不少。晚上9点钟，我们的一个侍童从屋里给我们搬来一张茶几，另一个端来了装着茶具的托盘，我们就在露天品着茶。偶尔从江面上能刮来一阵小风。总之，在户外我们不会感到如屋里那样闷热。况且，在有月光的晚上，江面的景色是如此的迷人。

Letter 31

再观校场：三年一度的检阅及战利品

广州，1877年11月6日

亲爱的妈妈：

上个星期我们又去校场了。这次是参观三年一度的检阅。观看检阅的有总督大人、广州将军和省里的主要官员。这次我们预约了一艘便船，一早来接我们，这样我们6点半就上了船。很幸运，顺风顺水，在7点半前就到达了校场。上岸后，苦力扛着我们的大竹椅跟在后面。按以往的经验，在这样的场合最好带上自己的椅子。

我们进入校场，看到一派热闹的景象。许多骑兵聚集在场地的一端，各个营队的旗帜十分鲜艳夺目。检阅本来在6点左右就应该开始，但是我们到达之后整整1个小时，总督大人才露面。从最后一批官员聚齐，到这位广州第一大官在校场落座，这之间又是长时间的等待。总督大人、广州将军和许多高官在主看台就座。在其边上又立起3个临时看台，左边的看台坐着官员的儿子，另一看台供浩官家族享用，第三个位于主看台右边，是为外国人准备的。这一规划很像英国的赛马场，主看台和其他建筑都在场地附近。

这次检阅的规模要比我们前次所见的大得多，但检阅的内容却与前次检阅大同小异。所不同的是，增加了在总督大人面前的摔跤比赛以及年轻的鞑靼男孩的射击训练。这些男孩年龄都在8岁至12岁之间，长得好看，身体也很强壮。他们5人一组前行，每组的服装色彩为8种旗帜颜色中的一种。他们头戴着军帽，两条狐狸尾巴从军帽上垂下来，搭在身后。他们的军事教官位于中心位置，身后背着一个小小的旗兜，里面插着一杆小旗。每组孩子到达总督大人的正前方时，他们停下脚步，个个身体挺得笔直，形成一个圆圈，然后一个接一个轮流地站到教官前面，端直小卡宾枪进行射击。当一组5人的全部动作完成后，他们齐步离开，后一组的5人簇拥着自己的教官走上前来，进行相同的操练。总共有大约12组男孩和他们的教官在总督大人面前进行了表演。然后他们集合，一起走向总督大人。总督大人向他们致以亲切的微笑。他们每个人都得到一枚银质奖章。这些孩子是军人的儿子，这一身份在他们身上表现得淋漓尽致。亨利告诉我，这些孩子将来都要参军入伍，故而从小就接受军事训练。300年来，广州的八旗驻防部队也借此不断地得到加强。

这次的受阅军队都是八旗兵。此外，所有的官员，不论职位高低，年龄大小，其射箭技术都必须受到检验，其中有些官员已近70岁的高龄。看着这些官员走到总督大人前面不远的一个小台子上，神情肃穆地一个接着一个地拉弓放箭，我们真是觉得又奇怪又有趣。他们要射的靶子从我那里看离台子不远，台子上铺着一块小红布，即将射箭的官员踩在这块红布上，另一个准备射箭的官员紧随其后。其他的武官武将们根据官阶，两两一组在后面排成一队，慢慢地向小台子挪动。

我感到吃惊的是，中国人使用弓箭的方法与欧洲人非常相似。箭的顶端为锋利的铁尖。每人背着一只箭袋，里面装着5枝漂亮的箭，箭羽用斑雉的羽毛制成。他们使用的弓很大，用白蜡树制成，并用蛇皮裹着，作为装饰。靶子也很大，如门板的形状，上面有3个红色的靶心，等距离地相隔开来。靶子用白纸盖上。箭击中靶子哪一部分好像并不太重要，每次只要箭射穿白纸，锣声便会响起。

您千万别认为这些官员看起来像武官。他们身穿蓝色华丽的丝绸长袍，精美刺绣的白色或浅蓝色内衬，斜挎着漂亮的香袋，据说囊中的香具有驱邪的魔力。他们脚上穿着高筒黑色缎靴，白色的鞋底出奇的厚（大约有7到8厘米），再加上戴着红边穗的官帽，这就是他们从头到脚的装束。第一批射箭的官员头戴浅蓝色顶珠的官帽，官帽上挂着乌鸦的羽毛。其他官员按照官帽上的顶珠颜色顺序出场，依次为深蓝色、水晶色、白色和金色。

所有能五发四中的武官会得到总督大人赏赐的用白纸包裹着的两匹丝绸。在总督大人的桌子边有一张长桌，桌上放着一匹匹的丝绸。一名高官从长桌上取下丝绸作为赏赐，受赏的武官单膝跪下，从高官手中接过这些丝绸，并一头磕到地，然后将所得的丝绸高高举过头顶，以感谢恩赐给他们礼物的皇上。五发三中的武官只能得到一匹丝绸。还有一个武官，五发只中了两箭，什么也没有得到，只能乖乖退下。

说实话，我很难向您表述这些官员竭尽全力所保持的尊严及庄重表情。所有的武官都必须接受3年一次的检阅，直到他升到将军位子。检阅的结尾与上次相仿，炮击表演，骑兵单列，围圈训练，竖起城墙，在鼓声、螺号声和其他乐器声中冲入城墙。

Letter 32

回娘家：新婚的礼数

广州，1877年11月10日

亲爱的妈妈：

自从上次给您写信后，我和敏妮去参加一个新娘子回娘家的仪式。这是当地的风俗，新娘在结婚3天后必须离开夫家回娘家探望。他们说，新娘将在上午9点坐轿子从夫家出发，所以我们匆匆吃完早餐，紧赶慢赶，到达新郎（他是一个医生）的家时也已经9点半了。可是正如中国人一贯的不守时，即使我们晚了，新娘的起程还远没有准备好。我们只得在街对面新郎父亲的另一所房子里坐了1个多小时，然后才被邀请进入新郎的家。

我们走进新婚夫妇的房子，看见所有按习俗该准备的礼物都已准备得当，正要把它们送到新娘的娘家去。这些礼物包括10只烤猪，放在敞开的红盒中，还有的盒子装有各种水果、糕点和大捆的烟花爆竹。身穿红色宽松衣服的担夫把这些礼物悬吊在竹竿上，一晃一摇地抬向新娘的娘家。礼物送走不久，新娘来到我们坐着的客厅。她身穿镶金的红色婚礼服，头戴一顶凤冠。凤冠周围挂着珠帘，几乎遮住了她的脸。她走进屋时，双手相挨，高高抬起，遮住了她的脸。这是中国习俗，表示新娘害羞。在她身边各站着一位女仆，搀着她的胳膊，扶着她在祖宗牌位前跪拜。然后新娘走向我们，跟我们问好，然后向在场的一众小姑子问好。新娘今年只有16岁，新郎17岁，新郎的几个姐妹都不到20岁。新娘裹着小脚，当然也是新郎的第一位夫人。可怜的新娘，她靠着那双被裹着疼痛无比的小脚站了几乎两个小时。她不时地把身子靠在两个支撑她的女仆身上。这时新郎的父母进来了，新娘立即在他们面前跪下，给他们磕头。

接下来是有趣轻松的环节。所有的年轻人都走到新娘前拿她取乐，我的小翻译告诉我，这些取乐项目包括问她要糕点，还说她太吝啬了，都不愿多给一点。一群人紧紧围着新娘，对她开玩笑说，她今后的生活会很苦很苦，她的丈夫会经常打她等等。

大厅中不时响起一阵阵喧闹声。没人理会我，这样倒是省心，我能静静地坐在那里，观察在传统习俗和礼仪下这个家庭的欢乐时光。我觉得，新郎因为我没有加入闹新娘而有点失望。但我如何能参与进去呢？由于不懂汉语，我在这里只能有嘴难开。

家里一些人故意把花轿给藏了起来，这是在新娘回娘家这天必开的玩笑之一。新娘周围的人大声说，新娘干脆就别回娘家了。新娘话不多，但能看出来，她对成为新娘并受到大家的关注而高兴。新郎问我对新娘印象如何，是否觉得她漂亮。我让我的小翻译用尽可能恭维的口吻回答：当然漂亮。但当新娘把盖头撩起后，我发现她实际上并没有那么漂亮。

新郎的父亲还不足45岁，却已有6个儿子。新郎和5个兄弟都是医生，最小的16岁，也是家中唯一还未婚的男子。他正接受医学职业的训练。

此时，大门外传来了喧闹声，我想花轿终于来了，但发现是担夫把装有部分礼品的盒子从新娘的娘家抬了回来。根据习俗，所送的猪头和猪脚都要被剁下，放在盒中送回，送回的东西还包括部分糕点和水果。有人取了些送回的水果和糕点给我，同时送上了第四或是第五轮的茶水。

快到中午12点，我已疲惫不堪，正打算起身告别时，一顶金色的大花轿来到门前，这抬花轿周身都装饰着如翠鸟羽毛般的景泰蓝小人像。

在别人的劝说下，我站上一条板凳，观看新娘进花轿。接着，她的侍者关上了轿门，使她终于躲开了众人粗俗的目光。轿子十分沉重，因为使用了大量的金箔和装饰，但轿子并非这家人所有，如其他家庭一样，轿子是租来用于婚礼的，租期通常为8天。按照规矩，新娘须当天晚上7点前回到婆家。

Letter 33

海盗出没：船民的武装

广州，1877 年 11 月 26 日

亲爱的妈妈：

上次给您写信以来，我一直处于惊吓中。我相信，当您听到亨利上星期天晚上逃过一劫时，您一定会如释重负的。

那天下午亨利大约5点坐船出发去黄埔，准备参加8点的晚祷。他的平底船走到半路，他发现前方有一条翘尾船挡在前方的水道上。亨利当时正坐在安放在船头的轿子中。由于前方没有遮挡，他能清楚地看到周围发生的一切，心里顿生一种不祥的预感。他还没来得及细看，一颗子弹就射过来，从他身边飞过。船夫们惊恐地大声尖叫：船上有个英国人！但话音未落，又一颗子弹从海盗的翘尾船上射出，打在平底船上。船夫们把头缩成一团，身体为躲避子弹全部倒向船的一侧。他们的举动使船失去平衡，亨利的轿子翻倒，将他向后抛在船上，眼看就有翻船的危险。亨利迅速爬起来，努力站稳脚跟，用汉语大声对那些人喊，为什么要向他开枪。脚夫和船夫也尖声喊道：船上的乘客是从钟楼来的外国人。海盗听到这话，马上调转船头，飞快地横穿江面，钻进附近的一个小湾。看来这些海盗是专门抢劫携带财宝的中国人的。

冬天的这几个月份是海盗经常出没的日子，对客船造成了很大的威胁。中国人很害怕这些海盗。当帆船驶入江中时，船上不仅武装起来，而且通常几艘船一起前行，相互尽可能靠近，航程尽可能同道，就算是客船也得武装起来。中国政府在消灭海盗上也下了很大决心，正如我在以前的信中谈到的，他们为此在炮艇上雇用欧洲军官。但要在江上彻底铲除海盗还有很长的路要走。一艘看起来无害的商船，时机到了就摇身变为一艘海盗船，所以中国人对任何船只都心存戒心。江上的抢劫多半发生在晚间，当夕阳西下，船民为了保护自己，便会把河涌口封闭起来。

天气转凉，早晚非常凉爽。对这一变化我满心欢喜。我们现在已在餐厅生火了，不久，我们每天都需要生火取暖。我刚让人去当铺取来我们的毛皮大衣，也许这一点在英国人听来很奇怪。夏天存放在当铺可防止被蛀虫咬坏。在自己家要想防止蛀虫非常难，几乎不可能，但在当铺中就相当安全。取回皮毛衣物时，只需向当铺的老板付上几块钱就可以了。

我很高兴皮毛衣服取了回来，因为从20号开始天气一下子发生了巨大的变化。那天，亨利去黄埔，早晨天气还是很热，但到了晚上7点半，北风吹来，不到两三个小时就变得十分寒冷。第二天早晨，谢天谢地，我们可以穿上冬装了。你知道，寒冷来临时，如同炎热一样让人无法忍受。我倒不是在抱怨天气，天气变化我很高兴，因为酷热的夏天终于过去了。

自从上次我给您写信后，我和亨利因为吃了一个朋友从澳门带来的牡蛎都病倒了。问过之后，我们才知道这些牡蛎在送到这里来之前已经开过壳，但仆人当时并没有告诉我们。只是我们病倒后，一个仆人才用非常蹩脚的英语对我们说：“这个牡蛎不对头，拿来时没有壳。”我们就因为这些坏牡蛎中了毒，我们的一个苦力也因吃了一些牡蛎病得不轻。食用澳门牡蛎而生病的情况并不少见，因为在澳门牡蛎生长的礁石中含有铜。我们只得去请医生，但即使在医生的照料下，我们还是病了3天。

我得告诉您一件发生在我们家中的趣事。几个星期前，一天清晨，我们的苦力走进餐厅发现关在里面的金丝雀不见了，鸟笼的横杠留下了几根羽毛。我十分气恼，询问我的仆人，什么样的动物能够穿过百叶窗爬进屋里，抓走我的小宝贝？他们的回答都是“一只猫”。亨利对此表示怀疑，他认为猫很难进入半关闭的百叶窗，但是我们的仆人和苦力一口咬定肇事者是猫而不是老鼠，而且明确指出是我们邻居家的那只猫。我们于是问他们，既然这么肯定，而且看见了，为什么不抓住它呢？他们回答说，那是一只非常凶恶的猫，他们没办法，只能让它逃走。在那之前，我曾吩咐把百叶窗关得更紧些，也一再抱怨我的命令没有得到执行。当我再一次提醒他们时，我的侍童用蹩脚的英语说：“那只猫不会来这边了，我敢肯定，它不会再来了。”就在刚才不久，我才从敏妮那里了解到了这事的真相。我们的苦力不仅捉到了那只偷走金丝雀的猫，而且还在那天早晨把它煮熟吃了。但他没有让我们知道，因为怕我们嘲笑他把仇敌拿来饱餐一顿。也许他已考虑到，如果这事败露，邻居会告他草菅猫命。

我们的侍童今年20岁，刚跟我们请了一星期的假，回乡下结婚。完婚后，他将把新娘留在乡下自己的父亲家，回去看她的机会可能非常少。就像所有的中国年轻人一样，我们的侍童在很小的时候就定了亲。在中国，很少能见到一个已过20岁还是单身汉的。如果有这样的人，一般会被认为是坏人。只有和尚和一些道士才终身不娶。

昨天我们信件大丰收，共有14封从英国的来信，包括那些本该上星期收到的。我们盼信时，焦急地等待着送信的江轮。若我们仆人回来说“这个房子没信”时，我们有多失望呀！

天气凉快，我们吃的食品也多了，肉食比以前嫩多了。我想您一定会有兴趣听到我们现在能吃到哪些食物。上海港可运来野味，我们已收到朋友从那里运来送给我们的野鸡、水鸭和野兔。经过900英里的路程，这些野味仍保存良好。现在我们有许多新鲜蔬菜，如豌豆、土豆、红薯、萝卜、胡萝卜和白菜。我们吃的应季水果有甜桔、胡桃、栗子、柿子、香蕉等。

我不记得是否告诉过您这件事。去码头要经过我们仆人住的地方，我们经常看见剃头匠在给仆人剃头，也就是把他的前额剃光，把后脑勺的头发修剪整齐并编成发辫。许多中国人的辫子又粗又长。当然这只是指年轻人和中年人。年纪大的人发辫中只有很少一部分是他自己的头发，其他的部分都是用丝来补足的。剃头匠还修剪顾客的眉毛，把它们修剪成细长线，并去除脸上和耳朵上多余的毛发。在中国，剃头通常是露天进行的，我常常在一边好奇地看着他们。

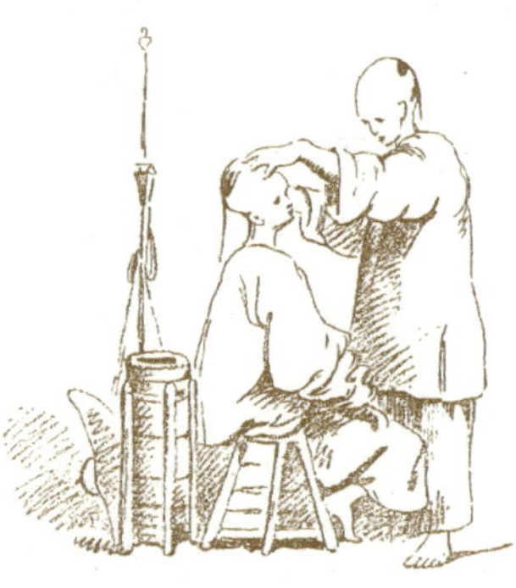

剃头匠在给顾客修剪眉毛

剃头匠在给顾客洗头

Letter 34

盗贼入室：幸得爱犬叫醒躲过一劫

广州，1877年12月6日

亲爱的妈妈：

真不知您能不能想象得出我们现在的情况。在离开英国前，我从未意识到这里的冬天会如此之冷。我敢说，没在这里实际待过的人无法想象中国南方的冬天会是这样。

我们已在卧室中生了火，但还是很冷，于是我们又去买了一面屏风放在床边以阻挡屋内的穿堂风。这个房子修建时主要考虑是能让夏天尽可能的凉爽，但反过来讲，这就意味着在冬天它很难挡住四面来的冷风。我们的几只狗晚间不能再在阳台上过夜了，只能两只睡在屋里，两只睡在楼梯最高的平台上。这样的安排在晚上常常惹来麻烦。一只小狗（我们已经把那只最小的狗送人了，因为它不愿和我们待在一起，而愿意一直待在佣人的住处）非常妒忌一只老狗，总不能安安静静地待着，非要把老狗赶到一个角落里，才能安静下来。它们在打斗前嗷嗷的叫声就足够吵得整个房子不得安宁。这些狗不论体形还是皮毛颜色都很像爱斯基摩犬。

我们的爱犬有一次还保护了我们的安全。不久前的一天，我们刚刚躺下睡觉，一只狗就在阳台上猛烈地叫个不停。我们俩都从睡梦中惊醒。直觉告诉我们，卧室里来了不速之客。亨利大声地用中文喊道："谁在那里？"这个入室盗贼在逃跑中一定是碰到了毛巾架，毛巾架来回摇晃，几乎要翻倒在地。毫无疑问，这个盗贼是从毛巾架旁边的一个开着的窗户逃出去的。手表和首饰都放在他进屋的那头，我们猜测他肯定已经知道这点。我很怕与中国盗贼发生冲突，亨利虽然十分强壮，但他无法对付这类盗贼。这些盗贼通常都带刀，他们的辫子是假的，上面布满了各类鱼钩。如果一个狱卒抓住一个牢犯，他常抓住他的辫子，并把辫子绕在自己的胳膊上。我就亲眼看到他们这样做的。所以我猜想，这些盗贼就是为了预防这一点而采用假辫子的。如果盗贼被捉，按照中国的律法将被砍头治罪，这样就使得盗贼变得十分玩命，如果遇到抵抗，会毫不犹豫挥刀杀人以期脱身。

前不久我们去郊游时，访问了一家名为檀度庵的尼姑庵。每天早晚，有50个尼姑在主殿的佛像前念经。要不是有人已告诉我们，我一定会以为那些围在我们周围的尼姑都是和尚，因为她们的穿戴与和尚非常相似，她们的头发也被剃掉，身穿宽松的外衣，脚穿白色的长筒袜和黑色的鞋子。据说，她们如此装束，是因为这样可使得她们在街上行走而不被注意。就在几天前，我们看见一个看似尼姑的人走进了一家英国人开的药店。但当我们询问刚才所见之人是否是尼姑时，那家药店的店主说，那是一位年轻的绅士。他曾立誓，要像和尚一般生活一段时间，所以把头剃了，穿着和尚的服装。

我还没有告诉您和尚外貌的一个特征。您只要稍稍注意就会发现，在和尚剃得光光的头上有几个小小的白色疤点。这些疤点是用点燃的香在他的头顶烫出来的，代表各种誓言。一个和尚要在其受戒仪式上发3个誓：清心、寡欲和顺从。此外，他还要根据自己的意愿发誓戒除一些恶习，如戒酒、戒肉、戒闹、戒赌等。最后一项是一些和尚欲罢不能的恶习，很多时候不少和尚竟会公然无视杜绝赌博这一戒誓。

我们在同一天还去了城隍庙。这里有很多反映地狱情形的塑像。这些塑像分别安放在庙里四方院子各边大大小小的隔间里。每个隔间里塑像的主题都是表现阎王审判的，周围是一群他的判官。在一间屋内有几个男人和女人的泥塑像，由于他们未悔改的罪行，阎王下令对他们进行各种折磨。在第二个房间内，展现了未尽职的和尚与尼姑受罚的场面。他们收了他人的钱财，本该为灵魂安息诵经祈祷，却忽视了自己的职责，于是被罚关在黑暗的塔中，只能借着昏暗的油灯去诵读字体很小的经文。另一个房间里，恶人被迫通过镜子去看他们重新投胎后的样子，他们将会变为野兽、爬虫等等。还有的房间里，杀人犯被水包围，但永远无法喝到水，用这种方式让他们经受干渴的折磨。每半个月，他们必须要经受一次被其害死之人所经受过的身体和灵魂的折磨。除此之外，还展示着其他各种各样的恐怖折磨，如被石轮碾压，投胎后再次被碾压，抛向钉床，头颅接上后又被砍头，在烧红的大钟下烧烤活人，大锯分身，下油锅等等。

实际上，所有这些展示都使我回想起我的保姆极力推荐的、我在年轻时十分害怕去读的一本书——福克斯的《殉道者名录》[①]。

---

①即约翰·福克斯的《最近这些灾难日子里的伟绩与丰碑》（*Acts and Monuments of these latter and perilous days*），一译《殉教者书》。福克斯是牛津大学玛格德琳学院院士，做过圣公会会吏。该书生动地叙述了1世纪到16世纪西方历史上基督徒为信仰而殉难的事迹。——译者注

Letter 35

沙面江边的噪音：礼炮、哭丧、争吵声

广州，1878 年 1 月 1 日

亲爱的妈妈：

上个星期有两三天特别暖和，我们的房子又变得十分潮湿。大厅的地面又湿又滑，就好像有人提了几桶水泼在上面一般。老住户都说，一年中的这个时候如此温暖潮湿，实属罕见。蚊子叮咬得让人无法忍受。它们在耳边嗡嗡直叫，我写字时它们就停在我的手上。

今天清晨，我们的仆人都来问好，并送上他们的拜帖。有好几个中国人也来拜访我们，并祝亨利新年快乐。在我们租界庆祝新年的第一天，来自各国的绅士都向女士贺年。由于亨利忙于新年拜访，我独自一人接待了许多来访的客人。

自从上次我给您去信，我们又到城里去了两三次，主要是去逛一条叫做西来初地的街道，在那里我们买了好几件红木家具。由于中国的春节临近，街道上在这个时候都挤满了出售各种物品的摊子，有卖服装的，卖鞋子和帽子的，还有卖古董的，古董常被买来作为新年的礼物。

其中卖水果的摊子尤其多，这些摊子常常围着一些男孩，他们和水果摊贩玩游戏，赌水果。摊子上卖的水果有柑子、香蕉、苹果、梨和花生。水果对男孩来说具有很大的吸

赌水果的男孩

引力，但更吸引他们的是他们与生俱来的喜好——赌博。他们宁可冒着丢失水果的危险，也不愿放弃投一把骰子的机会。在中国，对赌博的嗜好并非男孩独有，不少男人女人都对这一恶习有瘾。

我想我还没对您说过，我们偶尔会被军舰发射的到港礼炮声吓到。这些军舰落锚地离沙面岛特别近，礼炮发射后产生的震动之大，以至于我们的窗户都哐啷哐啷直响，窗户玻璃好似要碎了一般。上个星期天，亨利正在布道时，法国军舰上礼炮齐鸣，把我们吓了一大跳，这是为了欢迎中国的总督大人访问该舰。由于礼炮声拖得很长，震耳欲聋，亨利不得不中断他的布道，等炮声过了再继续。

这条江从早到晚都是那样充满了嘈杂声和喧闹声，尤其在汽船附近小船聚集的地方，我们所住的一端，噪音也大得不得了。特别是仲夏夜，卧室窗户都打开着，噪音使我们难于入睡。凌晨一两点，我们经常被中国船只起航时放的鞭炮声惊醒。住在船上的船民似乎没法睡整晚，而只能在日夜间隙抓紧补觉。

夏日，江上传来的喧闹声没让我们一刻安静过。如果某条船上出了丧事，亲戚立马开始哭嚎，并连续不断地隔一会儿哭闹一阵，直到去世的人下葬。这种哭嚎声在夜间是最扰人心烦的，但偏偏又是我们常常听到的声音。船民还经常争吵，吵到后来越来越激奋，争吵声变为尖叫声。这种声音有时持续10来分钟，有时能长达几个小时。船上的居住空间狭窄，全家人都挤在里面，这也许是造成船民焦躁不安和无法安睡的原因之一。

这些船民的生活多么奇怪呀！他们出生在船上，嫁娶在船上（船民之间的嫁娶），在同一甲板上常常生活着祖孙三代人。此外，他们死在船上，又用船把尸体运到墓地。当船民家中有人死去，尸体会被送到西边一个很大的墓地，离广州城五六英里远。

这些船民中的不少人是远洋货船或其他国家商船的水手，出海一次就长达几个星期或几个月。他们远航归来时，会在离开时的同一地点找到自己的船。这一点不奇怪，因为地方海事衙门有一个部门专门负责为各条船安排其在江上停泊的位置，这样每条船都会有一个毫无争议的停泊位。

水上居民一直以来都被岸上居住的人瞧不起，常被他们恶意地称作“水鸡”。

Letter 36

祭土地神：争抢土地爷的奖品

广州，1878年3月20日

亲爱的妈妈：

休息了两个月后，今天我又一次提起笔来。这两个月中没发生什么大事。大家都在庆祝春节，从除夕晚上8点到新年的凌晨，鞭炮声就没有停息过。大大小小的庙宇整夜都开着，挤满了香客。他们不仅感谢过去一年的好事，同时祈祷来年的好运。这个城市的耆老士绅都要穿戴官服参加祭拜仪式，同时该城的主要官员要领头祭拜官府所立的各位神祇。在每户人家，祖先的灵位和家庭认定的保护神的牌位在烛光映照下闪闪发亮。

在庆祝春节的那几天，所有的商店都关门停业，整个广州就如一座弃城。客船挤满了去乡下拜访亲友的男男女女。每到年关，总会出现许多颓废破败的景象。商店因无力偿付债务而倒闭，门上贴着宣告店主破产的字条，上面写明欠下的账目。所有的债务都必须在新年前还清，如果无法还清债务，则必须宣布破产。在春节的前两天，以往标着高价的物品往往用极低的价格就能买到。

亨利非常希望带我参观一下准备出海的大型远洋平底帆船。于是，我们坐着舢板驶近这些平底帆船。我几乎无法描绘这些船只的外形。船尾又高又宽，上面画着精美的图画，例如，在鲜红的背景中一只白色羽毛的凤凰展翅飞翔。船头上也装饰有彩色的巨龙造型等等。

尽管极有可能我是拜访这些远洋船只的第一位欧洲女性，但我登上甲板时，船员们却没有显露丝毫吃惊。我仔细观察了下这只船，它很长，分割有许多的防水舱。我们受邀去参观船尾的交谊厅，便从甲板沿着一架很陡的梯子一步一步地下到交谊厅。我发现，交谊厅的一端有一个精心雕刻的金色祭坛，前有一盏点亮的灯，在一个壁龛中还陈列着天后塑像。天后是船员的保护神。无论船去任何地方，起航前，他们都要请道士来船上做法事，祈求天后在整个航程中保佑船只和船员。甲板上有5个储存淡水的巨大储水箱，用木板做成，用石灰做防水密封。船上有两根桅杆，但既没有帆桁，也没有索具，显得光秃秃的。船上的船舵和舵柄大得惊人。

我们希望看一看罗盘，他们拿出来的罗盘极其原始，和公元前2634年中国人首先发明的罗盘似乎没多大改进。我们很吃惊地发现，他们之中有一名水手竟能使用结结巴巴的英语与我们搭话。我们问他是在什么地方学的英语，他告诉说，他曾在一艘英国的汽船上当过水手。这些远洋货船载着货物从一个港口驶向另一港口。由于在这一海域雇佣了大量的英国汽船，这类货船的数量最近在减少。

今天早晨，一位在中国炮艇上当船长的朋友带着我们乘蒸汽艇来到他的船上。官府一共拥有5艘这样的炮艇，由英国制造。艇上的船员均为中国人，军官全是英国人，并由英国人指挥。这些英国人受中国政府雇佣来追踪和消灭海盗，并铲平海盗居住的村庄。哥德西尔船长就刚刚成功地完成了一次这样的航行。他在东京湾[①]摧毁了11艘海盗船和两个海盗村庄。他仅凭着手下加起来不超过80人的船员成功完成了这一使命。清政府派来的一个官员（他总是跟随着这些炮艇，负责向他的政府汇报有关缴获船只和摧毁村庄的事项）带着哥德西尔船长的一些船员乘一艘船去征集炮艇的船员，准备进攻的事项。他并不急于回来，直到哥德西尔船长成功地缴获海盗船和摧毁海盗村庄后的1个半小时才到达。由于总督大人对这一航行的了解完全依靠这个官员的汇报，想要知道这一行动的真相几乎是不可能的。这位官员必然会把所有功劳全都记到自己身上，以期借着编造的勇敢事迹而得到提升。

哥德西尔船长抓获的海盗足有200多人，都已被送到了地区的监狱。他们将会被处决，有些已经被处决了。

中国炮艇上的船员看起来很精神。他们如今穿着冬装，蓝棉衬衣和裤子，腰间扎着一条鲜红的腰带，头上戴着大大的宽沿草帽，前额部分已经磨损。在夏季，他们的军装是白色的，腰间仍有红腰带。

两星期之前，我们观看了极其有趣的祭奠土地神的节日。庆祝活动在该城的许多地方举行，通常都是在庙宇前面的广场上。去的人很多。为了躲开人群，我们暂坐在庙宇管理人员的房间。在那里，人们正忙着在红纸上书写奖品捐助人的姓名。如同往常一般，仪式在他们所说的预定时间1个半小时后才开始。准备工作即将完成时，我们来到坐落在庙对面的一个小小的露天戏台上。有人端来一条板凳，我们便站在板凳上观看表演。

① 即现在的北部湾。——译者注

那些捐赠的奖品放在露天戏台的架子上。在我们看来，它们都是些看上去花哨但毫无价值的东西。其中有用白色和红色的彩纸装饰的高台，有假花，还有用硬纸板涂上色彩制成的小人。

有人告诉我们，捐赠的奖品中也有值钱的东西，比如悬挂在高台上的玉手镯。我们看到的那些高高的台子代表的是几层楼房，里面有许多小人，不少小人可以摇头，还有些会晃动他们的胳膊和腿。每件奖品形状不同，装饰不同，但都标着数字。还有些奖品表现人骑着马（如果那东西可称之为马的话），以及穿着漂亮丝绸衣服的小人。这些小人都有让人羡慕的面孔，细细的眉毛斜着伸向前额方向，眼睛眯成细缝。

广场的中央竖立着一个高台，上面站着3个男人。仪式开始时，他们从赞助该演出的商业行会的成员手中接过一支小小的竹制枪，用它向天空发射一个小球。小球降落时，拥挤的人群蜂拥而上，你争我抢。有时，这种争抢会发展成为一场打斗。那个有幸抓到小球的人登上台阶，走向台上坐着的当地长老。他的姓名及他赢得的奖品将被记录在案。头两个获奖者都是上层人士，而后面获奖者都来自普通阶层。中国人认为，是土地爷把射上天空的球指向某人，也就是说此人是土地神喜欢的人。仪式结束后，所获奖品在音乐伴随下被抬到获奖人的家里，供在祖先祭坛上。这些奖品被认为是祭祖的最好礼物。

中国人向来节俭。行会要求每一获奖者在一个本子上写下书面保证，保证在第二年祭土地神节日时捐赠与他获得奖品相同价值的奖品。

中国人展示获奖人的奖品及奖品编号的方式让我感到

很有趣。两个人举着一根长长的竹竿，几张红纸从顶部弯曲的部位上悬挂下来，上面写着奖品的编号和奖品介绍。风很大，从小竹枪中射出的球常常落在了庙宇的房顶上。如果这一情况发生，房顶上的人就会把球扔到下面的人群之中。

一些穿戴体面的人点起长串的鞭炮。鞭炮声震耳欲聋，而且在每两个奖品争夺之间都要放一连串。锣声和乐器声使得本来就无法忍受的喧嚣声分贝更高。人群情绪高昂，既有来自下层的百姓，也有穿戴华丽的绅士。我们起身离开，从他们身边通过时，他们都很有礼貌。当然，他们会使劲地盯着我们看，但还是给我们让路。

在获许进入小小的露天舞台的人员中，除了我们，还有一个很漂亮的鞑靼姑娘。她容貌端正，皮肤晶莹透亮，前额绑着一条色彩鲜艳的小发带。她不用再加打扮，本身就是一幅美丽的图画。

我们离开祭土地神的广场后，走进了一个属于谭氏宗祠的一座非常漂亮的祠堂。这是广州此类建筑中最大的建筑。在祭坛之上，陈列着许许多多的祖宗牌位，加起来可能有三四千之多。在这组建筑的中央，有一个非常宽大的四方院，四边各有几间房间，是专门供学生用的。所有谭氏家族的成员均可在准备科举考试期间申请在祠堂内吃住。在我们访问的时候，就看见很多其宗族的年轻男子住在里面。

亨利那天上午身体一直都不舒服，觉得无法再徒步回到家里，于是他走出大厅去叫轿子。这样，有好几分钟，我独自一人待在那里。我发现有好几双黑眼珠从四方院各个方向的宿舍中偷看着我。接着，这些学生变得胆大了，走向前来，无比惊奇地看着我。我当时并不明白他们吃惊的原因，也不知道在厅里的走廊中挂着一块牌子，上面写着："女人禁止入内。"

亨利转回来时，我们参观了一个砖砌的高塔。这是谭氏宗祠建筑中的一座，是专用于祭祀掌管文运和功名的文昌神的。该宗族的学生都祈祷文昌神保佑他们在即将到来的科举考试中成功。

在穿过城区回沙面岛的路上，我们还看见几处祭祀土地神的活动。这些活动总体上来说都与我刚才描绘的差不多。

那天晚上，我们应邀去一位中国绅士家，看一场为祭祀土地神而安排的私家烟火。我们和这家的女士们坐在一个优雅别致的花园中，花园坐落在一个很大的人工池塘边。在它的对面耸立着一个家庭戏台，重檐房顶雕刻得非常精致。[①]池塘中临时搭起一个供放烟花的竹台，烟花的场景十分壮观，与我在欧洲所见过的任何礼花都不一样，加起来共有13组造型，而且它们的构图在不断变化。譬如，一个骑着马的男人从马上摔下跌倒在马的身旁，一条龙在喷火焰，一串串灯笼等等，还有一组设计得非常精致，宝塔一串串倒下。不论哪种造型，每一组都能展现出耀眼的金银色礼花。

我周围是地地道道的东方式的环境和氛围。数不清的保姆和仆人围在我们女士身旁，等着被招呼，并和我们交谈。年纪大的女士都要吸烟，她们不时地从保姆手中接过长杆铜烟斗，稍稍把头偏向一边，吸上几口，然后把烟斗交还给保姆，几分钟后再点上一杆。保姆还不断地递上分成小格的漆

① 在中国，一般的富有家庭都在私邸或庭院盖起私人戏台，主要是为家庭中女士娱乐所用。——原书注

盒，里面装着各式各样的果脯。

女士的嘴一直就没闲着，不是在吃果脯就是在嗑瓜子。我还是比较喜欢吃一些糖果和果脯，不过那些酸甜苦味俱全的糖果，我真的无法下咽。一个保姆的举动让我对果脯的喜好几乎荡然无存。这个保姆负责伺候我，她从自己的发髻上抽出一根银簪子，用它叉了一块果脯，然后塞进我的嘴里。

绅士们坐在离我们稍远的地方。整个晚上，绅士和女士之间没有任何交流。那个晚上我们玩得很尽兴，一直到半夜才回家。

Letter 37

祭农神：官员扶犁耕田的有趣画面

广州，1878年3月26日

亲爱的妈妈：

两三天前我们举办了一场非常愉快的午餐会。客人中有我们的老朋友伍先生，他在河南有一所漂亮的宅邸和不少的地，得足足花上两个小时才能走完他的屋子、无数的花园和花园中的亭台楼阁，您可以想象这该有多大。

他是和他的3个朋友一起来的，其中有一位曾是四川省的按察使，四川省的面积比英国还大。他是一个位高权重的官，我看着他的时候，心里在想，不知有多少囚犯被他下令处决了。他长相英俊，穿着讲究。深棕色丝绸长袍镶着皮毛里子。我们请他在靠火炉旁坐下，他给我们展示了他的皮毛里子。中国人习惯穿厚衣服来御寒。壁炉在任何房间都不允许存在，炉子只有厨房是例外，以防出现火灾时波及狭窄街道中的邻舍。在极冷的天气，中国人就在铜盆或瓦盆中点上小堆的炭火。这种可移动的火盆通常放在起居室中央，全家人都围在其周围。这位按察使4只手指的指甲很长，足有一两寸。我真不知道他们有着长指甲的人是如何保护指甲不受损害的，因为他们外出时并没有戴任何指甲套。晚间，他们会把长指甲插入银制或竹制套管中。

我与中国客人同在一桌吃饭。亨利早先已向他们解释过，按欧洲人的习惯，家中男女是在一桌吃饭的。那位按察使坐在我身边正座的位置上，伍先生坐在我的左边。我们准备了一桌地道的欧式午餐，只是专门安排不上牛肉，并用鸡肉来做汤。每当我们的客人准备用汤时，他们总是会问："这汤中有牛肉吗？"孔子禁止他的弟子吃牛肉，因为他认为牛是人类的最好帮手。我们的中国客人对提供给他们的猪肉排、薄煎饼和梅子布丁都感到很满意。

在到达之前，按察使就派人给我们送来了一个大礼盒，里面装着两套丝绸服装，一套给我们的小男孩，另一套给我们的小女孩。男孩的上衣是鲜绿色，裤子是艳红色。女孩的上衣是紫色，裤子是绿色。给男孩的还有一顶杂色的小帽子，帽沿周围有一圈镀银的小人。和小女孩服装配套的还有一个色彩鲜艳的头饰，用于戴在头发周围一圈（头顶部分是空的）。除此之外，还有两对很小的手镯，一对是镀银的，另一对是玉的，孩子现在佩戴大小刚好。还有两根银项链，给男孩的一根上面挂着麒麟装饰的银饰品，给女孩的一根上面带着小小的中式银锁。最后还有两只檀香木雕刻的卡片盒。当我们向这位高官致谢时，他用了地道的中国式回答："区区小礼，不足挂齿。"这位按察使是广东人，所以和亨利很谈得来，两人一直饶有兴致地聊天，而伍先生却竭尽全力用其洋泾浜英语与我交谈。让我感到最尴尬的就是，按察使就坐在我身旁，可我一句话都不能对他说。

我曾和您说过，在这个国家，人们是多么看重学位。不管一个人过去属于什么阶层，只要他拿到学士学位，或拿到更厉害的硕士学位，他的社会地位就会立即提升。如果一个人能得到博士学位，那他就能成为一位显耀的人物，其家族都可得到荣光。所以，当这些绅士在询问中得知亨利获得过博士学位，不仅对他充满敬意，而且对我也刮目相看了。他们马上起身，向亨利祝贺，并转身称我为“太太”，这一称呼比“奶奶”高了一等。

我还没告诉您，就在几天前，我们收到了一位武官送来的贺礼。那里面不仅包括给孩子的丝绸衣服、手镯和饰品，还有一大包糖果、一大包果脯、一大包水果和一小盒茶叶。所有的礼物全用红纸包裹，并带有此官员的拜帖。

等我们的客人都离开后，我们坐着舢板去了白鹤洞，然后步行到了一个叫作坑口茶山的小型茶叶种植园。茶树为常青树，与我们在英国熟知的黄杨树很相像。它的生长高度为0.7米到1米。我们看见男人和女人从树上摘下叶子，然后放入他们胳膊上挽着的筐子中。他们采茶时十分小心，一次只从树上摘下一片叶子。

第二天，我有幸参观了他们的茶厂。在那里我看见人们把茶梗和坏叶子从盛在藤匾中的大堆茶叶中筛选出来。这一工作都由妇女和女孩来操作，她们双手同时操作，是那么灵活！在茶厂的另一间，我看见人们在筛选和风选茶叶。风选的机器与英国农场扬谷的机器几乎一模一样。我们还走过另一个车间。在那里人们正把茶叶倒入一口固定的巨型大锅中，锅下的炭火使得炒锅很烫。为了防止茶叶炒煳，他们用手在锅中不停地翻动。这些炒茶工几乎都赤身裸体，干活时汗珠滴答下淌。看着他们是如此加工广州绿茶，我暗暗吃惊。为了调整茶叶的色泽，他们要在茶叶中加入普鲁士蓝和姜黄，还加入石膏。当我问他们为什么要加入石膏，得到的回答是为了使茶叶有刺激性味道。最后我们来到了包装车间。我饶有兴致地看着工人们赤脚把茶叶踩压入茶箱。

去年我到达广州时，没赶上开耕节朝廷官员的官祭仪式。所以，今年我们决定补上。几天前，我们听说这些仪式将在昨天举行，于是我们做了充分准备。仪式举行地在先农坛，即祭祀农神的庙宇。

那天我们凌晨2点钟就起床，然后乘舢板在离先农坛半英里的码头登岸。下船时，周围漆黑一片，我们只能在坑坑洼洼的路面上艰难地行走，唯一的光源是一只大灯笼，上面油漆着我们的姓氏和地址。路上我们遇见了一些中国绅士，他们也是去那儿的，也由仆人为他们举着灯笼。在中国，不打灯笼在黑夜行走被视为非礼之举。快到先农坛时，我们隔一段距离就看见一些士兵围蹲在三角支架吊着的灯笼周围。他们在等待着一些重要官员的到来。他们堆在一起的武器有火绳枪、长矛、战斧等，身后是一条条艳丽的横幅旗帜，在灯笼的微弱灯光下很有一番画意。

我们往庙宇看去，只见在四方大院中有一个高高垒起的祭坛，上面摆放着祭祀用的羊、猪以及水果。终于，所有的官员都到齐了。他们一走进先农坛，祭祀仪式就开始了。由于空间很小，里面人员拥挤，又闷又热，我们马上就撤了出来，在近旁的永胜寺（即“死人城”）门口的板凳上坐下。呈现在我们眼前的是一番奇怪诡异的画面。天空渐渐泛白，我们可勉强看清，一群鹭鸶（也被称为夜鹭）从我们身后的茂密树丛中飞进飞出。

我们看见，许多农民早晨5点就开始为一日的劳作而奔忙了。一些菜农正扛着刚从地里采摘的瓜果蔬菜从我们身边走过。他们显然对我们的样子感到好奇，所有人都转过头盯着我们看。一些面目可怕的麻风病人也从我们坐的地方走过。他们来自附近小山顶上一些慈善人士为他们搭建的席棚，因为麻风村中已经没有他们的容身之处了。这些不幸的人并不是来观看正在举行的官祭仪式的。他们只是在等待着从城里去附近公墓的送葬人群，希望能从他们手中讨几个铜钱。

在我们前方有一块很小的属于先农坛的地。这块地已经浇灌过，可以耕作了。地里排列着9个狭窄的木制平台。每个平台离地面约1尺高，上面用席子覆盖。那些官员在耕地时就走在这些临时的平台上，以免碰到稻田中覆盖的泥土泥浆。9个身穿黄色衣服的农民将红色的犁搬入田中，每架犁前都套着一头水牛。

准备工作刚刚就绪，寺庙门前站岗的士兵就骚动起来。这表明那些官员已经完成了他们的祭拜仪式，马上就要举行耕田仪式了。于是我们马上选择了一个靠近总督大人将要登台耕田的地方。不一会儿，所有的官员在一批身穿黄袍、唱着歌儿的男孩陪伴下来到了耕台。总督和巡抚大人用的是中间两道平台。广州将军、布政使、按察使、提督学政以及其他3名官员用旁边的平台。这9名高级官员着装相似，所穿的长袍只限于这一场合或类似的场合使用。这些袍子很长，用深蓝色的缎子制成，上面有金线绣的龙纹图案，环腰部分用皮带扎起。与长袍配对的是带有一圈红色丝穗的官帽。每一官员手持一根用五彩丝线缠绕的小棒。估计此棒代表着鞭子。这时，那些歌童排好队站在田埂上，并在司仪的指挥下高唱着赞美曲。此时，官员们也把手放在犁上，9把犁开始犁地。每一个扶犁的官员都跟着两个撒种官员。他们一手持盒，一手把稻种从盒中取出，撒在田里。这些技术不娴熟的耕田者和撒种者在平台上来来回回走了9次，此仪式即告结束。

您要是见到这一官祭仪式，肯定也会觉得有趣。官员们穿戴华丽，迈着中国官员特有的方步，一副高高在上的样子，脸上却毫无表情。这一仪式同一天在中国所有的地方都要进行。就连皇上自己也要亲手扶犁，用其黄色的犁具犁9道犁沟。尽管这一奇特仪式的某些细节会使人觉得好笑，但我们不得不承认，这一仪式散发出一种宗教式的情感，促使整个民族祈求上天对这个国家的耕犁和耕地赐福。这是一个伟大的古老传统，几个世纪以来中国人都在传承。

在回船的路上，我们见到了一行奇怪的队伍，三四十人，身穿白麻布长袍，头上缠着白色绷带，如同戴着睡帽。他们排着一路纵队，沿着狭窄的河岸小道前行。我们猜想，他们可能是去死人城，把死去亲人的遗骨迁至附近公墓新建的墓地。这些哀悼者肯定是死者的近亲，因为只有哀悼近亲时人们才披麻戴孝，一般朋友参加葬礼只是在额头裹一圈白布。

Letter 38

登山历险记：被劫匪盯上的惊魂一幕

广州，1878 年 4 月 6 日

亲爱的妈妈：

我们特别想在天气变得炎热而无法出游前进行几次远足，所以昨天就沿江而上来到了离广州约25英里的庙宇头。我们必须等到上午11点钟出发，潮水涌起利于行船。由于亨利一心想多看看乡村的景色，我们就把船上的席顶拆下，整个游艇就如同一个木筏。好在昨天天气极好，适合旅游，烈日只是隔一段时间出现一下。

船逆流而上，不一会儿我们就身处美丽的景色之中，不见广州城的踪影。珠江宽阔，十分壮观。我们行走的支流曲曲弯弯，许多地段如同身处于湖色之中。一路山峦优美，船的右边是欧洲人最喜欢的度假胜地白云山。在我们的前方是另一条山峦，中国人称其为云髻山，其原因是这些山峰的形状很像中国妇女头上的发髻。行船两旁，我们路过了不少麦地，也路过一些稻田。一块块的秧田中，放着绿油油的秧苗，等待人们将其插到大片稻田中。河岸两边也有很多农家，以及他们放养的一群群水牛。从他们拥有的牛群数量可知，不少农户非常殷实富有。

我们所经之处，一路风景优美，远处是群山耸立，近处是片片稻田麦地以及一丛丛优雅的竹林和树木，而江面上的船只帆帆点点，大大小小，形状各异，又为这美丽的画面增添了几道绚丽。有几条客船鼓满风帆，如蝴蝶展翅般从我们船旁驶过，船舱中挤满了去老家乡村扫墓的人群。在旁边的小山上，一群群中国人在拜祭祖坟。

由于退潮，对行船不利，我们航程的最后1小时只能缓缓而行。船夫们干脆跳下船去，在江的左岸拖着船前行。这个活儿可不容易，不仅费力气，有时还得游泳，因为众多小溪流入江中，在江岸上形成一个又一个的缺口。您也许以为，在如此炎热的天气中拖船，他们一定不舒服，但他们却很开心，整日苦干，从未发过丁点儿怨言。

我们终于见到了要去的地方——文塔[①]，但看山跑死马，我们仍花了一个小时才到达文塔。现在江面变得狭窄，但周围的风景依然漂亮。我们已在云髻山的山脚，与好几个风景如画的村庄擦肩而过，每个村庄中都有自己的祖宗祠堂和专供守护神的庙宇。

为了避开溪中的激流，船工们把船拖向一个村庄，我们借此得以近距离地观察这个村庄。村中的村民一窝蜂地从房中跑出，聚拢在岸边盯着我们看。而我却被一只渡船和河对岸的码头组成的图画吸引。戴着美丽的大帽子的男男女女在渡船码头等着渡河。码头上方有一个石头屋顶，很明显是哪位做慈善的人所修建，为路人在等渡船时遮阳挡雨。我还看

---

①在广州周围的江边溪边都能见到这种文塔。它们的造型很像中国的铅笔，所以也称为文笔峰。它们通常为三层或五层，很少会有偶数层数的。它们通常用瓷壁画或阿拉伯花饰装饰。它们与大型的塔在造型上有所不同，没有突出来的回廊。——原书注

船上的孩子上岸

见几艘舢板也在这个村庄附近的河岸上停靠。船上的孩子上岸玩耍，但并不跑远，仍然在他们的船“家”附近。看来他们很喜欢上岸玩耍。不久，我们到达了我们打算吃午餐的地方。那时已是下午3点。眼前的风景简直太美了，我真打算在那里待上一个星期，但不久您会发现我不得不改变主意了。

站在我现在所处的位置能看见三座文塔，第一座文塔脚下则是我们准备吃午餐的地方。我们走下船来，面对着河，背朝着山，近旁有一群牛，脸很像英国奥尔德尼乳牛，但肩膀上的奇特驼峰让它们看起来与欧洲的牛又大不相同。那里还有一条渡船。我们的苦力准备午餐时，我们饶有兴致地看着人们费力地让牛过河。这些动物不管怎么引诱都不愿独自过河，于是人们把3头牛用绳子拴在一起，一个人牵着绳子的一端登上渡船。另一个人也把另外3头牛拴在一起，手上牵着绳子也上了船。这些牛就这样被逼迫着下了水。此处的河水深度和河面宽度都还好，牛群勉强能游过去，但在水面上能看见的只是它们的头。

苦力将一切准备得当，我们坐下来开始吃午饭。我们的胃口很好，打算吃完后好好休息一下，然后开始登山看塔。就在我们吃午饭时，一个从返回的渡船上下来的人走上前来，看上去还算有礼貌，和亨利说了几句话，喝了我们递给他的茶后便离开，朝离我们不到500米的村庄走去。我们继续享用午饭，狗儿阿发在我们周围活蹦乱跳。

没隔多久，有3个人从村里走来，在我们不远处停下，眼睛盯着我们的调羹和所带的东西。他们对我们的轿子尤其感兴趣，嘴里嘟囔着说这些玩意儿不错。我背对着他们，既没有看见他们不怀好意的表情，也没有看见他们眼睛直勾勾地盯着我戴的玛瑙耳坠和戒指。这些都是亨利后来告诉我的。我真后悔当天戴了那些首饰，他们一定认为那些首饰很值钱。我必须给您描绘一下这3人恶徒般的样子。当时我回过头去，看到他们的样子，真是大吃一惊。其中一人衣衫褴褛，衣不蔽体；第二个大约20岁或不到，样子最邪恶；第三个看起来简直就像个假释犯。他们的目光紧紧地盯在我们的食品上，好像饥饿难忍。我们的苦力大声呵斥，让他们赶快走开，但从他的嗓音可以听出，他也极害怕他们。他告诉亨利，他相信这些人就是盗贼。那3个人朝村庄移了大约100米，又停下来盯着我们。苦力颤颤巍巍地开始尽可能快地把叉子、调羹等物品收拾起来。我们（我、亨利和敏妮）开始登山，那3个貌似亡命之徒的家伙留在山下交头接耳。

我们越往山上走，越被其美丽的风景吸引。面前是四五条山脉和美丽的峡谷，珠江蜿蜒曲折地流淌在其中。我们参观了一座只有四层高的宝塔，但每一层都相当高，所以整座塔就很高。

我们出了塔，来到了山脊，从那儿向下望去，看到了村庄和带顶棚的集市。那群牛群就是从这个集市赶出来的。我和敏妮摘着艳丽的野花，其中有一种蓝色的花朵，很像我们那儿的勿忘草。还有一种开着一簇红色的花朵，散发着甜甜的香味。

欣赏完山上的风景后，我们觉得必须马上起程回家，于是准备下山。刚走了大约5分钟，我们就听见传来一阵低沉的声音，紧接着就看见一些人鬼鬼祟祟地向山上爬来。令我毛骨悚然的是，我认出那就是在山下和我们说过话的样子邪恶的家伙，并且马上发现他们又找了些同伙。起初，我们只看见3个人，紧跟着又出现3个，而且在山的更下方还有一人。从他们的人员安排，还有看见我们后马上就停下来转身朝向我们，很明显，他们已下定决心作恶，而且随时准备向我们发起进攻。

亨利对我说："你和敏妮走在我前面，他们对我们不怀好心。"我必须承认，我小腿肚子直发抖，心惊胆战地朝着山下那帮恶棍样子的家伙走去。他们如此布阵，是为了我们走到近旁对我们发动进攻。站在最前面的人双手背在身后，手上拿着个亮闪闪的东西。我看了之后，觉得那是一把刀，但后来发现那只是一根浅色的棍棒，因为阳光很强，照在上面，好似钢铁一般。另一个人手持一根前端为大圆头的木棒。那个恶徒般的年轻人手中提着个篮子，估计篮子中装着他从村子里捡来的石头，因为当上山时，我们看见他的手中什么东西都没有。

亨利站在我们与劫匪的中间，让我们慢慢走，不要露出害怕的样子。这是一个难以执行的命令。我生怕那帮人一下子扑向亨利，在他身后捅上一刀。听说这些人只为几块钱，就会毫不犹豫拼了命去抢。我和敏妮仍继续向前走，我们俩都在发抖。我一生中从未如此心惊胆颤过。亨利还保持着一种坚定无畏的样子，悠闲地跨步，在我们到达山的最陡处时还扶了我和敏妮一把。他始终把一只手放在他紧紧扣着的上衣中。我觉得那些人不敢进攻，是因为他们认为亨利带着武器。中国人觉得所有外国人都随身带着武器。

我感觉有7只老虎在紧盯着我们，随时都会扑过来。正在这时，他们之中一人发出一声尖叫，然后把另一人推向亨利。亨利知道，这一尖叫通常表示进攻的信号，于是平静地说："他们要进攻了。"在恐惧和痛苦中，我朝着我们船望去，看看是否能指望我们雇来的苦力和船夫帮助我们。但是，天呐，那个膀大腰圆的年轻苦力站在岸边，背对着我们，而那些船夫已经在船上，万一我们这里出现不幸，他们可随时离开。我们慢慢地下山时，那7个劫匪都把脸朝向了我们。

为什么他们最后没有向我们进攻，我也说不清楚，但在后来的讨论中，我们推断，他们原打算在山顶我们的船夫看不到的地方对我们下手，但没想到我们从山上回来得这么快。他们也许还指望着在塔中伏击我们。亨利的镇静和谋略把我们从几乎已成定局的灾难中拯救了出来。我相信，一个赤手空拳的男子加上两个毫无战斗力的女子，是不可能与这7个恶棍抗争的。我永远不会忘记当我们登上甲板、船立即离岸出发时那一刻解脱的感觉。

我们上了船后，船夫马上对亨利说，我们能从这帮坏人手中脱险，真是万幸。当他们看见那帮人爬上山去时，就确信这帮人不会去干好事，肯定会袭击我们。船夫接着说（有多少真话可想而知），万一需要，他们准备好前来帮助。我们觉得他们的话不足为信，因为船停泊的地方离山上至少得走10分钟，可在我们最危险的时候，他们却没有离船半步。我们雇来的苦力干脆就把背朝着我们，这样万一出了事，他会说他什么也没看见，什么也不知道。船驶离岸边，我们看见那7个人就站在山坡上，如秃鹫失望地看着到嘴的猎物逃走一般。

现在我们开始了回家的旅程，面对的又是最美的风景。但是，这些风景却不像我们来时那么动人了。同时我也得补上一句，整个回程我的心情不好，无心去观赏沿途的风景。太阳也开始西落，眼前一片灰茫茫的。

当我们的船接近黄沙村时，一条又长又窄的船朝我们的船开来，船上一片黑暗。船上无灯是个很值得怀疑的迹象，因为在太阳落山后，除了船上载有名声不佳的人外，所有船都会点上灯的。当两船擦肩而过时，我们看见船上有三四个人。这是一条海盗船。亨利和我们的船夫几乎同时惊呼，谢天谢地，我们幸好没在较偏远地段碰见他们。我们幸好因靠近黄沙村而得到了保护。另外，这些海盗并不想找欧洲人的麻烦，他们看见我们后就避开了我们。

我们回到家已是晚上8点半，整整一天所遭遇的已使我们疲惫不堪。

Letter 39

茶馆：舌尖上的广式茶点

广州，1878年4月10日

亲爱的妈妈：

前天我们进城，再一次参观了不少中国手工业厂房。

我饶有兴趣地参观了染坊，亲眼观看了染棉布的整个过程，并得到了详尽的解释。在作坊的内部，有几口装满蓝色染料的大缸，用于染中国人常用的蓝棉布，另几口大缸装有染棉制品的深紫红色染料。蓝色的染料由靛蓝、水、当地的酒和石灰构成，而深紫红色染料则由大量从暹罗进口的鞣料树皮制成。如果是染成深蓝色，染布的过程要重复14遍，但如是染成浅蓝色，只需4遍。

然后，这些布将被砑光。那些工人用最原始的方法把布匹润湿，再把布放到砑光机的石制滚轮下。操作砑光机的工人从茶壶的壶嘴中含一口水，然后用嘴把水喷射到布上。虽然这些人经过训练，但一次在嘴中能含下那么多水，还是很令我吃惊。砑光过程是由工人站在巨大的花岗岩石头上，赤着双脚在石头上来来回回移动，而砑光的棉布则置于石头下方的木制滚轮下。

我们离开染坊后，就去了烟草工厂。在工厂的二楼，一些被雇佣的妇女正在从烟叶中捡出烟梗。她们的速度很快，即使在睁着大眼吃惊地盯着我们时也未停止工作。楼下，男人们在一个木台上展开妇女为他们准备好的烟叶，并用赤脚在烟叶上踩踏。他们不时地把油喷洒在烟叶上，然后在上面撒上红色的粉末以使烟叶变红。接着，这些烟叶被收集在一起，放在一根大木梁下面的数个平板下压平。这一压力使得烟叶变成大块状。在工厂的其他房间，受雇的工人再将这些压在一起的烟叶切碎。另一些人则将它们过秤打包。这些小包然后被送入烤炉，用炭火烧烤，使其干燥。等从烤炉中搬出后，这些烟叶即可进行批发或零售。

经过长乐街时，我们走进一些小店铺去看看那里的木雕。有些木雕制品精雕细刻，用于庙宇或私宅。在这里，有不少器具十分奇特。街上还有一些专门从事切割玉石的宝石匠开的商铺，它们紧挨着木雕店，于是我们便进去看了看。我们一共进了三四家这样的作坊。亨利是这些店的老主顾了，与那些工匠很熟，在那儿就如同在家里一般自如，不时地随手从作坊里的机器上取下一枚玉石戒指、手镯等等展示给我看，让我觉得很有趣。那些工匠则笑着，点着头，停下手中的活儿与亨利交谈几句。切割大块的玉石需用钢丝锯，这些钢丝锯呈弓状，上面绷着绞股钢丝。两个持锯人各站在大块玉石的一边，在水平面方向来回拉动钢丝。他们把金刚砂粉与水混合在一起，并将这种混合剂滴在玉石切口润滑。大块的玉石被切割成了小块后，便会送到其他的宝石雕刻匠手中。那些雕刻匠再用小型的旋转锯把玉石做成各种饰品。玉石色彩各异，从白色到浅绿色和深绿色的都有。

我们在这些宝石雕刻作坊逗留了一段时间，然后来到长寿寺。这里供奉着象征长寿的佛像，这尊佛像表现的是一位笑呵呵的胖胖的老人。他的画像常常在卖画的店铺出售，他的铜像或瓷器塑像也会在古玩店中出售。这所寺庙里还有一个花园，在里面的一个苗圃中，我们看见了许多装着金鱼的大瓦缸。在一些方形的水槽中也养着许许多多处于各个发育阶段的小家伙，色彩鲜艳，小到鱼卵，大到完全长大的金鱼。这些金鱼有很长的尾巴，尾巴从中间分开，身体两旁还有两片下垂的鱼鳍，鱼的眼睛格外地突出。这种鱼是这个国家土生土长的鱼类。

在那之后，我们还去看了一些贝雕。做工精致细腻，非常漂亮。让人吃惊的是，这些精美的艺术品竟是工匠们用最原始的工具制造出来的。我们还参观了一些丝织车间。只要您走进畴春洞，您就能听到织机的梭子在织机上飞快穿梭的声音。这条街是广州城丝织区的中心。在这儿，用于平纹织物的织机与英国使用的织机差别不大，但用于精制丝绸的织机与英国同类织机相差甚远，而且十分原始。引线工坐在织机框的上方，牵动着各条绳索把经线送与梭子穿过，以形成各种图形。我看见许多正在编织的漂亮丝织网。有些色彩层次秀美，让我惊讶不已。

我们现在离一条水街很近。我不知道在以前的信件中我是否给您描绘过这样的水街。它们很奇妙，让所有欧洲来的旅客都会联想到威尼斯的水街，所不同的是，这里水街的两侧没有宫殿，只有民宅。这是一条中国人称为西濠的水街，站在一个开放的门道，向下望去，我可以感受到它与威尼斯水街非常相似。沿街的居民外出时，只需走出家门，跨入小船中即可。在这条水街的尽头，竖立着一个非常巨大的水栅城门，所有进出的船只必须从此通过。

离开这个地方后，我们穿过一条叫状元坊的街。这条街以其漂亮的刺绣品而闻名。我们走进不少店铺，那里大人和孩子们正在给绷在框架上的绸缎绣着美丽的图案。我看见前面放着非常漂亮的刺绣品，一些是用于大型祭祖或祝寿的横幅，另一些是用于铺在祭坛上的，还有些刺绣品是用于官服或女士外衣的。刺绣的色调非常迷人，图案中镶入的花草和蝴蝶绣得异常精美，它们是先用白粉笔在绸缎上勾画出图案再绣出的。我不仅喜爱中国精巧的刺绣品，也喜欢它们所带的漂亮边穗。绣品的质量差别很大，起初您是看不出来的，随着眼力老练后，您就能一眼发现质量的不同。

我们参观了这条街上的一家金箔店，非常有趣。在这家店铺中，两个男人正在把金子锤打成极薄的金箔。他们先把金子放在黑纸之间。可以有好几层这样的黑纸夹一块金子，然后把它们用厚厚的白纸板覆盖，再把它放在一块未抛光的大理石上。坐在大理石两边的男人各用极重的榔头击打金。当他们击打时，一串串汗珠从他们裸露的肩膀上滚下，站在他们身后的两个男童不停地给他们扇着扇子。

我也很喜欢这附近的一些店铺。它们制造羊角灯，并展示出售。这些羊角灯的生产过程奇特，尺寸和样式都极为丰富，我真希望您能亲眼看看。有许多灯涂上了漂亮的油漆，镶在黑木雕刻的框子中。

我无法把这里趣事一一告诉您，但我想说一下我们仔细看过的那些用翠鸟羽毛制作的精美羽扇。扇子在这个国家是必需品，种类万千，价格也差别很大，从几个铜钱至好几块大洋。使用原始工具制作的象牙雕刻也引起了我的兴趣，我亲眼看见一根正被精心雕刻的大象牙，这件雕刻品已经在雕刻师手中几个月，但离完成还尚早。如果完工，这件象牙雕品售价一定不菲。

这时，我们觉得该休息一下了，于是走进了一家很大的茶馆。一早上的奔走，的确使我很累，但我真心喜欢这里看到的一切。这个国家仍然保存着其传统的手工业生产与工艺流程，真使我吃惊又兴致盎然，就如同穿越了几个世纪。

好吧，我得给您描述一下我们现在歇脚的这家茶馆了。广州有许许多多的茶馆，这些茶馆通常都是两三层楼高。各层中摆放着许多小桌子，桌子周围围着一圈椅子。这些茶馆看上去很富丽堂皇，到处是精美的木雕装饰，又美观又干净。事实上，与欧洲的类似功能的酒吧相比，这些茶馆在所有细节方面都要强很多。茶馆的每一层都有一个炉灶，提供沏茶所需的开水，而茶水则是茶馆中唯一提供的饮料。

我们在楼上找了一个小小的边桌坐下，立即有侍应把一个分成许多小格的漆盒放在了我们的面前。盒子中装着各式各样的糕点和果脯，接着送上了热茶。在这里您会不由自主地感受到这个保守国度从许多细节体现出来的民主精神。同一个茶馆里，富人与穷人坐在一起。这张桌子边坐着一位身着绫罗绸缎的绅士，相邻的桌子旁却坐着一位布衣粗衫的庶民。在广州，我们从未在这些茶馆中见到过任何中国妇女。

我们品尝着面前的茶点、樱桃脯、糖姜、李子脯和酿金橘，吃得津津有味。吃完茶点后，我们叫来一个侍应准备结账。这时，我才发现他们结算的方法。那个侍应拿起漆盒，清点了一下里面还剩下的糕点和果脯。显然他心里很清楚漆盒端给我们时里面装有多少糕点和果脯。我们起身去结账，侍应向门边小柜台后的收钱人高声喊出应付的钱。在我看来，这一顿丰盛的午餐非常划算。

下楼后，亨利带着我走进茶楼后边一个很大的厨房。在那里，好几个厨师正忙着制作各种各样的点心。看着那一堆堆点心，可以想象，光顾的中国人该有多少。要是把此类茶馆开在英国，能给英国人带来数不清的好处，因为在英国，不管是红酒还是白酒，都无法让穷人把腰包中辛辛苦苦挣来的钱掏出来，但是价廉物美的茶水和点心必受欢迎。

我们来到茶馆的门口时，发现街上挤满了人。一打听才知道，北帝游行将要路过此街。于是，我们站在茶馆门边的高台上等待游行队伍路过。我想，您一定还记得去年我详细地描述过类似的游行，所以我就不在此多费笔墨，只说一下与我去年所见游行的一些差别。这次游行规模不大，但所用的花伞和彩带很新，所以显得特别的耀眼。此外，与去年的游行不同，这次各式各样场景的角色都是由孩子或年轻人在移动的平台上成群成组地扮演的。其中一个场景是一位妇女正向一个算命先生咨询，另一场景中两个妇女正在打牌。还一个场景中一群孩子正坐在一条船上，船的周围是一片花园景色，人群坐在其中显得十分协调好看。扮演角色的女孩浓妆艳抹，身穿美丽的绣花衣裳；男孩蓄着长短胡须，额头上粘着长长的向下倾斜的眉毛。

等游行队伍过去后，我们匆匆去了趟果栏[①]。果栏即水果

---

① 这一市场面积很大。一年到头，无论哪个季节，销售的水果种类都多到几乎数不清。时令水果有柑子、香缘、柚子、苹果、蒲桃、番荔枝、菠萝、梨、杨桃、温椁、番石榴、枇杷、石榴、南瓜、香蕉、杏、桃、李子、柿子、葡萄、芒果、瓜、桑葚、荔枝、黄皮果、枣、龙眼、杨梅、橄榄、椰子、胡桃、栗子、荸荠和花生。参见格雷的《漫步广州城》。——原书注

市场。那里总是摆放着各种不同的水果出售，可以称其为广州的科文特花园[①]。我们常常路过那里去看看水果，其中许多品种我都不认识。

昨天，我们又去郊游了，十分舒服。我们沿花地湾溯流而上，目的地定在南涌的文塔，并在其山脚下享受我们的午茶。在途中，我们去花地湾参观了两三家花园。在这些神奇的花园中漫步，对我来说永远都是一种享受。每次重访，之前的点点滴滴都会让我记忆犹新。要把它们准确地描述给您，这几乎是不可能的事情，因为您在英国从没见过类似的场景，但是，我还是想尽力将它们简短描述一下。

首先，中国人不像我们那样把花草种在地里，让它们自由生长。他们把花草都种在花盆中。一排排的花盆摆放在花园小道的两旁。我见过美丽的玫瑰、鸡冠花、山茶花、木兰花、菊花、杜鹃花、凤仙花、映山红、水仙花和荷花等等。当我在这些花园中一遍又一遍地来回漫步，看着那些数不清的植物被绑在各种各样金属丝造型上，按照其造型生长，我总是感到既惊奇又有趣。这些造型包括鹿、蛇、海豚、宝塔、鸟、扇子、船和荷花等等。还有一种数量极多又最引人注目，那就是一种代表英国人的造型。这一造型最为古怪，身体至膝盖部分造型全都是用金属丝做成，并让植物沿着金属丝生长，然后进行修剪，构成了人身体的轮廓。一顶高高的帽子扣着一个用复合材料做成的头。头上无一例外地都蓄着红头发和络腮胡。膝盖下方还加了一双黑色高筒靴子，复合材料制成的手中持着一根拐杖，整个奇怪造型就算完成

① 科文特花园，英国伦敦的果菜市场。——译者注

了。有时，在这个漫画式夸张造型的脚后跟处还放着陶制的狗。广州人家的狗从来不跟随主人外出，它们未受过这样的训练，只知道看门护院。所以，在城里看到狗紧随其欧洲主人之后时，中国人都会很好奇。在中国，70岁以下的男人不能持有拐杖，因为这很容易让人用做棍棒。因此，在广州人眼中，身体强壮的欧洲人手持拐杖，显得很奇怪。

在这些花园中，大量在花盆中培养出来的矮树种也很奇特。有些品种，尤其是梨树，树龄很高，但长得却不到六七十厘米高。许多造型就如同微型的扭曲橡树。但我觉得这些造型不如我在日本所见过的盆栽那么完美。日本的盆栽扭曲的枝杈更多，而且造型也比花地花园的更紧凑些。

从花园出来，我们回到舢板，继续我们去南涌的旅程。文塔造型优美，外围镶嵌着陶瓷壁画，十分迷人。我们在塔下席地而坐，苦力从船上拿来茶叶，架起木柴小灶，不久沏茶的水就烧开了。我们一边呷着茶水，一边注视着我们面前奇特的乡村。

喝完茶水后，我们起身走进一座又小又脏的庙宇去敬奉文昌神。庙中的神像十分吓人，祭坛两侧，一边各站着一个相貌凶狠的侍者。从庙中出来，我们去旁边的小村子里走了走。如同往常走过乡村的村庄一样，我们后面总是跟着一群男孩和女孩。从数量上来说，女孩的数量总要比男孩少许多。所有的女孩无一例外，额头前留着刘海。由此可知，她们既未结婚，也未订婚。在中国，年轻的女孩总是身后梳着一根大辫子，长过肩头，前面的头发剪成刘海盖过额头，但一旦订婚了，女孩前面的头发就必须后梳，后面的头发梳成了一个茶壶状的发髻。

在一大帮钦慕的孩子跟随下，我们离开南涌，又走了一段路，去看一个花岗岩大牌坊。该牌坊是为纪念一位名叫娄朗氏的妇女而立。娄朗氏因为活过了100周岁，死后得到这一荣誉。这个牌坊很高，上面刻着两组浮雕，象征着长寿。刻在上面的碑文表明，此牌坊是奉旨修建的，并刻着百岁老妇的姓名。这一牌坊是大约40年前建造的。

曾有一天，我们郊游回来，刚到家就被告知，我们外出时，有10个中国妇女来我们家拜访，这使我们十分懊恼。我真希望她们能早些告知其拜访计划，这样我可以待在家中等着她们，因为我十分愿意招待她们。

未婚的乡村女孩

Letter 40

台风凶猛：城市仿佛被轰炸过一般

广州，1878 年 4 月 12 日[①]

亲爱的妈妈：

我匆匆忙忙地给您写这封信，是要描述一下昨天降临在我们租界的一场可怕灾难，它摧毁了这个城市西郊几百间房屋。我怕您和其他有亲戚在广州的朋友们听到这一消息时会万分震惊，因为有关这一台风及其摧毁力的电讯很快就会传到英国。

如果您还记得，去年8月我曾写给您一封信，谈到我们经受了一场风灾，广州的一些房屋被毁，令我们有些惊恐。这次的台风中，风声和我以前描述的情况极其相似，只是声音更加震耳。在我详细描述台风来临时这里所发生的一切之前，我必须先告诉您那一天早些时候的奇怪天气。

那天上午大约11点钟时，一场可怕的雷阵雨降临，伴随着极其猛烈的热带暴雨。暴风雨后，我们又惊奇地看到了一场冰雹。从我们房子的外廊地板上捡起的冰雹有些甚至大如核桃。冰雹很快就过去了，天空渐渐晴朗起来。吃完午餐我

① 此信是根据记忆重写的。该信描写了台风，当时寄往英国，后借给一位朋友细读，但并未归还我家。——原书注

在卧室休息，大约2点半，窗外刮过一阵奇怪的急风。我好奇地来到窗前，向外望去，看到一大片如同块块碎片的云层疯狂地从江面升起。我开始还以为，一定是那艘叫做“白鲑”的大汽船爆炸了。它从香港开来，当时正应该到港的。但马上我就意识到我被假象蒙骗了。因为刮起一阵飓风，巨大的风力把我们房前的榕树几乎吹倒在地。我匆忙冲下楼去，去找还在书房的亨利。亨利这时也冲出房间，我们在大厅中相遇。他对我和跟着我下楼的敏妮说：“赶快躲到楼梯下去！台风来了，房子也许会倒的！”

刚才在书房读书时，亨利听见了呼啸而过的风声，又听到了江面篷船上传来的阵阵枪声，于是他猜测，有可能外国人的租界受到了中国人的袭击，虽说这种可能性并不大。

台风向我们的房子袭来。几秒钟之间，险象丛生。我们屏住呼吸，感觉再强的砖石结构也无法抵挡住这种攻击。我盯着地板足有1分钟。突然听见我的小朋友大声喊道：“哇！格雷太太，房子要垮了！”我不知如何向您表达这一声尖叫带来的惊吓，我抬起头来，看见这小女孩眼中的惊恐。那扇很高的前门，被风吹开，张开大口朝向我们，要不是门上的锁头和门扣，恐怕早已向内翻倒。门上的半圆形的窗户被打落在地，玻璃、窗框等所有一切全部洒落地。大厅中的吊灯打烂成碎片。如果未经历过，您真的无法想象那时的风力到底有多大。

我突然想到了在婴儿室中的那些小家伙，心中恐惧万分。我竭尽全力向楼上跑去，但终未成功。风力太大，我无法打开餐厅的门。尽管处于背风的一边，但窗户已被吹开。我无法从前面的楼梯上楼，玻璃片纷纷从上方的窗户落下。

不久，窗户的玻璃全部落下，我可以安全地通过了。我跑上楼去，害怕有什么会发生，但万幸的是，我发现两个小家伙都熟睡在保姆的怀抱中，根本没有意识到他们所处的危险。保姆的脸色吓得惨白，却看着我大声惊叫着："哦，太太，您的脸色真难看！"看来我对台风要打碎我们房子的恐惧全都写在脸上。我们的客厅面朝江面，正好处于受台风攻击的那面；然而，谢天谢地，客厅的窗户正好是关着的。这是炎热天气开始后我第一次为窗户没有打开而庆幸。我们负责开窗的仆人一大早就去乡下祭祖了，其他的仆人也都忘记打开，这样这间房间意外地成为我们抗击台风的堡垒。

与此同时，从江面传来凄惨的尖叫声。我们敢肯定，那些住在船上的家庭遭遇了致命的打击。当我们慢慢恢复过来，感到危险已过去时，我们来到房子的外廊，走上堤岸。

我们永远无法忘记眼前的画面。在台风到来前的一刻钟，因为听到船民的喧闹声，我曾走上外廊看过究竟。当时出了一起事故，一只小船被一艘篷船撞翻了。当时江面上挤满了船只，我的右手边停泊着一艘英国汽轮，周围有不少驳船正在给它装货。往左边一点，停靠着两艘游艇。数不清的船只在江面上航行。可现在，一切都改变了。一条条小船船底朝天，不少倒霉的人们从船里爬出。那两艘游艇，其中一艘已不见踪影，剩下的那一艘，桅杆已躺倒在水面。只有那艘汽轮未受损伤，但汽轮的船长后来对我们说，要是大风当时袭击的是船的中部，船肯定也会翻倒，幸运的是当时潮水变向，船体可以调整方向，台风只是袭击了船尾。驳船遭受的打击最可怕。所有的船都底朝天了，那些幸存者紧紧抓住翻倒的龙骨。船只相互撞击的声音声声入耳，凄惨之极。

接着传来的是人们找到亲属尸体时发出的哭喊声。一个9岁瘦小男孩的尸体在教堂附近的水域捞出，可怜的父亲怀抱着孩子向我们走来。他的身体因极大的痛苦而弓在一起，大声呼喊着孩子的乳名，期望孩子能回到他的身边。孩子的妈妈也开始加入哭嚎，一边痛苦地哭喊，一边绝望地扯着自己的头发。这时，孩子父亲手提着孩子的双脚，让孩子的头朝下，幻想着能让孩子肚子中的水从口中流出。接着，孩子妈妈垒了一个砖垛，父亲把孩子放在砖垛上，用脚踩着孩子的胸部，希望能把水从孩子的身体中挤出。然而，一切都已枉然，孩子已经死了。

码头边，五六个孩子的尸体一个挨着一个，摆成一排。

我们房子后面的河涌简直是一片凄凉的景象，哭喊声震天。数百条船只船底朝天地漂浮着。真让人纳闷，一些很大的船只是如何在如此狭窄的地方翻身的。横跨在河涌上的桥梁已严重损坏，在台风过去约半小时后我们到达那里，桥上和桥边已挤满了人。我真担心桥承受的重力太大，破损的桥梁随时可能倒塌，又会导致另一场灾难发生。

河涌到房屋之间的小道上的场景惨不忍睹。我看见中国和美国的医生正忙着给那些被砸伤的人包扎伤口。禅臣洋行的丝绸仓库完全倒塌，一些中国人因此受了外伤。警察局也成了一片废墟。河对面，在中国人居住的郊区，我们从倒塌房屋的状况可以看到台风经过时的轨迹，倒塌的房屋已经成了一堆瓦砾。

我们走在沙面的中央绿道上，眼前所见都是在那短短的11分钟内台风横扫租界造成的严重毁坏。台风以螺旋式移动，横扫了租界的中心。在强风第一次袭击的地方，榕树已被连根拔起，风道附近的房屋全部成为废墟。

好几所房子的四面墙壁都被吹倒。瑞记洋行的丝绸仓库就如同孩子用纸牌搭起的屋子一般墙倒屋塌，13名中国人被埋在了砖瓦之中。人们正在想方设法从废墟中把这些人抢救出来。我们路过此处时，已发现了其中的12人，但全都已经死去。

欧洲人开始聚集。看来在这次灾难中，没有一个欧洲人失踪，也没有一人受伤。朋友们相见，大家都有一种如释重负的感觉，心中都充满了感激之情。

我很难向您描述我们租界被大风毁坏的状况。树的枝杈散落在各地。有一棵树在所有人看来都是奇迹。它是我们所有树中最大的一棵。在旋转的风力之下，树干全都被刮断，但又神奇地堆放在其粗大的主干之上。科林洋行房前的铁制电灯杆被刮成两截，然后拧成麻花状，但此风的变幻莫测却让公司的房屋相对来说丝毫无损。我觉得，风只是把房顶的几块石板瓦刮下来而已。

那些因房屋毁坏而无家可归的人，最终分散到了那些房屋没有受损或相对受损较小的人家。房屋受损最严重的要属怡和洋行、盖普洋行、鲁麟洋行和瑞记洋行。

今天我们听说了住在怡和洋行的女士与她孩子惊魂脱险的故事。台风袭来时，他们正在楼上的一间房间。当他们想开门下楼，但房间所在的那一侧全体倒塌了，他们只能躲在楼梯平台的一角，眼看着家具被风吹起。楼梯口放置的一个大屏风被风卷起，砸在了楼梯上。客厅的家具完全损坏，一架三角钢琴的面板被风扬起，各种装饰品散落一地。楼下，大理石桌面被掀起，沉重地砸在了大厅的另一端。然而该房子的居民却奇迹般地脱险，毫发无损。狂风从吹开的大厅门肆虐而入，盘旋着向上，使得整个房子再也无法居住。

路上的所见所闻使我们的心情异常沉重。回到家后，我们听说，一位中国商人走在沙面的中央小路上，被突然飞来的碎砖块砸死。我们还听说，一个回英国领事馆办公室取东西的妇女，刚走到门口，房间的顶棚便塌陷下来。谁也没想到房顶已经受损了。

在离开家前，我亲眼目睹了中国木匠独特的敬业精神。几天前，我们在一家家具店看中一个用黑硬木雕刻的床架，当时还并未拼装。我们说，如果能把木件送到我们家并拼成完整，我们就决定购买。昨天早晨，木件按要求送到了我们家，木匠们开始拼装。当他们正忙着时，台风来了。他们在床架旁站着，停了一两分钟。台风刚过，他们立即重新工作，对窗外发生的一切置若罔闻，甚至对窗外传来的哭嚎和撕心裂肺的尖叫声也无动于衷。

在听到强风的第一声呼啸时，那些江面上的人们也许曾想自救，但是他们愚蠢地认为，这是由恶龙搅海翻江引起的。为了把巨龙从他们的船边赶走，他们端起枪，不停地发射子弹，却失去了短暂却异常珍贵的脱险时机。也就是那阵枪声使得亨利误认为中国人开始向租界进攻了。

突然，一阵锣声响起，是人们发出了警报。广州城中发生了火灾。放眼望去，有两处地方天边都染成了红色。在河涌对岸的街道上挤满了人。台风横扫过后，倒塌的房屋变成一堆砖头瓦砾，如今一场火灾又给此地增添了新的恐惧。

在天色变黑之前，一份通知送到我们手中，也送到沙面岛上所有欧洲人的家中。主要是告知大家，一名中国军官奉中国的总督大人之命，带了一队士兵来保护外国人居住的社区。这一夜，断断续续传来阵阵哀号和痛哭声，但在我们的租界并没有出现新的恐慌。

今天早晨，我们又去外面走了一圈，眼前景象惨不忍言。如果此时有个陌生人路过，一定会认为这块土地被轰炸过。一棵大树贴着树根被斩断，砸在我们邻居的墙上，墙因此损坏严重。在我们家对面，一些树被大风从石灰路面上连根拔起。我们听到许多伤亡的路闻。住在河涌对面一直为我们做衣服的中国裁缝，由于房屋倒塌，连同其他两三人一起被砸死。无人能估计昨日风暴夺走了多少人的性命。有人说，死亡人数可达几千，但事实上，应该有6000至10000人。

Letter 41

台风过后：数千人遇难 废墟成片

广州，1878年4月17日

亲爱的妈妈：

上个星期六以及随后的星期一，亨利和我去了广州城的西郊，亲眼看了看报道的台风破坏程度是否属实。

一登上舢板，我们闻到水中传来一股臭味。顺江来到老商行地带，臭味变得更为刺鼻。从臭味的强度判断，我们周围一定有一些尸体。我惊恐地四处观望，生怕看到某些令人作呕的景象。我们进入西郊时，发现街上走着的中国人不是在鼻子边放一块檀香木，就是用手指的指尖堵着鼻孔。西郊的商店都点着香烛。

起初我们觉得台风造成的破坏程度一定有些夸张，但沿着台风经过的路径越走越深入，我们深深感受到了这一灾难的严重程度。我们站在一座通向十七甫的桥上，眼前是一片惨景。桥下的小河已经断流，倒塌的房屋碎片把它堵死了。再往前走，我们发现旋风造成的破坏形成了清晰的切线。在一条狭窄小街的一边，所有房子完好无损，而在另一边，房子变成了一堆废墟，根本无法居住。

在西郊的一处，我们站在砖头瓦砾中，周围是倒塌的街巷，成堆的砖块垃圾。亨利向附近的居民询问伤亡情况，正如他起初猜想的那样，实际死亡人数并没有原来统计的那么多。在一条很长的街道中，房屋全部倒塌，但一个人告诉亨利，这条街只有11人死去。有一点是可以肯定的，中国的房屋使用的材料都是些轻型材料，远不如欧洲的房屋那么结实耐震，但在房屋大面积倒塌时，对屋内居住者所产生的伤害程度也不会太大。

随后，我们去看了被台风损坏的两座很大的庙宇，一座是天后庙，另一座是与它紧挨在一起的湄洲庙。起初，我们猜想，这两座庙并未完全损坏，但经过仔细观察，发现虽然每根柱子还站立在那里，但都已经出现了裂纹，并开始摇晃。庙顶也破了个大洞，陶瓷的壁画大多已损坏，地面上到处堆着碎砖破瓦。让人感到惊奇的是，这两座庙中唯一逃过劫难的就是两座神像祭坛。一座是女神的，一座是男神的，以及各自周围的侍从，尽管灰土满身，满脸污浊，但它们仍待在原来的位置，纹丝不动。

回家的路上，我们走进离沙面岛不远的一条街道，看到了非常悲惨的画面。好几副白木棺材摆放在路边，一些下等人坐在旁边，等待着人们从倒塌的房屋中挖出尸体来。我们又走进一家当地人开的商行。商行门前坐着两个伙计，他们面前放着一只香罐，里面燃烧着香烛。由于商行里的臭味很大，焚香是种必要的预防措施。商家的老板告诉我们，就在商行后面的废墟中已经挖出了一两具尸体。

我们从栈桥走出1千多米，围着台风灾区走了一圈，到处是废墟，到处是凄惨景象。但根据亨利所见所闻，他估计此次台风造成的死亡人数不会超过5000。位于十七甫的药铺（也被称作药行）捐赠了4000口棺材用于埋葬死去的人们。

为减轻被倒塌房屋砸伤的人的伤痛，中国的绅士们做了不少努力。他们在许多寺庙的院子中搭建了席棚，当地的医生在席棚中为伤者包扎伤口，或提供医疗咨询和药品。我们走进了两三个类似的临时诊所，看见许多受重伤的人们在接受治疗，他们十分感谢此类善举。

Letter 42

高官的葬礼：庞大的送葬队伍

广州，1878年4月22日

亲爱的妈妈：

亨利从他的一个中国朋友那里得知，在广州的西郊将举行一个规模宏大的葬礼。由于死者曾经是中国内地两省的总督，这一葬礼的规格程度之高将会是空前的。

我们一早就出发了，离家时还不到6点，我们走到一条叫第六甫的街道，去到一户卢姓人家的大宅。死者属于该家族，于7周前去世，96岁高龄。我们到的时候，街上和死者的房门前挤满了人。他们见到我们便让出一条道来。

在门厅处，侍者很客气地接待我们，并邀请我们进屋。走进房子的内堂，看到祖宗祭坛前安放着一口很大的棺材。死者的4个儿子走上前来，躬身倒地，在我们脚前磕头，以示接受我们的吊唁。这些人身穿长长的麻布衫，头上戴的也是麻布帽子，帽子边用棉线挂着小小的棉球。这种帽子戴在头上有一种很奇特的感觉。

接着，死者的儿子给我们端来了茶水。司仪又给了我们每人一份小礼物，即用白纸包起来的钱，约莫半块大洋。在所有中国人的葬礼上，像这样的吉利钱都要送给来吊唁的朋友，但所给钱数则根据死者的身份和财富而有所不同。煮熟了的米饭也端了上来，但我们并没有食用，因为这是供奉给死者灵魂的。米饭是死者的儿子在前一天晚上煮好的，他们身穿麻布孝服在院子中煮饭，按照习俗不时地往灶中添柴加火。这种米饭也称作“老人饭”，用于给死者的灵魂食用。这一习俗只适用于寿终正寝的老年死者。葬礼当天，这一米饭也同时分给来参加葬礼的客人。

家中的女眷因被祭坛和棺材旁的装饰遮挡，我们只能偶尔看到一眼她们麻布孝服的边角，或是她们跪着或坐在地上的身影。

突然，在朋友和侍从中让出一条路来，一个身穿官服、头戴孔雀花翎的高官走到祭坛前，俯身跪下，随着主司仪的高声引导，向死者敬拜。一张画工精美的死者画像悬挂在祭坛上方，厅里厅外悬挂着许许多多的刺绣条幅，上面写着各类悼词。

那个官员离开后，8个和尚走进大厅，各就各位，分两组各站祭坛一边。祭坛上摆着死者的牌位，上面写着死者的名字。除此之外，祭坛上供奉着食品、水果、鲜花和一杯茶，还摆放着筷子。和尚中的一人边敲木鱼，边领着众人唱经，这是在告诉死者的灵魂，他们即将把尸体运到墓地，祈求灵魂乖乖地跟着，不要给这一家庭带来麻烦。中国人总是担忧，死者灵魂在规定的下葬日子不愿离开，所以总是千方百计地哄着它一起走。和尚退去后，8个道士走进大厅，开始对着死者的灵魂做着类似的法事。

仪式结束后，哭声大起，来自吊唁的妇女和主要的哀悼者，即死者的4个儿子。接着开始将棺材移出屋子，而就在这时，奇怪的事发生了。正当仵作（搬运尸体至墓地的下层阶级）把棺材抬上肩时，所有家庭成员及其侍从都从大厅向外四窜。人们之所以如此恐慌，是害怕请来的算命先生算错下葬的吉日。如果真是那样，死者的鬼魂就会大怒，见到谁就攻击谁，并会降痛苦的疾病来折磨他们。

我们也离开了宅子，想在街上找个好位置，观看送葬的队伍。中国人的出殡规格完全依死者的身份地位而定，所以这次的出殡安排可以说是异常的宏大。

我们沿着街走了一会儿，来到一家店铺前，店里的老板马上认出了亨利。作为老朋友，我们被请入了店铺。这一举动太明智了，因为送葬的队伍迟迟没有出发。店铺老板是个热心人，他请我们坐下，听说我们愿意喝茶，便给我们沏了一壶茶来。亨利走到哪里都爱和周围的人聊天以消磨时间，这次也不例外。我们发现店中的大伙计一直默默不语，显得很伤心的样子。当我们谈及不久前的台风时，他的神情更为沮丧。店里的老板告诉亨利，台风吹倒了离这里不远的一所房子，这个年轻人的妻子因此丧生。

音乐奏起，铜锣敲响，表明送葬的队伍离开了死者的家宅。我们那位热心的老板朋友在他的店铺门前摆了一条长凳，以便我们站在上面，从人群头顶上方观看。队伍最前面是两个敲锣人，后面紧跟着一个竹子做的灵柩台，它将安放在坟墓中棺材之上的架子上。架子边缘挂着彩色的流苏和细细的飘带。在它后面是两个举着灯笼的人。灯笼上漆着死者的名字和职位。然后，过来的是16名乐师，后面紧跟着一群男孩，举着红色杆子，上面挂着旗帜和纸糊的灯笼。接着，一队男人在我们面前通过，手上举着红色牌子，上面写着死者以及其祖先的名字和官衔，还有一些举着各式各样的徽章，如战斧、权杖、如意等等。

刚才在死者家中为死者超度的和尚也两人一排跟在后面。由于死者生前官职很高，队伍中还增加了骑马的武士。

现在我们面前通过了8位武士，另外8位在接近队伍末尾的地方押后。他们的后面是两人一排的道士，跟着一群扛着桌子的男人。这些桌子上方是用黄色丝绸镶边的华盖，而这一特权只有皇帝和个别显赫人士才能享有。那些用长杆子抬着一走一晃的桌子上供放着猪、鸡、鸭、鹅、水果和鲜花之类的供品。还有一张桌子上供放着死者生前的官服、礼帽、缎靴，在众多色彩鲜艳的华盖中有一顶很大的黄色华盖。死者的亲朋好友两人一排从面前走过，他们身穿长长的绸缎袍子，如果是亲属的话，身穿白色棉布大褂。为了表示对总督的敬意，一群士兵也加入了送葬的队伍。士兵之后，是另一组乐手，后面跟着举着各种巨大的纸糊神像的人。

乐手之后，出现了葬礼的主角——死者的4个儿子。他们身穿麻布衣裳，每个人的两旁都有仆人搀扶。他们身体前倾，好似悲伤过度，无法直立，个个鼻涕眼泪一块流，头戴的麻布帽子前沿吊着一个个棉花小球，一走一晃悠，看上去有点滑稽。死者的大儿子一手握着一根用白色棉布条缠绕的木棍，另一手举着一根竹杆，竹杆顶端飘着一条饰带，称作招魂幡。听人说，这一招魂幡是用来引领刚离开躯体的灵魂的。从我们所站的地方可以听见一片震天动地的哭嚎声，那是陪送棺材的妇女们在哀悼。死者的4个儿子之后是另一队8人的骑兵。骑兵之后出现了64个男人，他们均身穿白色服装，两人一排，缓缓而行。他们手上拿着白色棉布带，上面装饰着用相同材料制成的白色玫瑰花结，从第一人开始至最后一人，最后连接至棺材。看起来就如同这些人在把棺材拖运至安息地。但是事实上这只是做做样子，这些人根本不需要花费一点儿力气。

那个巨大的棺材终于出现在眼前了。我们能看见棺材上覆盖着一块精工刺绣的红色棺罩。棺罩上用金色的丝线绣出了数条龙纹图案。沿着棺材的上方有一根又粗又长、雕刻精美的红色长杆。长杆的一头为金色和绿色相间的龙头，另一头是用同样方式镀金和装饰的龙尾。

只有生前任过总督的高官，其死后的棺材上才能放上龙杆。我说了这么多，现在该说说送葬队列中出现的死者生前用过的官轿。如今这轿子中放着的是死者的画像，是送葬队伍离开宅院前由死者的儿子放上去的。官轿中的灯笼全部点亮，所有的安排就好似这一高官仍然活着，就坐在其官轿中一样。抬轿者的人数是严格按照死者的高官身份定下的，紧随其旁的随从人数也必须与死者的高官身份相符合。为了使巨大的棺材牢牢固定在支撑棺材的大台子上，仵作们编织了最为复杂的绳索花样，这样也便于他们稳稳地托住棺材。

送葬队伍一路走一路撒着纸钱，为了安抚那些死于街头但没有得到后辈定期供奉食物和钱币的饿鬼。游行队伍的末尾是死者儿子的驮马和一些朋友及仆人。

就在总督去世前两三个星期，我们去参观一所寺庙时，曾见过这位显赫的高官，当时有人曾告诉亨利，只有他和另一个广州人是官至总督的人中还健在的。在他原籍的省份中，没有人曾获得如此高的官位。

官场上还有一个十分严格的规定，即当一个总督被派往某个省后，其太太的亲属不能跟着一起前往。就在几天前，美国领事的太太给我讲了一个有关现任两广总督[①]的感人故事。这个总督有个娇妻，被他视为掌上明珠。他曾对美国领事说过，他的生活都由他太太打理。他还说，每次他要去衙门办公前总要先去问他太太，看她对自己的穿着打扮有什么意见。这位太太来到广州后，由于是第一次与家人分离，特别思念他们。她曾多次求她的丈夫派人把家人接来，但她丈夫总是说，在这件事上他的确无可奈何。她反复苦求她丈夫让她的家人过来，但这个总督却无法满足她的请求。就在去年3月，这位可怜的太太无法忍受自己的苦苦哀求被一次次的置之不理，就在她丈夫离开家的时候，吞下鸦片自尽了。总督回到家时，她已是奄奄一息。总督悲痛万分，派人找来了传教士医生，说是不惜任何代价也要救活其太太，但为时已晚。医生到达后没几分钟，这位太太就咽气了。

令总督最为悲伤的是他膝下无后。他娶了三房太太，但没有一个给他带来孩子的。他找来不少算命先生为自己算卦，他们都建议他在衙门院中修建一座宝塔，这样他就可以得到儿子。宝塔修建起来了，但其愿望并未得以实现，于是他又找来了算命先生，问到底是什么原因。算命先生拍着胸膛保证，那座宝塔正好建在了恶运的地方，必须拆掉在另一处重建。如今，这座宝塔正按算命先生的意见在重新施工。

---

①时任两广总督为刘坤一，1875年9月至1879年12月在任。——译者注

Letter 43

恩赐犯人的仪式：犹如闹剧般

广州，1878 年 4 月 29 日

亲爱的妈妈：

我们曾几次想坐船沿着那条与河南相交的潮沟而上，周游一圈，然后顺着宽阔的江水返回家中，但一次又一次的尝试，最后都以失败告终，其原因是潮水太浅。上个星期，我们决定再试一次。我们想趁着潮水快退潮的时间，赶上足量的潮水返家。我们知道，如果无幸赶上，我们的郊游就会拖得很长，要到半夜才能回到家里。

我们大约下午2点半出发，沿着潮沟上行，快到4点钟时来到了岸边的一座小寺庙。趁侍童准备茶点时，我们走进了寺庙，我看见一个衣着整齐的和尚跪在佛像前，只身一人，正在用单调的长音背诵着晚祷的经文。他态度认真，一心扑在自己的祈祷中，完全没有被我们打断。其实即使他敷衍失职，也不会有人知晓的。我们在户外享受了茶点，然后重新登上舢板启程回家，途中路过了如诗如画的村庄，穿过了古色古香的小桥，这一美景我真忍不住想把它勾画出来。

潮水开始退去，使我们行船很不利，但这次在潮水还未退完之前，我们成功地进入了宽阔的江面。由于江水的强大阻力，我们行进得非常缓慢，等到夜色降临时，我们离沙面岛仍有三四英里。我们费劲地沿着江的对岸行船，在快要到达河南时，头顶一大块乌云压下来，阻挡了我们的视线。看来一场暴风雨即将来临。我们能听见附近船上的人高声对话，话音中明显表露出他们对即将到来的暴风雨的恐慌。

我也感到恐惧，知道必须穿过这宽阔的江面，不然无法回到家里。但在漆黑一片的夜里这样做是十分危险的。我们的船已经在撞击别的船只，或被别的船只撞击。在伸手不见五指的黑夜，所有的船只如无头苍蝇一般，江面上已无任何秩序可言，随时都可能出现严重的事故。我们掉转船头开始渡江时，最惊险的一幕出现了。疯狂的船只从左边、右边、后面不时地撞击我们。我们的船只也撞到了已在江面下锚的船只。我们只能在撞击中争取回到沙面岛的机会。天空偶尔出现的道道闪电给漆黑的夜空增添了更令人发悚的色彩。

靠近老商行区时，我们听见了一阵巨大的喧闹。船只相互撞击，男人女人大声地尖叫，很明显，附近出现了事故。我们是如何死里逃生的连我自己也说不清楚。我们的小舢板不时左一下右一下地被大得多的船只撞击，把我们摇晃得昏昏沉沉。当我得知我们的船已在沙面岛围墙的庇护之下时，心里真是充满了感激。我从来没有像那天晚上那么庆幸能从船上登陆。家中的佣人见到我们也是大呼小叫。他们知晓在暴风雨即将来临的漆黑夜晚我们会遇到多大的危险。

刚踏进家门，大雨便倾盆而下，雷声震天动地，闪电划破长空，惊心动魄。不一会儿，暴风雨似乎停止了，但仅仅持续了很短的时间，接着又疯狂地发作。后来，又出现了第二次平静，但接着雷声震耳欲聋，摇晃着我们的房子。暴风雨一直延续到第二天清晨。

好了，现在我该说一说前天早晨去巡抚衙门观看的一个不同寻常的仪式了。每年在这个时候，皇帝都要给所有的罪犯一个礼物，不论是男是女，是监牢关押的还是等待行刑的。这一做法估计是为了显示皇恩浩荡。我们一大早就来到衙门，但衙门大院中已经密密麻麻挤满了人，牢犯也到场了。他们身穿新的红色狱服，脖子上套着铁链。铁链的另一端握在狱卒的手中。

我们知道，在总督大人和另5个主要官员到来前还有很长时间要等待，于是想找个地方避一下阳光，也避一下人群。衙门院外有一个塔楼，我们便要求进到塔楼中休息一下。我们的要求得到了允许，于是我们登上塔楼，来到了我们见过的最小、最肮脏、最闷热的一间房间。经过询问，才知这一房间属于巡抚的乐队所有。在塔楼待的1个小时中，我饶有兴致地从窗户看着下面的人群。下面是一群混杂的人群。一队队士兵手持长矛、火绳枪和鲜艳的旗帜；卖零食的小摊子见缝插针，到处都是。不同级别的官员陆陆续续到来，有一个场面让我们笑声不断。起初，有一架官轿靠右手边缓缓而行，另一架官轿悄悄地沿路的左边过来。当两架轿子的轿夫看见对方时，他们立即加快脚步跑了起来，争持不下，谁也不让对方先一步到达衙门。他们疯狂地奔跑，最后，谁也不比谁先到。原来，这两个官员官阶相同。

此时，锣鼓其鸣，我们知道总督大人到了。士兵们一个挨一个在鲜艳的旗帜下排成两排。总督大人沿着他们中间的空地来到了衙门外院。总督到达后，牢犯们在看守监护下进了内院。其中有一个犯人因为太虚弱了（在严刑拷打之下，这完全可能）无法自己行走，只能装在筐子中被抬到院子中心。

当所有的牢犯被带进了内院后，我们从那个小避护所下来，走进了巡抚衙门的审判大堂。大堂的最里面放着两张用红布铺盖的桌子，大堂的两侧也各放了两张类似的桌子。巡抚和总督大人走了进来，后面跟着省里的布政使、海关监督、提督学政和按察使。总督和巡抚大人在大堂最尽头的桌边落坐，其他4位官员分别在两侧的桌旁坐下。其余官阶较低的官员和其他参加者都在各自桌后坐下。人们挤在衙门内院中央大道的两旁。突然，我们身后一阵骚乱。回头一看，只见牢犯们被押着来到大堂前面的敞地，每一牢犯都由各自的狱卒带着走到自己的位置，然后10人一排依次跪下。

这些倒霉的犯人看起来很惨。他们满脸愁容，瘦骨嶙峋，蓬头垢面。他们的前额没有剃刮，头发与身后的辫子毛毛糙糙，纠缠在一起。这些不幸的犯人所受到的残酷待遇引起了我的同情。只要想想他们将面临的命运，我就不寒而栗。那些狱卒可以随意对这些犯人施暴，用力扯动手中的铁链让他们抬起头来。中国的狱卒可算是最糟糕的阶层。他们会从犯人亲友那里敲诈大量的钱财，而对那些无人提供帮助的犯人实施最残酷的欺压。

很有可能，今天受到皇上恩惠的不是那些倒霉的犯人，而是那批狱卒。此时这些犯人艰难地跪倒在地。他们的四肢不停地痉挛，几乎残废。随着他们的名字被大声叫到，有两名小官走到他们面前，将一把大蒲扇递到他们手中。我注意到，由于手腕仍被铁链锁住，他们十分困难地接过递来的扇子。一个官员往每把蒲扇上扔一小块面包，跟在他后面的官员在扇面上放一些钱，然后稍稍弯下身来，把一串铜钱挂在每个下跪犯人的脖子上。每个狱卒得到一件又大又圆的用干棕榈叶做成的蓑衣。犯人们一个劲地磕头，千恩万谢皇上赐予的礼物。随着一阵铁链的哐啷声响，这些可怜的犯人起身，被带到大院后面的角落中去了。

在第三组也就是最后一组接受皇上恩赐的犯人中，有一个最不幸的女犯人。亨利经打听，才知她是出于报复，杀死了女主人的孩子。这个女犯人的命运将是骇人听闻和不可思议的，她会被绑在十字形的大柱子上凌迟处死，即被一刀一刀割肉，直至死亡。在割14刀前，侩子手是不会给她致命一刀的。这是中国刑法中最最残酷的一种。当犯人因杀父弑母、杀害兄弟姐妹、杀夫、杀教书先生等被定为死罪时，其执行死刑的日期并没有一定时间范围。执行此类死刑必须先得到皇上的批准，也就是说，皇上要用朱砂笔在此类罪犯的名字上划勾。①有时，一个罪犯由于皇上的朱砂笔批示未到而苟活多年，直到行刑的当天才被告知死期到了。我最近才知道，我们的一个女仆正为死去的丈夫服丧。她丈夫在监狱中关了11年，最近在城里的法场上被处以绞刑。被绑上十字架时，他大声喊道，关押了11年还处以极刑，真是太过分了。这个不幸的人在刽子手的手中挣扎了半个小时。他的罪名是绑架儿童。

真难以想象，一个人如何受得了每日处于随时都可能被处决的不确定状态。我们昨天见到的那些犯人完全可能头天还在衙门领受皇上恩赐，第二天就面临砍头之灾。我不禁觉得皇上的这种恩赐完全是个大闹剧。受恩的仪式结束后，我看到那些犯人在严密的监护下被弄回了监狱。

① 海盗罪、破门盗窃罪、拦路抢劫罪等的行刑，则根据案件情况由总督或巡抚批准。——原书注

Letter 44

方丈升座典礼：奇异而庄严的游行队伍

广州，1878 年 5 月 4 日

亲爱的妈妈：

几天前，我们收到了河南海幢寺候任方丈的大红请帖，邀请我们去参加他的升座典礼。[①]正如您可想像到的，这是一个不可多得的好机会，也是我们求之不得的。这一仪式在大清早进行。于是我们让仆人为我们叫好了小舢板，凌晨2点就在我们的小码头等侯。

我们凌晨1点半起床，穿上衣服，蹑手蹑脚从孩子房门边走过，尽量不吵醒他们。我们走下楼梯，前往码头。到达码头时，我们竟找不到船。您可想象我们是多么气恼。我们的买办编出话来应付我们，说两个仆人走出好远去找船，但一条也没有找到。事实上，他们把叫船的事忘得一干二净了。我们在小码头等了一小段时间，既没见到船来，也没看见我们的仆人。我们非常失望。正在这时，我们看见在码头不远处有一条脏兮兮的小船，船上只有一个老头。亨利大声向他

① 在此我不得不使用一些基督教的词语，如alter（祭坛），abbot（修道院院长），monk（修道士/僧侣），priest（神父），chaplain（牧师），consecration（祝圣仪式），matins（晨祷），vespers（晚祷）等等来描述这些非基督教的仪式，因为没有其他的词语可以用来转达那些中文词语的意思。——原书注

喊话，经过好长时间的劝说，老人终于把小船划向我们。我们苦苦哀求，希望他能带我们渡江去河南，老人答应了，慢悠悠划着，但最终还是到达了河南寺院前的小码头。在那里，我们看见了好几艘私人商行的船只，船上点着巨大的纸灯笼，里面有许多中国绅士。他们与我们一样，都是来参加升座典礼的。

岸边景色如画。一轮新月挂在空中，江岸与船只时隐时现。我们走进寺院，发现寺院的走廊被各种不同形状不同色彩的灯笼照亮着。清晨带有“微微宗教圣光”的寺院走廊使人回味无穷，好似身处欧洲天主教修道院的走廊中一般。

我们来到会客厅，被请进了一间接待室。我们刚刚坐下，茶水就端了上来。在那间接待室中，我们见到了一些中国的绅士。他们叼着长长的烟斗，呷着茶水，闲聊着。不一会儿，我们被请进了禅堂。在那儿，我们见到了候任方丈，他身着一件紫色的长袍，正被一群朋友拥簇在中央。在禅堂旁边的走廊里我看见了一群身穿漂亮锦缎服装的孩子组成的乐队，乐队的指挥正在召集他们。一大群本寺院的僧人也聚集在走廊。

这时，候任方丈从椅子上起身，一件用多块面料拼制而成的红色丝绸长袈裟披在了他的肩头。游行仪式开始了。

游行队伍缓步前行，将候任方丈领向寺院的各个神龛。走在队列最前面的是由小男孩组成的乐队，他们吹着笛子和唢呐（发出的声音很像英格兰风笛）。随后是两个一排并肩而行的僧人队伍。他们身穿灰色斗篷，左肩上搭着一块黄色袈裟。这些和尚后面是一群举着大型圆灯笼的男人。灯笼上用大字写着候任方丈的法号。队列的最后是两个年轻的法师，其中一人右手持着锡杖，左手端着小托盘，里面放着方丈的念珠。念珠是由锃光发亮的黑色珠子组成，供方丈念经时使用。另一年轻法师一只手握着方丈的禅杖，另一只手也端着托盘，上面放着一个插着一枝梨花的瓷花瓶和一本写着寺院法规的折叠小册子。

这两位年轻的法师后面紧跟着的就是候任方丈。方丈个子矮小，身体微胖，看起来有70出头。我们紧紧跟在方丈后面，这样能看到典礼的各种细节。我很难给您描述游行队列在光线微弱的长廊中蜿蜒前行时所产生的奇异而庄严的景象。他们停下来的第一站是寺院的四方大院左边的韦陀菩萨像前。在这儿，候任方丈在佛像前伏身磕头，而当他起身站立时，鞭炮齐鸣。然后，在游行队伍的引导下，他穿过大院，来到右边，向那里的关帝像跪拜。

接着，游行队伍来到了一座称作大雄宝殿的巨大殿堂。这座殿堂中有3尊高大的镀金佛像。每尊佛像前宽大的供桌上放满了水果和鲜花。候任方丈站在中间那尊佛像前，紧随他的一名法师打开肩上背着的一个方形丝绸包，我发现那实际上是一个跪垫。一条红色的丝带绣在白绸底面的垫子上，看起来更像是教堂而不是寺院的用品。方丈在跪下前，摘下脖子上戴着的佛珠，递给了身旁的法师。法师将它放在了托盘中。这时，方丈和他的两位法师跪倒在佛像前，其中一名法师点燃了一炷香，并交到方丈手中，方丈接过香，向上举了三下，然后交给了第二名法师，这名法师把香插在了供桌上的香炉中。这一过程重复3次。整个过程在极其庄严肃静的气氛中进行。写有戒律的小册子由一名法师从托盘中取出，打开，交到方丈手中。这位老人跪在佛像前朗读全文后，把它交给第二名法师。这名法师再把它合上，放回托盘上。方丈磕头完毕后，3人起身，一名法师重新把佛珠戴在方丈的脖子上，另一名法师收起跪垫又叠好，游行队伍离开此殿。

游行队伍然后来到设有3座高大方丈雕像的大殿之中。这3名方丈创立了这个寺院，并当了寺院第一任住持。在这3座雕像前放着一条很长的供桌，上面摆满了各类水果和鲜花。在这里举行的宗教仪式与在3座佛像的大殿中的完全相同。候任方丈在这3位方丈雕像前磕头，祈愿他能顺利继承3位开寺元老的衣钵。游行的下一站是寺院的斋堂。该斋堂放着一张供桌，用于敬奉主理僧人素食的天神。在此供桌前，相同的宗教仪式又进行了一遍。离开斋堂，候任方丈与其随从来到了一间大寝室。在那儿他们跪拜了僧人寝室的保护神。

最后，游行队伍又回到了禅堂。在那里我惊奇地发现，地上铺着一张欧式地毯。在大厅的尽头有一个台子，上面放着一把法座。它后面的墙上挂着一幅巨大的鲜红色的织锦，上面用金线绣着一只麒麟。法座的前面是一张供桌，上面覆盖着精心绣制的红缎子。供桌上放着一只香炉，这个香炉跟其他香炉一样，里面装着香灰，以便于插香。一面镶嵌在雕刻过的黑木框架中的大镜子竖立在大厅的尽头。这种高大的镜子很像我们使用的穿衣镜，放在禅堂，象征着纯净。候任方丈走入大厅，跪倒在小供桌之前，向法座磕头，然后起身，将3炷点燃的香插入香炉中。接着，他站立在桌子的右手边，聆听一位僧侣大声朗读戒律。

我们就站在离桌子不远的地方，火烛明亮的大厅中发生的一切尽收眼底。大厅的两旁，僧人排队站立。这时，候任方丈在那两位法师的陪伴下走向法座，站在前面。他手持一把棕色拂尘，右边挥一下，左边挥一下，然后在自己头顶和肩膀处挥一下。这一举动表明，所有的邪恶或不吉的东西均从他身上驱除了。接着在两名法师陪伴下，他登上了法座，其中一名法师在他入座时将他的丝绸袈裟铺在了法座的椅背上。这时，在场的僧人一齐上前，伏地向他们的新方丈磕头。众僧人退下后，一些头戴官帽、身穿官服的官员走上大厅，在香炉中插香，并向方丈磕头。

升座仪式就此结束，方丈在其随从的陪伴下，走进自己的私室。然后，他举行了上任后的第一次接待会。首先参加的是本寺院的僧人，以及从其他寺院前来襄助此仪式的僧人。他们一位位来到方丈的面前，做出要下跪的动作，但方丈都抓住他们的手不让其俯身，取而代之的是僧人用其头部碰触方丈的左肩，然后再碰触其右肩。所有的僧人向这位老人行礼之后，一些身穿官服的人走进房间向他祝贺。这时，我们发现了一丝禅林的高傲气息。那些官员准备下跪向方丈表示敬意时，方丈并未刻意去阻止，而是报以善意的微笑。

接待会结束后，方丈进入了另一房间，脱去了披在身上的袈裟。这位可怜的老人只能稍稍休息一下，又得起身对所有的僧人进行回访。他拖着脚步在昏暗的走廊上前行，敲每一个房间的门，向其中的居住者致谢。我打心底里可怜这位老人。他的体力明显不能胜任这累人的活。我发现在各个大殿中，他都要跪倒磕头，再要起身时却很困难。佛教寺院的方丈任期只有3年，但退位的方丈可以再次当选。

这时，我们离开了河南庙，打算过几个小时再回到这里，因为我们应邀参加新方丈举办的午宴，也希望能看看这些僧人在这个重大节日中如何在斋堂享受这一宴席。我们搭乘了中国人称为横水渡的渡船，回到教堂已是早上7点。

11点钟不到，我们叫来了舢板，又渡江来到了寺院。我们到达后，亨利再一次向方丈祝贺，方丈报以热烈欢迎。我们走过由几间房间组成的专供方丈使用的套间，看见里面的桌子上已放上了午餐。一些中国绅士围坐在桌旁，享用着方丈给予的热情招待。我们在主人的带领下，来到了其中的一个包间，在一张小圆桌旁落座。我们刚坐下，各种蔬菜汤就递了上来。方丈在房间中来来回回走动，不时来到我们的桌旁，让我们尽量多吃点。我发现，他自己并没有坐下来和任何客人一起就餐。

吃完午餐后，我们来到一间很大的客厅，僧人伴着木鱼声集合在一起准备去用膳。木鱼常用于召集僧人用膳或做佛事。此时他们两人一排徐徐步出客厅去斋堂。我们于是也加快脚步来到斋堂。僧人的饭堂，中国人叫做斋堂，是一间宽敞的大厅，大厅的尽头放着一张供桌。8张长条桌子，一分为二，摆放在大厅的两侧，桌子旁放着长凳，但只放在桌子的一侧。如果桌子在斋堂左侧，则长凳也放在桌子的左侧；如果在斋堂右侧，长凳也放在右侧。这样，当所有僧人坐下就餐时，都面向大厅中间，坐在大厅一端小桌旁的方丈就能看见他们中的每一位。

每个僧人面前都放着一碗满满的米饭和一碟青菜。当所有的僧人进入斋堂在桌边站好后，在一阵音乐声中，方丈走到了大厅最外端的小圆桌旁，他的两名法师各站一旁。僧人们开始进行饭前吟诵。当众人还没落座前，一名法师端来一只饭碗，递给方丈。方丈在碗中装满米饭，然后高举过头，进行祝福。那位法师接着把饭碗端出斋堂，把碗中的米饭倒在院子中竖立的一个三足鼎中喂鸟。

这时，僧人们坐下，就餐开始。我只能说，所有在场的和尚都放开肚子大吃了一顿，每个人的饭碗一次又一次地让提着大饭桶围着桌子奔跑的杂役和尚盛满。方丈吃得很少，只是稍稍尝了一下放在面前的米饭和蔬菜。这顿饭对他来说，只是一种形式，他会在餐后到自己的屋里独自再吃。在场的和尚人数出奇的多，至少有300人以上。其中有不少是从其他寺院来海幢寺饱餐一顿的。

在斋堂，我注意到，四周的墙上挂着一些很大的木板，上面写着一条条佛教经典的词句。由于就餐是不允许说话的，僧人们在默默地进餐时，可以通过阅读和沉思这些经典良言来启迪自己的思想。这时，方丈站起身来，在乐队的带领下，回到其私室。

我们穿过寺院的院子，走到小码头，登上舢板。这一寺院对来访者具有巨大的吸引力，对它的探索我从未有过厌倦。在众多吸引我的兴趣点中，使我无限惊奇的是其印刷所，即他们称作书局的地方。那是寺院印刷佛教文献的地方。我亲眼观看了印刷的整个过程，他们先在一块木板上刻出中国的汉字，然后涂上墨汁，再把一张纸铺在木板上，通过按压，使其紧紧地贴在木板上，于是木板上的汉字就印在纸上了。我检查过印出的东西，字体非常清晰。中国人声称，是他们发明了印刷术。这一声称并非言过其实，因为他们懂得使用这一印刷术已好几百年了。

寺院园子中的茶毗炉是另一个我极感兴趣的地方，我们几天前曾去看过。中国人极其害怕鬼魂。我们的一个仆人名叫阿喜，他与我们一起来到了寺院的园子，但无论亨利怎么劝诱，他就是不肯靠近荼毗炉或存放骨灰罐的小棚子一步。他很诚实地告诉我们，他实在害怕那些死去和尚的阴魂。

荼毗炉由砖砌成，您走近时看，它就像一座小塔。它有一个小门，正好能放进一把火化时用的椅子。死去僧人的尸体是放在椅子上搬入窑中的。装着尸体的椅子放置在窑中的4块石头上，周围堆着柴火。一群和尚开始齐声诵经以安死者之魂。在这之后，一名年长的和尚持一火炬点燃柴火。在焚烧的过程中，每隔一段时间，有人将小块的檀香木块投入火中。烧成的骨灰冷却后便装入骨灰罐，存放在炉边不远处的一个小棚子中。骨灰罐在小棚中存放至当年三月，然后将罐中的骨灰倒入红色的袋子，投进在荼毗炉不远处竖立的一个尸骨塔中[①]。我们几天前在园子中见到过一个，塔口已经封闭，此塔已经达到了收纳尸骨的极限，即已经存入了4948名和尚的尸骨了。按照佛教的规定，一个尸骨塔绝不允许存放多于这一人数的骨灰。在亨利的要求下，当时陪着我们的和尚打开了一间屋子，里面存放着随时可使用的火化椅。我不仅亲眼看到这些椅子，还被告知了它们的使用方法。

好了，我们不再谈这一可怕的话题了，换一个您觉得好玩的话题吧。

在离寺院不远的一个猪圈中，我们见到了几只大肥猪。这些猪被视为圣猪，因为佛教信徒已经把他们供奉给佛了。在猪圈的墙上挂着一块木牌，上面写着汉字，要求参观者不要惊吓或追打这些猪。木牌上还说，如果有谁不听劝告执意要这样做的话，天上的神眼就会立即看见，冒犯者在死后就

① 广州人称普同塔。——译者注

会受到惩罚。

在猪圈旁边不远处有一个家禽饲养场，在那里我看到不少鸡、鸭、鹅。这些家禽也被视作圣禽，因为佛教信徒已经把他们供奉给佛祖以感谢保佑。佛家弟子视拯救生命为积善积德，所以他们从市场上买来绵羊、山羊、猪、鸡、鸭、鹅和鸽子，养在这一避难所里，并捐赠一些钱两给僧人，为这些动物提供食物。只有雄性的家禽才被供奉给佛祖，因为公鸡、公鸭、公鹅被视为比母鸡、母鸭、母鹅更适合作为供奉给佛祖的祭奠品。在寺院的园子中还有一个很大的养鱼池，里面养着不少鱼，也同样被用来供奉佛祖。